아시아계 미국문학과 주체성

아시아계 미국문학과 주체성

이숙희 지음

도서출판 동인

들어가는 글

—

    40, 50년대에 시작된 동화주의 계열의 작품들을 아시아계 미국문학의 출발로 삼는다면 이제 아시아계 미국문학의 역사는 반세기를 넘어섰다. 이 기간에 아시아계 문학이 거둔 성취는 양적으로나 질적으로나 매우 탁월하다. 질적인 면에서 탁월하다는 뜻은 아시아계 문학이 짧은 기간 동안이지만 그 어떤 민족지학적 집단 문학보다도 주체성에 대한 사유를 역동적으로 해냈다는 뜻이다. '황화(yellow peril)'에서부터 '모델 마이너리티(model minority)'에 이르기까지 아시아계를 부단히 타자로 주변화함으로써 백인 중심적 질서를 수호하려는 주류 담론의 집요한 작동 원리를 감안해볼 때 주체에 대한 아시아계의 중단 없는 사유는 그 자체가 하나의 중요한 문화적 사건이다.

    아시아계 문화활동의 또 다른 질적 우수성은 지배 언어에 대한 전략적 다양성에서도 찾을 수 있다. 아시아계는 지배 언어에 대해 단일한 입장, 단일한 목소리를 반복적으로 채택하는 대신 주류 문화에 대해 동화, 저항, 이화, 교섭, 탈신비화 등 서로 다른 전략을 구사할 수 있는 다양한 주체를 상상해내었다. 물론 이것은 아시아계의 어떤 '본질적' 속성이라기보다는 아시아계 문학이 활성화된 20세기 후반의 정치, 사회적 맥락의 결과이다. 그러나 아무리 정치, 사회적 맥락이 성숙되었다고 해도 아시아계가 그 맥락을 치열하게 주체 구성과 연결시켜 사유하지 않았다면 현재와 같은 아시아계 문학의 위상은 불가능했을 것이다.

이 책은 2003년부터 2013년에 걸쳐 필자가 진행한 아시아계 미국문학에 대한 연구 결과물로서 총 8편의 관련 논문을 담고 있다. 논문들은 모두 주체성 문제를 다루고 있다. 주체성 문제는 언제나 아시아계 미국문학의 핵심 쟁점이었다. 그리고 그 쟁점은 다양한 사회적 맥락과 연결되면서 충돌과 변화, 확장을 거듭해갔다. 그럼에도 불구하고 아시아계 주체성은 항상 정치성을 변함없는 의제로 그 근저에 두었다. 아시아계 주체성의 정치성은 그것이 자신의 존재가 하나의 '실체'가 아니라 언어적 '구성물'이며 따라서 의미가 비어 있는 '기호'에 불과하다는 해체적 성찰에 이르러서도 결코 중단되지 않는다. 그것은 '기호'가 갖는 정치적 기능을 활용하여 지배 담론의 기호학적 의도를 폭로하고 그 로고스적 위상에 손상을 가함으로써 지배 담론이 매끄럽게 작동하는 것을 막는다. 이 책에 실린 논문들은 주체성과 관련한 아시아계의 이런 사유 과정 전반을 다루고 있다.

주체성에 대한 아시아계의 사유는 결코 하나의 방향으로 진행되지 않는다. 20세기 후반에 활성화된 다양한 사회문화적 이론들과 함께 아시아계 주체성 역시 서로 다른 방향에서 구성되고, 충돌하며, 경쟁하고, 섞인다. 여기에 실린 논문 역시 이러한 흐름의 일부를 반영할 뿐 그 자체로 아시아계 주체가 나아가야 하는 특정한 방향을 지시하지 않는다. 그럼에도 불구하고 논문들의 배열에는 주체에 대한 아시아계 문학의 가장 일반적인 고민의 궤적이 있다. 그것은 아시아계를 특정 스테레오타입으로 분류하여 문화적으로 단속하는 지배 담론의 전략에 대한 고발에서부터, 아시아계를 '비슷하기는 하지만 결코 동일할 수는 없는' 마이너리티로 주변화하는 국가 이데올로기의 기능에 대한 폭로를 거쳐, 하나의 강력한 정치 세력으로서 '아시아계 미국인'의 특수성을 강조하는 새로운 민족지학적 주체를 구축하는 단계와 그것의 또 다른 '본질론적'인 위험을 간파하고 국가 이데올로기와 민족성의 이데올로기를 동시에 거부하는 탈신비적 디아스포라 주체 구축의 단계까지 이르는 것으로 요약할 수 있다. 따라서 이 책은 주체에 대한 특정 방식과 입장을 구심적으로 수립하는 데 그 목적이 있는 것이 아니다. 오히려 아시아계가 구성해낸 특정 주체성이 갖는 정치적 의미와 그 한계를 동시에 살피면서 한계를 극복할 수 있는 또 다른 방법으로 주체 구성의 방식을 원심적으로 끌어간다. 그 결과 아시아계 주체성에 대한 논의의 큰 맥락을 드러내는 것이 이 책의 가장 큰 특징이 되었다.

아시아계 주체성에 대한 이러한 논쟁과 사유의 흐름을 강조하기 위해 논문들을 집필하고 발표한 순서대로 배열하였다. 한 편의 논문을 완성하고 나면 또 다시 생겨나는 질문들이 있었고, 이러한 질문이 다음 연구를 이끌었다. 새로운 질문은 또한 새로운 이론적 설명을 요청하였기 때문에 앞선 연구와 모순된 주장이 생겨나기도 하였다. 한 권의 저서로 묶으면서 이런 모순과 어긋남을 굳이 가지런하게 이으려는 시도를 하지는 않았다. 각 입장들은 그 자체로 의미가 있고, 의미 간의 모순과 충돌·교정이 유기체로서의 개인과 사회가 활동하는 자연스러운 방식이라고 생각해서였다. 이 책은 주제를 치밀하게 논증하는 책이 아니며,

아시아계 텍스트를 정밀하게 분석하는 책도 아니다. 백인 중심의 지배 언어 속에서 아시아계가 정치문화적 주체로 활성화되는 방법을 탐구하는 것이 10년간 연구의 주된 목적이었기 때문에 그와 관련된 비평 이론과 문학 텍스트들이 하나의 도구로서 느슨하게 활용되었을 뿐이다. 아시아계 주체성에 대한 이론적 글이 장편소설 및 단편소설 분석과 함께 묶인 이유가 여기에 있다. 또 아시아계를 타자화하는 문제를 다룰 때에는 문학보다 분석이 명료한 대중매체가 더 유리할 것 같아 할리우드 영화를 분석 대상으로 삼았다.

논문들을 발표 순서대로 배열해놓고 보니 각 연구를 촉발한 작은 질문들이 크게 세 가지로 보였다. 아시아계 주체성이라는 대주제 아래 이들을 '지배 담론과 타자' '국가 이데올로기와 마이너리티' '젠더, 민족성, 섹슈얼리티' 등 세 개의 소주제로 묶었더니 다행히 아시아계 주체성과 관련한 주요 논점들이 소주제의 모습으로 드러나게 되었다. 각 소주제는 그것에 대한 이론적 배경, 그리고 관련 문학 텍스트 분석으로 구성되어 있다. 그러나 이론과 문학 텍스트는 처음부터 하나의 쌍으로 기획된 것이 아니므로 그 연결고리가 매우 느슨하다. 이론적 고찰의 한 적용 사례로 받아들여져 다른 이들의 사유를 통해 더 풍부한 의미로 재구성될 것을 기대할 뿐이다.

2016년 6월
이숙희

차례

제1부

지배 담론과 타자

할리우드 영화와 아시아계 신화 만들기

I. 서론

100년이 넘는 미국 이민사를 가지고 있는 아시아계는 미국의 대중문화에 있어서 그 어느 마이너리티보다 홀대를 받아왔다. 아시아계를 다룬 미국의 문화적 재현물은 그 양적인 측면에서뿐만 아니라 질적인 측면에서도 매우 부실하다. 이러한 경향은 1980년대 다문화주의의 세례와 더불어 사회 전역에서 아시아계의 약진을 타고 매우 다른 현실적 패턴으로 나아가고 있지만, 할리우드 영화의 대부분은 여전히 아시아계의 현실을 따라잡지 못한 채 기존의 관행과 문법을 되풀이하고 있는 실정이다.

할리우드 영화에 나타나는 아시아계 스테레오타입들은 오랫동안 계속되어온 문화 담론 내에서 아시아계들의 소외와 침묵의 결과이며,

의미화 작업에서 거의 전권을 휘둘러온 백인 지배 계급들의 문화적 권력의 축적물이기도 하다. 스테레오타입화는 특정대상의 일시적 혹은 부분적 속성을 마치 항구적이고도 전체적인 속성처럼 본질화하는 작업을 일컫는다. 이러한 스테레오타입 만들기는 특히 인종과 성의 경계를 따라가면 형성되는데, 그것은 미국사회가 백인 중심적이며 남성 중심적이라는 사실과 밀접한 관련을 가진다. 사회적 헤게모니를 쥔 백인 남성 계층은 자신들의 권력과 이익을 관철하기 위한 방식으로 이데올로기를 구성하게 되는데, 이 과정에서 생산되는 다양한 신화화―특정 기표에 특정 기의를 부착하는 방식―는 세계에 대한 지배계급의 해석과 관점을 자연스럽고도 정당한 것으로 비추게 된다.

인종과 성은 이러한 신화화가 가장 오랫동안 그리고 가장 억압적인 형태로 작동되어온 영역이다. 이들은 일견 중립적이고도 자연스러운 탈을 쓰고 있지만 사실은 권력 메커니즘이 언어적으로 생산해낸 허구적 산물에 불과하다. 아시아계라는 인종 역시 이러한 언어적이고 이데올로기적 산물인데, 이 범주 속에서 아시아계는 그들의 모든 형질·문화·지형·역사적 특질이 제거된 채 백인 계급의 차이로만 설명, 정의된다. 그러나 호명, 봉합된 이 아시아계 스테레오타입들은 일견 결정적이고 무력한 기호들로 보이지만 사실은 주어진 기의를 가리키는 한편, 그 기호를 생산한 사회적 기원과 맥락을 내부에 지니고 있기 때문에 언제라도 새로운 의미로 약호 전환될 수 있는 강력한 잠재력을 가진다. 아시아계에 주어진 억압과 봉쇄의 기제로서의 스테레오타입들을 해체하고 새로운 정치적 신화들을 만들어내기 위해서 그 스테레오타입들이 생성된 역사적 맥락을 분석하는 것은 이러한 점에서 중요한 사전 작업이 된다.

II. 할리우드 이전 미국의 대중문화와 아시아계 신화

1. 박물관 시기

동양에 대한 미국의 관심은 중국 이민의 대량 진출이 시작된 19세기 중반 훨씬 이전으로 거슬러 올라간다. 극소수의 중국계 상인을 제외하고는 미국 내의 아시아계를 찾아보기 어려웠던 이 시절, 아시아계는 굳이 이데올로기적으로 스테레오타입화 할 필요가 없었다. 또한 이 시기 미국은 동양과의 무역에서 일방적으로 이익을 거두고 있었기 때문에 아시아는 이국적 풍물로서 우호적으로 받아들여졌다. 아시아인에 대한 미국의 이러한 인식은 그 당시 높은 인기를 누렸던 중국박물관 문화에서 확인할 수 있다. '동양'은 진기한 볼거리로 박물관 속에 전시되는데, 특기할 것은 여기에 '동양'의 여성도 함께 전시되었다는 사실이다. 박물관에 전시된 '동양'은 그 상업적 무대를 세계로 넓혀가던 당시 미국제국의 중산층에게 교역지에 대한 시각적 설명을 제공하고, 소유할 수 있다는 환상을 제공함으로써 권력을 부여하는 적절한 문화적 상품이었다. 이러한 볼거리로서의 아시아는 '동양'을 다룬 할리우드의 다양한 스펙터클과 물신화된 아시아인들의 재현에 여전히 새겨져 있다.

2. 순회극(minstrel)

박물관의 주관객이 중산층이었다면 순회극의 주관객은 노동자층이었다. 이 사실은 중국인이 순회극에 처음 등장하게 된 1850년대라는 시점과 더불어 이 시대의 특정한 아시아계 신화 만들기를 이해하는 데 결정적으로 중요한 사회적 요인이다. 순회극 쇼의 주관객이었던 도회지 노동자 계급은, 1820년대 및 30년대에 미국이 산업혁명을 추진해가는 과정에서 생산한 새로운 계급으로, 그 대부분이 소규모 자영업자나 농민 출신이었다(Roediger 29). 이들은 자신들의 새로운 노동 조건에 불안과 좌절을 느끼면서 그것을 해결하기 위한 방법으로 "자유노동자(free labor)" 신화에 기대고 있었다. 이러한 와중에 등장한 대규모 프롤레타리아 중국인 이민자들은 제한된 노동 시장 내의 새로운 경쟁자로서 백인 노동자들을 위협한다. 이제 아시아는 박물관 혹은 환상 속에서만 안전하게 봉쇄된 세계가 아니라 미국 현실의 한 일부로 활성화된 것이다. 순회극에서의 아시아계 이미지는 이러한 변화를 뚜렷이 반영한다. 아시아계는 이제 "외국인(foreigner)"에서 "외부침입자(alien)"로 약호 전환된다. 체제 내에 존재하는 이질성이란 점에 있어서 외부침입자는 외국인과 구별된다. 이제 순회극의 주관객이 무대 위에서 보고자 하는 중국인의 이미지는 자명해진다. 그것은 자유노동이라는 미국적 꿈을 교란하는 실체로서의 중국인, 곧 사악하고 혐오스러운 외부침입자의 이미지이다. 백인 배우들이 연기하던 이 중국인 인물들(yellow face)은 문자 그대로 중국인을 가장한 백인이다. 이들은 외모, 언어, 문화 등에서 극도의 차이로 과장되면서 낙원으로서의 미국, 곧 자유노동 사회를 오염시키는 병적 존재로 묘사된다. 그러나 이러한 이미지 역시 허구적 신화에 불과하다. 왜냐하면 자영업자들의 몰락과 프롤레타리아화는 중국 이민들이 들어가기 이미 오래 전부터 진행되었던 사회적 현상이기 때문이다. 중국 노동자는 백인 노동자와 마찬가지로 이러한 산업화 과정의 일부분에 불과하다.

순회극은 인종주의가 이데올로기화되는 과정을 보여주는 좋은 예이다. 이후 많은 할리우드 영화가 그 사회적 모순을 은폐하는 방법으로 인종과 젠더의 범주에 의지하였던 것처럼, 순회극 역시 프롤레타리아화의 기원을 사회의 물적 기반에서 찾으려는 대신 인종적 스테레오타입을 통해 '쉽게' 설명, 해결하고 있다. 산업자본주의가 야기한 여러 종류의 모호한 사회적, 성적 불안들이 추상화된 중국인 속에 투사되면서, 계급투쟁으로 향하여야 할 프롤레타리아의 분노는 중국인이라는 특별한 인종에 대한 공격으로 해소되는 것이다. 허구적 민족성(nationality)을 가정하고 그것을 유지하는 방법으로 이와 같은 외부침입자 신화에 의지하는 미국대중문화의 경향은 현대의 많은 SF영화에서도 그 패턴이 재생산되고 있다.

Ⅲ. 할리우드 영화와 아시아계 신화 만들기

1. 아시아계 남성성의 신화

20세기가 되면서 미국의 대중문화, 특히 1910년대부터 시작된 영화문화는 새로운 타입의 아시아계 남성들을 등장시킨다. "제3의 성"으로 불리는 이 인물들은 순회극에 비해 훨씬 성적이고 사적인 색채를 띤다. 이들은 철도 건설이 끝나고 백인 중산층의 가정부로 널리 흡수된 중국인 남성과 자본을 축적하여 중산층으로 진입한 중국인 상인계급과 같은 변화된 사회 환경을 반영하고 있다. 이 무렵의 영화들은 백인의 생활에 깊숙이 침투해온 아시아계 남성에 대한 경계 및 검속에 주력한다.

아시아계 남성에 대한 백인 지배 계급의 불안은 타자에 대한 지배 논리가 늘 그랬듯이 다른 사회적 요인들에 대한 그들의 불안 심리를 함께 투사하는 방법으로 재현되기 때문에 그 안에 풍부한 역사적 의미를 함축하고 있다. 가령 이 시대의 전형적인 영화 문법을 보여주는 <사기꾼>(*The Cheat*)은 겉으로는 백인 중산층 가정을 파고든 일본계 상인 토리(Tori)의 위협과 제거라는 간결한 멜로드라마의 형식을 취하고 있지만 그 내부로는 당시의 사회 변화, 특히 인종·경제구조·성의 영역에서 발생했던 사회 변화에 대한 백인 중산층 남성의 복잡한 심리와 담론적 투쟁을 내포하고 있다. 순회극에 나타난 아시아계 남성들과 달리 이 영화의 아시아계 남성 토리는 훨씬 더 다양한 의미를 내포한 스테레오타입이다.

19세기 말 미국 백인 부르주아 가정은 심화되는 자본주의 체제에 용이하게 대응할 수 있는 방식으로 가부장적 핵가족으로 급속히 재편된다. 이제 남성은 가족을 대표하여 시장경제의 정글로 뛰어들며, 가정은 가장의 전투력을 극대화하기 위한 안락한 휴식처가 된다. 육아, 가사는 여성의 영역으로 정의되고 여기에 걸맞은 방법으로 모성과 성적 순결이 여성성의 본질이자 미덕으로 찬양, 신비화된다. 이처럼 극단적으로 양분된 섹슈얼리티에 기초한 빅토리아적 성 이데올로기는 그것이 비롯된 체제 자체를 수호하기 위해 끊임없이 초과(excess)와 이탈을 검속하지 않으면 안 된다. 이때 이러한 초과와 이탈을 떠안게 되는 기표가 곧 타자이며 그 타자는 쉽게 인종적 타자로 치환된다.

토리의 섹슈얼리티는 철저히 주인공인 백인 남성 리처드(Richard)와의 관계 위에서 구성된다. 그는 합리적이고 이성적이며 윤리적인 리처드와 대조적으로 무절제하고 소비적이며 부도덕한 인물로 그려진다. 토리의 옷은 리처드의 절제된 비즈니스 정장과 대조적으로 화려하고 장식적이며 여성적으로 설정된다. 리처드의 아내 에디스(Edith)는 당시 뚜렷한 사회적 현상으로 떠오르던 자본주의적 소비문화에 물들면서, 새로운 사치품들을 그녀의 근엄한 프로테스탄트 스타일의 거실로 끌어들인다. 에디스의 이러한 이탈은 프로테스탄트적 윤리뿐만 아니라 빅토리아 시대의 성적 이데올로기를 교란할 수 있는 위험한 요인으로 간주되는데, 영화는 그 책임을 토리에게 고스란히 전가하고 있다. 영화는 에디스가 토리의 음모를 폭로하고 다시 리처드가 중심이 되는 가부장적 질서로 복귀하는 것으로 끝난다. 이러한 해피엔딩은 법정에서 토리에게 가해지는 백인들의 집단적 테러와 함께 이데올로기가 어떻게 내부의 모순과 위기를 타자에게 투사하는가를 보여주는 전형적 예이다.

많은 할리우드 영화에서 아시아계 남성은 이러한 제3의 성으로 부호화되었다. 푸만추(Fu Manchu)에서 토리 그리고 조이(Joey, <용의 해>)로 이어지는 이 계보의 아시아 남성들은 일종의 양성적 성성을 띠면서 백인 남성의 성적 우월성을 보강해준다. 이들은 백인 남성의 고전적 섹슈얼리티를 위협하는 차이로 그려지기도 하지만 영화는 대부분 백인 남성성의 승리로 끝남으로써 이러한 아시아적 섹슈얼리티가 열등하며 반윤리적임을 암시한다. 성적 의미가 완전히 거세된 무술영화 류의 희화적 인물에서부터 백인 남성의 동성애적 시선에 복무하는 다양한 양성적 인물에 이르기까지 아시아계 남성의 섹슈얼리티는 다양한 방식으로 재현되지만, 그 작동 원리는 백인 남성의 권력을 정당화해주는 방식으로 동일하다.

2. 아시아계 여성성의 신화

할리우드 영화 속에서 아시아계 여성은 성과 인종의 이중적 이데
올로기로 범주화, 정의된다. 아시아계 여성은 다른 모든 여성과 마찬가
지로 주로 남성에게 욕망의 대상으로 재현되는데, 여기에 인종이라는
또 다른 위계 이데올로기가 더해짐으로써 아시아계 여성은 백인 여성
에 비해 훨씬 더 제한적인 주체의 위치를 부여받는다. 아시아계 여성이
백인 여성에 비해 훨씬 더 쉽게 스테레오타입화 되는 이유가 여기에
있다. 아시아계 여성은 주로 "드래곤 레이디(dragon lady)"와 "연꽃
(lotus blossom)"이라는 두 가지 스테레오타입으로 대별된다. 드래곤 레
이디는 푸만추나 토리처럼 빅토리아 시대 성 모럴의 초과부분을 떠맡
는 부호인데, 이때 이를 향한 백인 지배 계급의 심리는 불안과 에로틱
한 욕망의 이중적 성격을 띤다. 드래곤 레이디들은 옆선이 터진 드레스,
관능적 춤, 유혹적인 어투 등을 통해 그 성적 의미가 반복 강화된다. 이
여성들은 특히 어떤 음모를 은폐한 채 치명적인 매혹으로 백인 남성
주인공들을 유혹하는데, 그들은 천편일률적으로 여성의 유혹을 물리치
고 그들의 남성성과 윤리를 온전하게 수호함으로써 자신들의 우월성을
과시한다.

연꽃은 드래곤 레이디와 대척점에서 작용하는 백인 남성의 또 다른
성적 환상이다. 연꽃은 어둡고 불가사의하며 위험한 섹슈얼리티의 드래
곤 레이디와는 대조적으로 성적 의미가 완전히 제거된, 백인 남성에 의
해 그 의미가 새겨지기를 기다리는 조용한 부호들로 그려진다. <사요나
라>(*Sayonara*)나 <나비부인>(*Madam Butterfly*) 등에서 본격적으로 등장한

이 스테레오타입의 동양 여성은 2차 대전 후 여성들의 활발한 사회진출과 여성주의 운동으로 미국 내에서는 그 존재가 점점 찾기 어려워진 수동적이며 연약한 고전적 여성성을 함의하고 있다. 백인 남성은 자신의 권력을 보증해줄 수 있는 고전적 여성성을 아시아계 여성 속에 아로새기려 한다. 이러한 결과로 재현된 아시아계 여성들은 한결같이 수동적이며 순종적이고 세상에 대해 무지한 인물로 설정된다. 백인 남성은 이 미숙한 여성을 세상과 문명(서구), 그리고 성으로 인도하고 그 대가로 완벽한 존경과 충성을 얻는다.

연꽃의 이미지가 할리우드 영화에 등장한 것에도 역시 역사적 환경이 작용하였다. 1950년대는 미국이 아시아 전역에서 남진해 내려오던 사회주의 이데올로기와 힘겨운 세력전을 펼치던 때였다. 이제 미국은 동유럽과 마찬가지로 아시아인에게 자본주의 이데올로기를 선전하고 아시아에 우호적으로 접근할 필요를 느꼈는데, 이러한 정치적 욕망이 미국 남성과 아시아 여성의 행복한 로맨스로 신화화된 것이다. 두 인종 간의 결혼은 백인 남성이 언제나 주도하는 것이므로 이러한 플롯들은 남성성과 더불어 인종적, 국가적 우월성 또한 확보하는 형식이 된다. 영화 속에서 많은 아시아계 포카혼타스들은 자신의 출신 성분을 완전히 부정한 채 미국 백인 남성을 따라 미국을 자신의 새로운 국가로 받아들이고, 미국 시민으로서 2세를 생산하는 것을 행복하게 받아들임으로써 이상적 아내상으로서의 아시아계 여성 신화를 유포한다(Lee 171).

3. 모델 마이너리티

모델 마이너리티는(model minority) 1960년대 중반부터 등장하여 오늘날까지 미국문화에 편재된 새로운 형태의 "근대적" 이미지의 아시아계 신화이다. 이 신화에 의하면 아시아계는 흑인이나 히스패닉과 대조되는 특별한 마이너리티 그룹으로서, 미국문화에 순조롭게 적응하고 사회 전반에서 성공 사례를 낳은 진정한 아메리칸드림의 실현자들이다. 아시아계의 약진은 『타임』(Time), 『유에스 뉴스』(U.S News), 『라이프』(Life)와 같은 미국사회의 유력한 잡지들을 통해 특집으로 다루어지고, 그 성공 비결이 분석되었다. 이 잡지들이 공통적으로 분석한 아시아계 성공 신화의 핵심은 인내, 자기 수련, 저축, 안정된 가족 문화 등이었다. 이들에 의하면 아시아계는 미국사회 내에서 흑인이나 히스패닉과는 달리 주어진 사회 조건을 거부하는 대신, 체제에 맞는 생존 전략과 노력을 통하여 백인 집단 못지않은 생활수준과 사회적 신분을 획득하였다는 것이다. 이런 점에서 아시아계는 다른 소수 인종들에게 중요한 성공 모델이 되는 것이다.

모델 마이너리티 신화가 60년대 중반부터 미국문화에 활성화된 데에는 중요한 사회적 배경이 있다. 60년대 중반은 흑인 그룹을 필두로 한 다양한 소수 집단들의 인권 운동이 폭발적으로 전개된 시기이다. 1964년 와츠(Watts) 폭동이 보여주었듯이, 사회 구조에 대한 흑인의 불만은 언제든지 폭력으로 표출될 준비가 되어 있었다. 흑인은 자신들의 열악한 정치, 경제적 위치를 문제 삼으면서 인종적 평등을 요구하였다. 모델 마이너리티 신화는 이러한 인종적 갈등 위기를 봉합하는 데 매우 적절한 이데올로기였다. 자유주의자들은 아시아계의 성공을 개인주의, 자유 경쟁, 근면 성실, 자립심 등에서 찾음으로써 흑인 및 히스패닉의 실패를 그 반대의 경우로 암시하였다. 이런 점에서 모델 마이너리티 신화는 미국사회의 한 중요한 구조적 요인으로서 인종적 범주를 흐리면서 궁극적으로는 백인 중심의 자유 자본주의 체제 유지에 기여하였다.

모델 마이너리티 신화는 미국의 체제 유지에 있어서 대외적으로도 효과적인 문화 약호였다. 미국은 한국전쟁 이후 냉전 체제와 함께 아시아에서 사회주의와 힘겨운 세력전을 벌일 수밖에 없었는데, 모델 마이너리티에 어린 미국 주류 사회의 우호적 메시지는 미국의 자유주의를 선전하는 데 중요한 문화 제스처가 되었다. 이 신화에 반영된 미국은 자신의 노력에 따라 성공이 보장되는 자유와 평화의 나라이며, 이러한 원칙 위에서 아시아인은 그 어떤 인종적 불이익도 받지 않는다. 1951년에서 71년 사이에 미국이 환태평양에 투자한 자본이 16조 달러에서 80조 달러로 급신장한 것(Kent 97)을 감안해볼 때, 냉전 이후 아시아 시장에 대한 미국의 이러한 유화적 문화 제스처는 보다 쉽게 이해된다.

1960년에 발표된 <꽃 북 노래>(Flower Drum Song)는 모델 마이너리티로서 아시아계의 부상을 예고하는 신호탄적 작품이다. 여기에 등장하는 차이나타운은 중국의 전통을 고수하려는 부모 세대와 미국적 가치를 구현하려는 자식 세대의 갈등 현장이다. 그러나 이러한 갈등은 그 원인이 심층적으로 고민되는 것이 아니라 피상적이고 코믹하게만 그려질 뿐, 영화의 보다 큰 관심은 이 갈등의 과정과 해결에 나타나는 즐거움과 가벼움에 있다. 이 영화의 장르가 뮤지컬 코미디인 것은 결코 우연이 아니다.

<꽃 북 노래>에 경쾌한 즐거움을 주는 것은 자식 세대의 "모던"한 문화이다. 여기에 비해 부모 세대의 중국 전통 문화는 어둡고 답답하게 그려진다. 영화의 결말은 젊은이들이 고루한 부모 세대의 가치관을 극복하고, 미국식 개인주의와 자유연애를 성취하는 것으로 끝난다. 아시아의 문화와 역사는 전근대적인 것으로서 극복의 대상이며, 그것을 극복하고 미국적 체제에 순조롭게 적응하는 2세들은 활달한 미국 시민으로 기꺼이 수용된다. 세대 간의 갈등이 자식 중심으로 해결되고, 이러한 해결에 대해 부모 세대의 협력이 동반되자, 영화는 미국문화의 대표적 상징인 스퀘어 댄스를 추면서 차이나타운 전체가 즐겁게 화합하는 것으로 끝난다.

<꽃 북 노래>에서 차이나타운이 아편, 도박, 범죄의 어두운 의미를 벗고 경쾌하고 친밀한 분위기로 그려진 데에는 중국인 2세들이 미국적 가치관으로 "근대화(modernize)"되었다는 전제가 깔려있다. 새로운 이민 2세들은 정부에 복지 기금을 신청하지도 않으며, 자신들의 정치, 경제적 권리를 주장하지도 않는다. 그들은 다만 미국적 자본주의 시스템 내에서 자신의 능력에 따라 행복을 추구할 뿐이다. 근대화에 대한 이러한 찬양은 미국 내의 자유주의적 담론에 대한 찬양이기도 한데, 여기에 담긴 메시지는, "모던"한 것은 곧 "미국화(Americanize)"하는 것이며 그것을 받아들일 때 미국에서의 행복과 성공은 보장된다는 것이다.

탈인종적이고 탈역사적이며 탈정치적인 특성을 갖는 모델 마이너리티들은 인종과 역사를 문제 삼는 흑인 그룹과 지속적으로 대조되면서 흑인 그룹의 전투성을 문제시한다. 뿐만 아니라, 자유 경쟁 논리에 입각한 성공 사례의 표본으로서, 모델 마이너리티는 60년대에 부흥하였던

좌파적 사회 운동을 무력화하는 데에도 효과적으로 기여하였다. 인종 및 계급투쟁을 무력화하는 한편 사회주의에 비해 체제 우월성을 강조하는 한 방편으로서의 모델 마이너리티 신화는, 미국의 대외 정책과도 호혜적 관련이 있었다. 아시아계에 대한 우호적 제스처를 통해 미국은 상품 및 이데올로기의 새로운 시장으로서 아시아에 원만하게 접근할 수 있었을 뿐만 아니라, 아시아의 체제를 근대화라는 명목으로 자본주의 체제로 이끌 수 있었기 때문이다.

모델 마이너리티가 아시아계를 정의한 그 이전의 기호들에 비해 훨씬 우호적인 의미를 내포하고 있기는 하지만, 그것은 여전히 아시아계를 특정 위치에 봉합하는 기능을 한다. 모델 마이너리티가 지시하는 아시아계의 미덕은 그 경제적 성공과 함께 정치적 침묵에 있다. 아시아계는 경제적 자립을 통해 사회 재원을 축내지 않으며, 자신들의 권리를 굳이 주장하려고 하지 않는다. 아시아계는 현 상태를 전복할 의지가 없는 안전한 소수계인 것이다. 모델 마이너리티 신화가 특히 아시아계 미국 여성을 다루는 부문에서 두드러지게 나타나는 것은, 순응 및 침묵을 여성의 영역으로 간주해온 전통적 사고방식을 고려해 볼 때 쉽게 예견되는 결과이다. 아시아계 여성은 아시아계 남성보다 더 빈번히 그리고 더 비중 있게 문화의 여러 영역에서 재현될 뿐만 아니라 모델 마이너리티의 신화를 적극적으로 견인해내는 존재로 나타난다. <꽃 북 노래>에서 구세대의 의식을 전환시키는 인물도 리앙(Auntie Liang)이라는 여성이며 그 밖의 다른 여성 등장인물들도 그들의 남성 파트너보다 훨씬 유연하게 시대가 요구하는 자신들의 역할을 수용한다. 그들의 역할은 안정된 가정을 운영하며 자식을 출산, 양육하고 정규 교육을 통해 미국적 가치를 계승해주는 것이다. 이 점에서 아시아계 여성은 사회와 가정의 가부장적 자본주의 이데올로기를 지지하는 최선의 문화적 약호가 된다. 아시아계 여성에 대한 이러한 신화는 주류 방송의 앵커 기용에 있어서 더욱 흥미롭게 나타난다. 코니 정(Connie Chung)을 필두로 주류 방송에 안착하기 시작한 아시아계 여성앵커들은 한결같이 젊고 용모가 단정하며, 몰개성적이다. 이들은 뉴스 사안에 대해 결코 주관적 발언을 하지 않는다. 그리고 무엇보다도 이들은 짝을 이루는 백인 남성 앵커들의 권력을 부드럽게 받쳐주고 있다. 주류 문화에 편입은 되었으나 조용한 부차적 존재, 그것이 코니 정에서 정점을 이룬 아시아계 여성 모델 마이너리티 신화의 요체인 것이다.

4. 국(gook)

모델 마이너리티 신화는 50년대 냉전에서 시작하여 60년대에 활성화되고 70년대, 80년대를 거쳐 오늘날까지 가장 주요한 아시아계 이미지로 활동하고 있다. 그러나 이 신화 역시 70, 80년대의 사회적 변화를 거치면서 수정과 변질을 거듭할 수밖에 없었는데, 그 가장 중요한 계기는 베트남에서의 미국의 패전, 전후의 경기 침체, 그리고 미국 내로 유입하기 시작한 아시아의 자본 등이었다. 베트남전은 국제 전쟁에서 미국의 첫 패배였을 뿐만 아니라, 냉전과 더불어 아시아에서 수행한 미국의 지속적인 자본주의 이데올로기 정책에 일대 타격을 가한 충격적인 사건이었다. 미국문화는 그 패배의 원인을 전쟁의 명분과 전략에서 찾지 않고, "믿을 수 없는 베트남인들"에서 찾아내었다. 전투요원과 민간인의 구별이 모호한 베트남인들의 전쟁 스타일 뒤에는 그 실체를 결코 알 수 없는 아시아인의 숨겨진 정체가 있다. 모델 마이너리티에서 찬양 되었던 그 순응과 침묵은 다시 그 표면 뒤의 정체를 의심받으면서 새로 운 황화(new yellow peril)로 약호 전환된다.

국(gook)은 모델 마이너리티 신화에 베트남전 서사가 겹쳐져 생겨 난 아시아계 이미지이다. 국은 "미국" "한국" "중국" 등의 발음을 듣고 한국전 참전 미군들이 만들어낸 용어로, 적과 아군이 혼재한 "알 수 없 는" 아시아, 특히 한국과 중국계에 대한 미국인들의 비하적 명칭이다. 국은 모델 마이너리티로 확인된 아시아계의 경제력을 인정하면서도, 그 "믿을 수 없는" 정체 때문에 건전한 미국 시민으로 받아들이기 어려운, 불신과 견제의 대상으로서의 아시아계를 의미한다. 특히 1970년에 불어 닥친 미국의 전후 경제 불안은 노동 시장에 대한 불안을 야기하면서, 아 시아로부터 유입된 새로운 이민 물결에 대한 특정 계급의 우려와 반감 을 예고하였다. 70년대 후반의 아시아계 이민들은 모델 마이너리티 신 화의 근간이 되었던 60년대와 70년대 중반의 중산층 전문직 아시아 이 민들과 달리 반숙련 기술자, 자영업자, 저임금 제조업 혹은 서비스업 종 사자들이었다(Lee 188-89). 이러한 이민들은 경제 불황기의 제한된 일자 리를 두고 다른 소수 인종들, 그리고 백인 블루칼라(blue-collar)와 대립 할 수밖에 없었는데, 하층 계급에서 발생했던 이러한 갈등과 대립은 아 시아계 전체의 약호인 모델 마이너리티에 침투하여 그 이미지를 부정적 인 방향으로 수정된다.

1985년에 발표된 <용의 해>(*Year of Dragon*)는 아시아계에 대한 미 국사회의 복잡한 심리를 반영하고 있다. 여기에 오면 차이나타운은 다시 범죄와 부패의 온상으로 설정된다. 차이나타운의 치안을 맡은 백인 경찰 화이트(White)는 베트남 참전 용사로, 아시아에 대한 경험과 지식이 풍부한 인물이다. 그에게 있어서 베트남은 패전의 장소였지만, 차이나타운은 그 패전을 만회할 수 있는 새로운 전장이다. 화이트의 주적은 차이나타운에서 자영업으로 성공한 중국계 이민자 타이(Tai)이다. 타이는 폴란드 무산계급 출신인 화이트와 마찬가지로 어두운 차이나타운을 벗어나 미국의 중산층에 진입하려 한다. 두 사람은 인종적 배경이 다를 뿐 성격, 가치관 등에 있어서는 흡사한 점이 많다. 영화는 타이와 화이트의 대립에 초점을 맞추는데, 이 대립은 인종주의와 성별주의에 기대면서 화이트를 옹호하는 쪽으로 나아간다. 화이트는 그 인종적 특성 때문에 주류 사회에 원만하게 섞여들지만, 타이는 비슷한 성향임에도 불구하고 차이나타운, 범죄, 마이너리티로 범주화된다. 타이보다 낮은 경제적 단계에 있지만 타이에 대한 화이트의 우월이 자연스럽게 정당화되는 이유가 여기에 있다.

타이는 분명 새로운 아시아계 이민의 성공 사례이다. 그는 경제적 부와 권력을 거머쥔 성공한 자영업자이다. 뿐만 아니라 그는 모델 마이너리티답게 "모던"하고 지적인 면모를 소유하고 있다. 타이는 세계화하는 자본주의의 흐름을 타고 중국 본국의 자원을 풍부하게 활용, 교역함으로써 부를 축적한 신흥 자본 계급이다. 그러나 영화는 시대착오적 관점에 입각, 시종일관 타이의 부가 차이나타운의 부패와 연결되어 있음을 암시한다. 또한 타이를 남성적 특질의 화이트와 대비시켜 과도하게 여성화함으로써, 타이가 이성성(hetero-sexuality)을 위반함으로써 미국사회의 성 윤리를 병들게 할 가능성도 아울러 암시한다. 타이는 모델 마이너리티이지만, 여전히 미국사회의 규범과 질서를 교란할 수 있는 잠재적 위험 요소를 가지고 있기 때문에 견제되거나 제거되어야 할 "국"인 것이다.

트레이시(Tracy) 역시 타이와 마찬가지로 새로운 아시아계 엘리트이다. 그에게 주어진 역할은 모델 마이너리티의 전형이 되었던 바로 그 아시아계 여성 방송기자이다. 트레이시는 고학력에 미모를 갖춘 젊은 엘리트이다. 영화는 트레이시가 자신의 출신배경인 차이나타운에 대해 백인 화이트로부터 뭔가를 배워나가는 식으로 설정된다. 높은 지성과 전문직종임에도 불구하고 아시아계 여성은 여전히 남성, 특히 백인 남성의 지식과 권력을 필요로 한다는 것을 암시함으로써 이 영화는 할리우드 영화의 뿌리 깊은 가부장적 인종주의를 깔고 있는 것이다. 이러한 맥락에서 화이트가 트레이시를 강간하는 것은 모델 마이너리티 여성들이 계급적 성공에도 불구하고 여전히 백인 남성의 지배하에 있음을 확인하려는 백인 남성 블루칼라들의 메시지로 읽을 수 있다. <용의 해>는 모델 마이너리티 신화가 그 우호적 함의에도 불구하고 얼마나 기능적 약호로 이용되는가를 극명하게 보여주는 작품이다.

IV. 아시아계 신화의 해체

1980년대에 이르면 할리우드의 아시아계 영화는 새로운 경향을 보이기 시작하는데, 그 출발은 1981년 웨인 왕(Wayne Wong) 감독의 <챈의 실종>(*Chan Is Missing*)이다. 이 영화는 오랫동안 백인의 시선으로 무력하게 타자화되어 왔던 중국계 미국인들의 스테레오타입을 벗는다. 그리고 중국계가 최초로 자신들의 문제를 자신들의 화법으로 전달하였다는 점에서 획기적 의의를 지닌다. 이 영화의 주요 인물인 챈(Chan)은 아무런 흔적 없이 실종되는데, 그의 행방을 추적하는 과정에서 이 인물의 정체성은 결코 정의될 수 없는 수수께끼임이 드러나게 된다. 이 점은 그동안 너무도 간단하게 백인적 관점에서 정의되고 작동된 중국계 미국인의 스테레오타입들에 대한 정면 공격이라 하겠다. 챈뿐만 아니라 영화에 등장하는 모든 중국계 미국인들은 한결같이 현실적이고 모순적이며 복잡한 심리를 지닌 사람들로서 그 어떤 유형화도 거부하고 있다. 차이나타운 역시 아편, 비밀, 어둠, 관능, 타락 등의 측면만이 과도하게 부각되던 것과는 달리 중국인들이 몇 세대에 걸쳐 삶을 영위해온 일상적이고도 역사적인 공간으로 변용된다. 카메라는 전체적으로 강한 다큐멘터리적 감각을 띠고 배경 음악 역시 경쾌하고 유머러스하여, 그동안 차이나타운에 드리워졌던 '동양의 이미지를 불식하고 있다.

<챈의 실종>을 통해 중국계와 차이나타운을 탈신비화한 웨인 왕 감독은 이후 <딤섬>(*Dim Sum*), <차 한잔 하시죠>(*Eat A Bowl of Tea*) 등을 통해 더 정교한 방식으로 중국계 미국인의 일상을 그려낸다. 이제 인물들은 풍부한 역사적 맥락 위에서 재현되는데, 여기에는 중국적 문화와 미국문화가 어떤 위계질서로도 구속되지 않고 담담하고 유머러스하게 그려진다. 왕 감독의 영화들은 백인 지배 계급이라는 허구적 중심의 승인 없이도 마이너리티들이 자신들의 아이덴티티를 주체적으로 탐색해갈 수 있는 가능성을 제시하였다는 점에서 커다란 의의를 지닌다. 이러한 변화는 물론 웨인 왕 감독의 개인적인 성취로만 돌릴 수 없다. 여기에는 이 영화를 가능하게 만든 다른 역사적 맥락들, 이를테면 60년

대 소수민족의 권리 투쟁 운동 및 그 가시적 결과로서의 80년대 다문화주의, 그리고 이전의 아시아계 이민들에 비해 훨씬 높은 교육적 배경과 물질적 수준을 소유한 새로운 형태의 아시아 이민들과 그들이 미국 전역에서 일궈낸 성공이 중요한 상호텍스트로 작용하였다. 요컨대 아시아계를 다룬 최근의 영화들은 훨씬 더 호혜적인 여건 속에서 자신을 주장하고 구성하고 관찰할 수 있는 여유를 확보한 것이며, 이러한 전반적인 물적 변화가 웨인 왕 감독의 영화들로 결실되었다고 보아야 할 것이다.

V

마이너리티들이 추동하는 이러한 놀라운 변화에도 불구하고 할리우드의 전반적인 흐름은 여전히 성과 인종적 이데올로기에 기대고 있다. 백인 남성 주인공을 경제적으로 낮은 위치에, 그리고 그의 경쟁자인 아시아계 남성을 신흥 부유층으로 그림으로써 변화한 미국의 경제 판도를 진보적으로 대변하는 듯한 외양을 하고 있지만 여전히 백인 남성 우월 논리를 강화하고 있는 <용의 해> 같은 영화가 그 대표적 예이다. 이 영화는 아시아계 남성 주인공 조이의 역에 존 론(John Lone)이라는 여성적 외모의 배우를 캐스팅함으로써 '제3의 성'에 대한 백인 관객의 욕망이 아직도 유효함을 증명하고 있다. 여주인공 트레이시 역시 방송사 기자라는 뛰어난 지적 직업에도 불구하고 백인 남성 화이트로부터 자신의 출신 배경인 차이나타운에 대해서 뭔가를 배워나가는 연꽃적 특질을 띠고 있다. 트레이시가 너무도 쉽게 화이트에게 강간당하는 장면이나,

그와 함께 상징적으로 거세당하는 아시아계 남성 조이 등은 여전히 인종과 성의 차원에서 무력할 수밖에 없는 아시아계 신화의 오랜 유산을 확인케 한다.

비슷한 시기에 상영된 <블레이드 러너>(*Blade Runner*, 1982) 역시 그 전반적 진보성에도 불구하고 인종 부문에서는 보수적 색채를 드러냈다. 여기 오면 가까운 미래(2019년 경)에 미국 서부 특히 LA는 초국적 기업과 국적 불명의 이민자들, 그리고 그 결과로 외래문화 및 외국어가 난무하는 곳이 된다. 거리는 쓰레기로 넘쳐나고 하늘은 스모그로 뒤덮였다. 캘리포니아의 자랑이던 태양도 그 하늘에는 없다. 이 영화는 80년 급부상하기 시작한 환태평양 경제 정책에 대한 백인 사회의 불안과 혐오를 반영한다. 환태평양 경제 블록의 새로운 중심지인 LA를 공간적 무대로 설정한 것이라든지, 새로운 경제 흐름을 타고 태평양 일대에 대량으로 유입된 이민자들이 비위생적이고 파악할 수 없는 외부침입자 이미지로 재현되는 것이 그 증거이다. 영화는 새로운 경제 체제 속에서 미국 기업이 아시아에서 거둔 막대한 이익에 대해서는 침묵하면서 오직 LA에서 활동하는 초국적 기업을 "비인간적이고" "부도덕한" 이미지로 그려낸다. 이 기업의 하청업자로 등장하는 한 안구 제작자 인물은 어두운 밀실에서 불법적이며 밀교적으로 안구를 만들어내고 있는데, 이것은 100년 전 무성영화 속의 토리(<사기꾼>)나 그 이후 수많은 아시아계 남성 이미지로서의 푸만추를 반복해서 연기하는 것이다. 외부침입자나 믿을 수 없는 내부자 푸만추의 이미지를 적절히 동원함으로써 <블레이드 러너>는 미국에 유입된 아시아계 자본의 건전성을 의심하고 그 잠재력을 약화시킨다. 언제나 그랬듯이 아시아는 대중매체 속에서 "건전한" 미국문화를

"오염"시켜 언어, 윤리, 환경 등의 국면에서 미국을 디스토피아로 몰아넣을 수 있는 외부침입자로서의 위협, 즉 황화(yellow peril) 그 자체다.

1993년 작품 <떠오르는 태양>(*Rising Son*)은 보다 노골적으로 아시아계 자본을 불신한다. 영화는 시종일관 카메라를 LA의 나카모토(Nakamoto) 회사 초고층 빌딩에 맞춘다. 이 빌딩은 특히 스테인리스와 유리 물성이 강조되면서 공격적이고 비정한 이미지가 강화된다. 빌딩 외양은 또한 일본의 전통 문화 사무라이의 칼날과 병치되면서 미국 내의 일본 기업이 여전히 불분명하고 밀교적인 "동양"의 방식으로 운영됨을 암시한다. 영화 속 살인사건은 일본계 기업에 대한 이러한 의혹의 중심에 있다. 일본 기업은 불투명하고 부패와 연루되어 있으므로 끊임없이 감시 대상이 되어야 한다. 일본 기업에 대한 주류 미디어의 의혹과 불안을 다뤄줄 수 있는 것으로 살인만 한 사건이 없다.

<떠오르는 태양>이 보여주는 또 다른 인종주의적 요소는 일본 기업의 범죄 행위를 수사하는 형사팀의 구성에도 있다. 이 팀은 숀 코너리(Sean Connery)와 웨슬리 스나입스(Wesley Snipes) 두 배우로 구성되어 있다. 노련하고 지혜로운 백인 선임 형사와 미숙하고 코믹한 힙합 스타일의 젊은 신참 흑인 형사는 미국의 건정성을 훼손할 수 있는 "국"으로서의 아시아계 기업을 환상적인 팀워크로 견제한다. 인종적인 적대 관계였던 흑과 백이 아시아계 문제에서만큼은 단합해야 한다는 것이 이 영화의 메시지이다. 아시아계 자영업자 조이(<용의 해>) 때와는 달리 이제 경제적으로 거대 규모가 된 아시아계 자본은 흑과 백이 단합하여 솜씨 있게 견제하고 단속해나가야만 하는 공공의 적이 된 것이다.

경제 단위가 글로벌화되면서 이제 미국은 자국 내에 이른바 제3세

계를 배태해내었다. 새로운 후기자본주의 체제 속에서 자국 내의 제3세계가 되어버린 블루칼라는 자신들의 좌절과 불안의 원인으로 아시아계 이민자를 지목하고 있다. 앞에서 살펴본 영화 이외에도 새로운 황화로서의 아시아를 다루는 영화는 많다. 이런 영화 속에서 아시아계는 한결같이 주류 문화의 차이로 나타난다. 이들은 무례하고 인색하며 돈만을 추구한다. 이들에 대한 블루칼라들의 분노는 따라서 순수하게 그려지고 아시아계에 대한 그들의 처단은 정의로운 의미를 띤다. 경제적, 심리적으로 좌절에 빠진 백인 블루칼라와 흑인 블루칼라가 각각 한국계 가게에 들러 가게 주인을 야구방망이와 총으로 공격할 때—<추락>(*Falling Down*), <위험한 사회>(*Menace II Society*)—카메라의 시선은 철저히 백인 및 흑인 배우와 동일시를 이룬다. 이를 통해 백인 및 흑인 배우의 분노와 좌절은 미국 경제 전체의 시스템이 아니라, 그 시스템에 침입하여 미국사회의 건정성을 위협하고 급기야 자신들의 경제적 위기를 초래한 외부침입자로서의 아시아계에서 그 원인을 발견하면서 아시아계에 대한 이들의 인종주의적 처벌이 정당화된다. 19세기 후반 미국 대중매체가 당대 산업사회의 불안을 아시아계 스테레오타입을 통해 다스렸던 것과 마찬가지로, 오늘날 미국 대중매체 역시 미국사회의 후기자본주의적 불안을 아시아계 스테레오타입을 통해 문화적으로 설명, 통제, 해소해버리는 것이다. 이런 점에서 대중매체에 대한 아시아계의 개입과 교섭의 길은 아직까지 멀리 열려 있다.

* 이 글은 『새한영어영문학』(제45권 1호, 2003년 봄, 29-49면)에 게재된 것을 수정, 보완한 것임을 밝힌다.

참고문헌

Garber, Majorie. *Vice Versa: Bisexuality and the Eroticism of Everyday Life*. New York: Simon & Schuster, 1995.

Hing, Bill. *Making and Remaking of Asian America*. Philadelphia: Temple University, 1995.

Kent, Noel J. *Hawaii: Islands under the Influence*. New York: Monthly Review Press, 1983.

Lee, Robert G. *Orientals: Asian Americans in Popular Culture*. Philadelphia: Temple University, 1999.

Parker, Andrew et al., eds. *Nationalism and Sexuality*. New York and London: Routedge, 1992.

Peterson, William. "Success Story: Japanese-American Style," *New York Times*. January 26, 1966. 73.

Roediger, David. *The Wages of Whiteness: Race and the Making of the American Working Class*. London and New York: Verso, 1991.

Saxton, Alexander. *The Rise and Fall of the White Republic: Class Politics and Mass Culture in Nineteenth-Century America*. London and New York: Verso, 1990.

문화적 식민화와 저항:
제시카 하게돈의 『개고기 먹는 사람들』

I

『개고기 먹는 사람들』(*Dogeaters*)은 필리핀 출신의 미국작가 제시카 하게돈(Jessica Hagedorn)이 1990년에 발표한 작품으로, 약 1956년부터 1985년까지의 마닐라를 다루고 있다. 이때는 마르코스 독재 기간으로 정치, 경제면에서 필리핀의 대미의존이 극심하였던 무렵이다. 마르코스 독재는 자신의 체제를 유지하기 위해 미국이라는 강력한 외세가 필요하였으며, 이는 막 미국의 식민체제를 벗어난 필리핀에 다시 정치, 경제, 문화의 여러 영역에서 구제국에 대한 물적 심리적 종속 현상을 야기하는 계기가 되었다.

    제국주의는 식민모국의 철수 후에도 여전히 강력한 지배력을 행사한다(Said 9). "탈식민(decolonialization) 기간에 진행된 또 다른 식민주의(colonialism)"라고 부를 수 있는 이 현상은 과거의 식민주의와는 두 가지 양상에서 큰 차이를 보인다. 첫째, 그것은 과거의 식민모국과 피식민국이 이제는 원칙적으로 독립 국가 대 독립 국가의 외양을 하고 있기 때문에 그 관계 내에서 작용하는 힘의 흐름이 과거의 직접적 식민 통치의 시대에 비해 부드럽게 은폐되어 있다는 것이며, 둘째는, 그 힘이 급속도로 발달한 미디어의 흐름을 타고 문화적 국면에서 광범위한 식민화를 조장한다는 사실이다. 문화의 영역에서 진행되는 이러한 식민화는 한 사회의 가치 및 이념, 생활 방식 등을 제국의 양식에 맞추는 과정으로서, 어떤 물리적 장치도 거칠 필요 없이 제국의 영향이 생활 전역에 스며들 수 있도록 해주는 동시에 지배와 피지배의 우열 관계를 자연스럽게 확정하고 정당화한다. 이러한 문화적 기제를 통해 제국의 가치는 그것이 억압하는 사회 그 자체에 의해 하나의 표준(norm)으로 새겨지면서 헤게모니의 원천이 된다. 국경을 넘어온 미국의 자본과 그것에 결탁한 국내 독재 세력에 의해 국부의 상당 부분이 잠식된 사회 속에서 미국식 가치에 대한 엄청난 동경 내지는 추종이 일어나는 『개고기 먹는 사람들』의 필리핀은 이러한 신식민지적 상황의 전형적 예라 하겠다.

    이 글은 『개고기 먹는 사람들』에 재현된 전후 필리핀 사회의 신식민지적 상황, 특히 문화적 영역에서 진행되는 신식민지적 상황을 분석하고자 한다. 표면적으로는 신생 독립국에서 철수한 듯이 보이는 미국 제국이 어떻게 문화적 방식으로 자신의 지배를 관철하고 있는가, 그리고 필리핀 사회를 구성하는 서로 다른 계급들은 이러한 상황에 어떻게 대응하고 있는가를 규명하는 것이 이 글의 주 관심사이다. 사실 전자의 문제, 즉 제3세계 내에서 여전히 제1세계로 군림하고 작동하는 제국의 문제는 포스트콜로니얼 문학에 있어서 활발하게 논의된 주제이므로 결코 생소한 것이 아니다. 그것은 식민모국의 물리적 착취와 억압에서부터 피식민계급에 대한 정신적 식민화에 이르기까지 정치, 경제, 문화, 심리적 영역 등 다양한 각도에서 조명되었던 주제이다. 하지만 이러한 다양한 접근을 관통하는 것은 언제나 지배와 피지배라는 뚜렷한 이분법의 논리였다. 그러나 후자의 경우, 즉 피식민계급이 제국과 어떤 관계를 맺는가 하는 문제는, 포스트모던한 감수성과 화법이 강력한 사회적 동의를 받게 된 1980년대와 90년대를 거치면서 기존의 이분법적 표현과는 전혀 다른 양상을 띠게 된다. 중심에 대한 거듭된 우상파괴적 해체와 성, 민족, 계급 등의 각 영역에서 진행된 활발한 지역중심적 사고는 오랫동안 주변화, 타자화되었던 피식민계급들의 발언을 유도하는 데 중요한 기여를 하였다. 『개고기 먹는 사람들』은 이러한 해체적 문화의 세례를 통해 태어난 새로운 형태의 포스트콜로니얼 문학이다. 그것은 기존의 포스트콜로니얼 문학에서처럼 제3세계에 존재하는 제1세계를 문제 삼고 있지만, 그 둘 간의 관계를 단순한 지배-피지배의 구도에서 바라보지 않고 복잡다단한 교류 및 대응관계로 파악하고 있다.

대통령과 군부에서부터 시작하여 창녀와 남창에 이르기까지 『개고기 먹는 사람들』을 구성하고 있는 다양한 필리핀의 인물들은 각자 자신의 입장에서 자신들의 식민지적 상황과 교섭하고 있다. 그들은 많은 부분에 있어서 제1세기의 이데올로기에 침윤되어 있지만 또한 많은 부분에 있어서 그것이 강요하는 의미에 저항하거나 독자적 해석을 내리고 있다. 이러한 점에서 이들은 많은 탈식민주의 작품에 등장하는 피식민 계급들과 차이가 있다. 이 글은『개고기 먹는 사람들』에 나타난 이러한 피지배 계급의 독자적 정치성에 주목하고, 이들의 삶의 중요한 결정요소로서의 지배문화의 영향력과 함께 그것에 대한 이들의 능동적 해독과 정치적 교섭 방식을 규명해보고자 한다.

II

에반젤리스타(Evangelista)의 지적처럼『개고기 먹는 사람들』은 "누추해져버린 스페인식 엘리트주의와 아취, 미국식의 저급한 화려함과 퇴폐, 그리고 제3세계의 절망과 조잡함'(Evangelista 42)이 뒤섞여있는 작품이다. 이러한 혼성성이야말로 메시지 중심의 제1세대 아시아계 미국 문학과 구별되는『개고기 먹는 사람들』의 가장 큰 특질이다(13). 혼성성이 아시아계 미국문학 혹은 제3세계 문학에 있어서, 보편주의와 중심주의를 조장해온 제국주의적 모더니즘 담론을 깨고 복잡다단하고 역동적인 제3세계의 독특한 현실을 대변할 수 있을 것인지, 아니면 이와 반대로 제3세계의 저항과 정치적 연대를 흐리는 자유주의적 다원주의로 빠져버릴 것인지에 대해서는 복잡한 논의가 뒤따를 것이지만, 이러한 혼성적 특질이 제3세계, 특히 7,100개의 섬과 80개의 방언, 그리고 오랜 기간의 스페인 식민기(17세기-1896년)와 미국 식민기(1902년-제2차 세계대전)의 역사를 가지고 있는 필리핀의 현실 그 자체임을 부인하기는 어려울 것이다.

『개고기 먹는 사람들』은 복잡한 필리핀의 오늘에 대한 하나의 "실내악"이다(Davis 124). 여기에는 인물, 문화, 정치, 경제 등 거의 모든 국면에서 서로 다른 것들이 복잡하게 얽혀있다. 우선 두 명의 주된 화자의 혈통을 보자. 리오 곤자가(Rio Gonzaga)는 10대 소녀이다. 이 소녀는 그 성에서 나타난 것과 같이 부계 쪽으로 스페인 혈통을 물려받고 있으며, 모계 쪽으로는 외할아버지의 이름(Whitman Logan)에 암시된 것처럼 미국인의 피를 물려받고 있다. 리오와 더불어 또 다른 주요 화자인 조이 샌드(Jeoy Sand)는 필리핀이 미국 식민지였을 때 흑인미국 병사와 필리핀 창녀 사이에 태어난 사생아이다. 이 두 사람은 제1세계가 철수하고 난 뒤의 제3세계의 현실 그 자체이다.

흥미로운 것은 리오와 조이가 보여주는 계급의 차이다. 스페인과 미국이라는 두 개의 식민모국의 피를 이어받은 리오의 경우, 그의 가문은 현재 필리핀 내의 최상층에 속해 있다. 이 가문은 필리핀이 스페인의 식민지였을 때는 말할 것도 없거니와 그 이후 필리핀이 미국식 자본주의 체제로 이행해갈 때도 고스란히 산업자본가로 수평 이동한 엘리트 계급이다. 이 가족은 넘치는 소비재와 하녀, 식도락, 여가, 그리고 정치적 경제적 권력으로 감싸져 있다. 이에 비해 조이는 마닐라의 허름한 술집에서 디스크자키를 하면서, 마약과 절도, 성 매매로 살아가는 남창이다. 그의 아버지는 미군 철수와 더불어 본국으로 돌아갔으며, 버려진 어머니는 절망 속에서 투신자살을 기도하였다. 리오의 가문이 제국주의에 기생하여 제국의 권력과 부를 복제한 특권층이라면, 조이는 제국의 점령으로 문자 그대로 만신창이가 된 피식민 하위 계급 그 자체이다. 리오와 조이는 계급 눈금자의 가장 끝에서 제국주의와 그 부산물로서의 인종주의로부터 결코 자유롭지 못한 오늘날 제3세계 현실을 가르쳐준다.

혈통뿐만 아니라 문화의 각 영역이 그 기원을 식별하기 어려울 정도로 잡종화되어 있는 필리핀 사회이지만, 그중에서도 미국문화는 단연코 하나의 지배 가치, 선호 가치가 된다.

> 냉방장치가 된 애비뉴 극장 어둠 속에는 꽃향기 섞인 포마드, 설탕 초콜릿, 담배연기, 그리고 땀 냄새로 가득하다. '천국이 허락하는 모든 것'이 . . . 상영되고 있다. . . . 얼어붙은 호숫가에 서 있는 록 허드슨의 투박한 작은 집 . . . 한 폭의 그림 같은 미국의 풍경 . . . 연기가 피어나는 굴뚝이며 앙상한 나무들이 서 있는 쓸쓸한 겨울 숲 . . . 플레어스커트, 안장처럼 생긴 넓은 벨트, 하얗게 깔끔한 블라우스, 그리고 한 줄로 걸린 섬세하고 푸르스름한 진주목걸이. 짙게 그린 눈썹과 새빨간 입술. 글로리아 탤보트의 어깨에 걸린 소녀다운 화사한 핑크 캐시미어 카디건. 사촌 푸차와 나는 그녀의 오만한 스타일에 매혹된다. 글로리아의 그 멋진(cool) 무심한 표정 . . . 그 자연스러운 오만함은 순수하게 미국식이며, 모던하고, 부러운 것이다. (3-4)

이 인용문은 『개고기 먹는 사람들』의 도입부로서, 두 소녀가 한 마닐라 영화관에서 <천국이 허락하는 모든 것>(*All That Heaven Allows*)이라는 할리우드 영화를 보고 있는 장면이다. 리오와 그 사촌인 푸차(Pucha)는 어둠 속에서 스크린 위에 펼쳐지고 있는 전형적인 미국 스타일을 홀린 듯이 바라보고 있다. 이들에게는 미국의 자연 환경 및 라이프스타일뿐만 아니라 주연배우들의 외모, 의상, 심지어는 제스처까지가 모두 숭배의 대상이 되는데, 이 속에는 놀랍게도 자신들을 바라보는 식민모국 여성의 "오만한" 시선도 포함되어 있다. 미국과 관계되는 것은 그것이 무엇이든 간에 "멋진(cool)" 것으로 받아들여진다. 바로 이런 이유 때문에 이사벨(Isabel)은 부유층으로 신분상승하는 것과 동시에 영어를 "완벽하게 다듬고" "r" 발음을 제대로 굴리려고 애쓰는 것이다(20).

　　미국은 아시아의 한 지역에서 하나의 진정성, 표준, 중앙으로 자리하면서, 지구 반대편의 그 곳을 자신의 메트로폴리스로 편입시킨다. 위의 인용에 암시된 것처럼, 미국의 추위 및 벽난로는 크리스마스를 더욱 크리스마스답게 하는 멋진 어떤 것이며, 이와 비교되는 필리핀의 더위는 하나의 주변이며 누추한 것이다. 문화적 식민 상황 속에서는 "미국에서 생산된 그 어떤 것도 자국(필리핀)의 것보다 자동적으로 좋은" 것이 된다(Davis, 124). 푸차는 돼지고기와 콩을 좋아하는데 그 이유는 이들이 "당밀과 섞이면서 달작지근하게 입에 달라붙기 때문만 아니라 그 이상으로 값비싸고 수입품들이기 때문"(62)이다. 『개고기 먹는 사람들』의 인물들이 그 계급적, 성적 차이에도 불구하고 대부분이 미국을 향한 열렬한 동경에 사로잡혀 있는 이유도, 문화의 모든 척도를 능가하는 이러한 미국의 중심성 때문이다. 우선 리오의 경우를 보자. 리오는 앞의 인용문에 나타난 것과 같이 또래와 함께 미국문화에 열광하고, 미국 음식과 상품을 폭넓게 소비하며, 결국 성인이 되어 미국으로 이주한다. 리오의 어머니 돌로레스(Dolores)는 자신을 "리타 헤이워드(Rita Hayworth)"로 부르는가 하면, 시종 일관 리오에게 미국행을 권하고, 작품의 마지막 부분에서 미국 내의 어딘가로 잠적해 버린 것으로 드러난다. 상류층을 대표하는 여성 베이비 알라크란(Baby Alacran)은 자신이 할리우드 영화배우로 연기하는 꿈을 꾸며, 그와 계급적으로 대척점에 서 있는 로미오 로잘

레스(Romeo Rosales) 역시 할리우드 배우로 진출한 친구의 도움으로 할리우드로 건너갈 날을 학수고대하고 있다. 로미오의 실제 이름은 올란도(Orlando)이지만 그는 자신의 영어식 이름(Romeo)을 고집한다. 조이는 아예 자신의 성을 라스베가스 카지노의 이름을 따서 샌즈(Sands)로 짓는다. 조이의 유일한 희망 역시 이전 애인 니얼(Neil)이 미국에서 자신을 초청해주는 것이다. 이들이 누구이든 그리고 어디에 있든 미국은 이들의 심장에 있다.

미국이 태평양 너머 먼 한 독립국가에서 강력한 권력의 중심지로 작동하는 데에는 한때 이 나라를 군사적 정치적으로 지배했던 식민모국이었다는 역사적 사실 외에도 두 가지의 다른 요인들이 결정적으로 작용한다. 첫째는, 식민모국이 철수하고 난 뒤 신생국가를 접수한 토착 엘리트 계급의 강력한 친미 성향과 정책이며, 두 번째는 팍스아메리카나의 물결을 타고 필리핀에 무차별적으로 상륙한 미국식 자본주의 체제와 그 짝패로서의 소비지향적 대중문화가 그것이다.

미국은 제3세계에 있어서 언제나 어떤 특정 엘리트 계급이 정권을 유지하기를 원해 왔다. 이 계급은 확연한 친미 성향의 계급으로서 미국의 자유주의 체제가 세계를 무대로 활동하기 용이하도록 본토의 환경을 조율하는 역할을 맡아왔으며, 바로 이러한 노력에 대한 대가로 미국으로부터 정권 유지를 보장받고 그에 필요한 경제적 지원을 받았다. 『개고기 먹는 사람들』의 주된 시간적 배경인 70-80년대는 이러한 친미정권의 대표자라고 할 수 있는 마르코스 정부가 그 독재 권력을 극대화하던 시절이다. 필리핀의 엘리트 계급은 또한 이러한 독재 권력의 비호 속에서 각종 군사산업, 소비재 산업의 독점을 통해 엄청난 부를 확보하고 그 대가를 다시 독재정권에 돌려주는 일을 되풀이하고 있었다. 리오의 서사에도 나타나 있듯이 필리핀의 엘리트 계급은 독특한 봉건적 친족 관계로 연결되어 있다. 리오의 가문은 최고 재벌 알라크란(Alacran), 최고 군부 실력자 레데스마(Ledesma), 그리고 심지어는 야당 당수인 아빌라(Avila) 상원의원과 일종의 족벌 개념으로 묶여있다. 레데스마는 야당 당수의 딸 데이지(Daisy)를 고문하면서 "딸(hija)"이라고 부르는가 하면, 그와 아빌라 간의 관계는 이복형제 혹은 사촌일 수도 있음이 암시되기도 한다.

필리핀을 정치, 경제, 군사적으로 움직이는 토착 엘리트 계급은 그 어떤 정치적 이익에 앞서 자신들의 계급적 이익을 우선시한다. 이 계급은 블로산(Bulosan)의 『미국은 내 마음에』(*America Is in the Heart*)의 전반부에 상세히 그려져 있듯이 필리핀의 기층 농민을 오랫동안 악랄하게 수탈했던 그 봉건적 지주계급이다. 이후 미국에 의한 식민기 및 탈식민기에도 관료 및 산업의 최상부로 고스란히 수평이동한 일종의 영속적 지배 계급이다. 이 계급이 누린 오랜 특권의 역사를 고려해볼 때 자신의 계급의 결속과 유지에 대한 이들의 집착은 보다 쉽게 이해된다. 이러한 체질 때문에 2차 대전 이후 필리핀의 토착 지배 계급은 거스르기 어려운 대세로서 미국의 세계적 패권 체제와 적극적으로 결탁한다. 이들은 자국 내에서 인권 유린, 착취, 폭력, 고문 등 신식민지적 중심이 꺼려하는 일들을 대행하면서 자국을 기꺼이 변방화한다. 『개고기 먹는 사람들』에 난무하는 폭력, 고문, 강간, 암살, 계급 착취의 뒤에는 미국과 필리핀 토착 지배 계급 간의 이러한 결탁이 있다.

마르코스 및 지배 계급은 자신들을 권력화하는 방식으로 중심의 복제와 민족주의 전략에 기대고 있다. 중심의 복제란 토착세력이 자국 내에 이차적 중심을 만들어내는 것이다. 이 이차적 중심은 제국과 식민지 간의 권력 구조와 동일한 구조를 자국 내에 파생시키면서, 자신과 또 다른 주변을 구별하고 위계화한다. 그 결과 이 계급은 자국 내의 그 어느 계급보다 미국의 특정 계급과 친연성을 띤다. 곤자가, 알라크란, 그리고 대통령 가족들이 소비하는 엄청난 규모의 소비재들은 필리핀 내의 작은 미국으로 손색이 없으며, 바로 이러한 중앙의 복제 능력으로 인해 이들은 자연스럽게 타 계급과 차별화하면서 자기 계급을 특권화한다. 이들이 중심의 중심으로서의 미국문화를 적극적으로 유포하고 지지하는 것은 당연한 일이다.

마르코스 정권이 자신을 권력화하기 위해 동원하는 두 번째 전략은 민족주의다. 민족주의란 한 국가가 외세의 영향력에 저항하여 자결과 자치를 행사하려는 이데올로기이다. 정권 창출 및 유지에 있어서 외세 의존적인 마르코스 정권이 민족주의를 주요 국책으로 내세우는 것은 일견 모순처럼 보이지만, 이 정권이 민족주의 담론을 이용하는 방식을 보면 이 두 현상이 결코 이율배반이 아님을 알 수 있다. 마르코스 정권이 민족주의를 활용하는 방식은 대부분의 독재가 이용하는 그 방식, 즉 독재 권력을 확립하고 정당화하기 위해 하위 그룹의 희생을 "애국"의 이름으로 강요하는 방식이다. 『개고기 먹는 사람들』에서 거듭 언급되는 마닐라 국제영화제와 미인대회를 보자. 이 두 행사는 마르코스 정권이 신생 독립국 필리핀의 국제적 부와 위상을 과시하기 위해 야심차게 전개해가는 사업이다. 특히 이 행사를 진두지휘하는 퍼스트레이디는 다양한 매스미디어를 통해 그것의 애국적 차원을 거듭 강조한다. 외국인 관광객들의 시각적 쾌락을 위하여 필리핀의 빈민촌들이 콘크리트 차단막으로 가려지고, 화려한 행사장 건립 공사에 수많은 필리핀 노동자들의 생명이 희생된다(Evangelista 51). 그러나 이 모든 것은 "애국"의 이름으로 독려되기 때문에 가려지는 타자, 죽임을 당하는 타자는 그들의 희생에 대한 의문과 저항을 표면화하기 어렵다.

　민족주의의 미명 아래 전개되는 국제영화제와 미인대회의 내용을 자세히 살펴보면, 마르코스 정권의 민족국가 이데올로기가 사실은 친제국주의와 동전의 양면인 것을 알 수 있다. 국제영화제란 결국 당시 급부상하던 할리우드 영화의 대량 공세로 이어지게 되는데, 이것으로 이익을 보는 집단은 말할 것도 없이 할리우드의 영화 산업가들이다. 영화는 동일한 제조원가로 거의 무한대의 재생산이 가능하기 때문에 시장 개척이 이윤 창출과 직결된다. 마르코스 정권의 국제영화제는 할리우드가 해야 할 판촉을 대신해준 것이다. 미국은 1920년대부터 대중문화에 정부적 차원의 지지를 시작하였는데 이것이 절정에 이른 때가 2차 대전 직후이다. 미국이 대중문화, 특히 할리우드에 집중적으로 지원하게 된 것은 영화와 같은 대중문화의 수출이 가져오게 될 손쉬운 무역흑자 때문만은 아니다. 2차 대전으로 조성된 팍스아메리카나의 구도 속에서 미국 대중문화는 수출을 타고 미국식 가치와 생활양식을 세계 전역에 퍼뜨리게 되고, 아울러 그와 관련된 미국의 제반 산업의 경쟁력을 함께 높여줄 것을 예견했기 때문이다. 마닐라의 국제영화제는 미국정부와 자본가들의 이러한 계산을 적극적으로 실현해준다.

　미인대회 역시 전형적인 남성중심의 서구적 문화행사이다. 산업화와 더불어 남성 부르주아들이 여성성을 자궁이나 볼거리로 제한하면서 자본주의와 결탁한 가부장제가 확립되는데, 미인대회는 이러한 유산이 문화적으로 재현된 것이다. 퍼스트레이디는 이 행사 역시 비상한 관심으로 관리한다. 여성은 아름다움과 부드러움으로 국가 경제 발전에 기여하는 남성들의 노고를 위로해주므로, 여성의 미는 곧 국가적 자산이라는 것이 퍼스트레이디의 논리이다. 데이지가 미인대회 수상을 거부했을 때 퍼스트레이디가 문제 삼고 공격한 것은 그것이 "[대회를 주관한] 나 자신에 대한 모욕일 뿐만 아니라 우리나라 전체에 대한 모욕"이기 때문이다(174). 필리핀 여성의 성은 민족주의로 포장한 서구 자본주의 이데올로기에 따라 가정, 볼거리, 소비 대상으로 규정된다. 가려지고 희생되는 필리핀의 빈민계급과 마찬가지로 필리핀의 여성 역시 국가 건설의 프로젝트 속에서 익명화, 타자화되는 것이다.

필리핀 내의 지배 계급이 자국 내의 미국문화 진출을 위해 그 토대를 마련해주었다면, 미국식 상업자본주의는 필리핀 내에서 미국문화의 소비를 급속히 활성화시켰다고 할 수 있다. 막강한 자본과 시장 지식으로 무장한 미국의 초국적 자본은 영화, 패스트푸드, 쇼비즈니스의 영역에서 문화 인프라가 취약한 제3세계를 휩쓸게 된다. 자본주의 문화는 생리적으로 소비를 겨냥하기 때문에 개인주의적, 친자본주의적, 소비지향적 경향을 띨 수밖에 없다. 특히『개고기 먹는 사람들』에 만연한 쇼비즈니스식의 상업자본주의적 문화상품은 그것이 구사하는 고도의 이미지 중심 화법으로 소비자를 보다 효과적으로 탈정치화하고 이미지의 세계, 곧 시뮬라크라 속으로 몰아가게 된다.

『개고기 먹는 사람들』의 대중문화는 미국 수입품, 혹은 미국문화 모사품들이다. 작품 초반부에서 이미 리오와 푸차를 매혹했던 할리우드 영화는 말할 것도 없이 수입품이며, 텔레비전과 라디오에서 자체 제작한 멜로드라마(soap opera), 토크쇼 등도 모두가 미국 상업 방송 프로그램의 장르를 그대로 차용한 모방작들이다. 할리우드 영화에 대한 필리핀인들의 매료는 리오와 푸차의 영화관 장면에 생생히 묘사되어 있는 것처럼, 아빌라의 표현을 빌리면 할리우드 영화에 대한 "허기(hunger)"와도 같은 정도이다(101). 할리우드 영화가 거리에서 대중을 매료한다면, 멜로드라마나 토크쇼는 안방에서 대중을 끌어모은다. 실제 마르코스 정권 때 최고 인기를 누렸던 실제 토크쇼를 재현한 코라 카마초(Cora Camacho) 쇼는 그 스타일 상 미국 대중매체의 전형적 프로인 토크쇼와 조금도 다를 바가 없다. 코라는 당대 필리핀의 모든 정치, 문화적 화제를 자신의 프로로 끌어들인다. 여기에는 각종 거물 인사들이 초대되고 정치판의 최근 동향들이 소상하게 소개되는가 하면, 미인대회의 뒤 소식, 이를테면 데이지의 수상거부와 눈물, 그리고 그것에 대한 반응으로 퍼스트레이디의 공개 비난과 분노의 눈물 등도 상세히 취급된다. 요컨대, 굵직굵직한 사안에서부터 소소한 일상까지 코라의 쇼는 금기의 영역이 없는, 그야말로 언론의 자유가 넘치는 미국식 "자유"를 실천하고 있는 듯이 보인다. 그러나 이러한 자유는 이 토크쇼의 내용을 좀 더 자세히 들여다보면 허구임이 드러난다. 우선 소재 면에서 코라 쇼는 거물, 주요인사, 유명인, 부자들로 한정되어 있다. 여기에는 상류층 소녀 리오라면 모를까 남창 조이, 술집 종업원 로미오, 백화점 점원 트리니다드(Trinidad Gamboa)의 이야기는 끼어들 가능성이 없다. 스타일의 문제는 더 교묘하게 허위적이다. 상업방송의 전형적인 스타일처럼 이 방송이 노리는 것은 진실의 규명이라기보다는 흥행이다. 수많은 정치가가 초대되고 수많은 정치 이야기들이 보도되지만, 그것은 선정적이고 피상적인 차원에 머물 뿐이다. 아키노, 즉 아빌라 상원의원의 암살을 다룬 부분은 이러한 예의 전형이다. 군사 독재 치하에서 야당 당수가 암살되었다는 역사적 사건은 마치 멜로드라마의 일부처럼 달콤한 슬픔으로 처리될 뿐이다. 코라의 쇼는 정치를 오락화하고, 삶의 비극적 실재를 흥밋거리로 가공할 수 있는 상업방송의 놀라운 능력을 보여준다.

토크쇼가 거짓 언론 자유를 유포한다면, 멜로드라마는 거짓된 자본주의적 풍요를 유포한다. 리오와 리오의 어머니, 할머니뿐만 아니라 리오의 집에서 일하는 하녀들까지 매일 저녁 불러 모으는 라디오 멜로드라마는 계급과 무관하게 마닐라 여성 대부분을 고정 팬으로 확보하고 있다. 이 드라마가 즐겨 다루는 주제는 상류층 여성들의 얽히고설킨 애정행각이다. 여기서 그려지는 필리핀의 여성 현실은 어쩌면 할리우드 영화보다도 더 먼 거리로 필리핀의 하층 여성들과 떨어져 있을 것이다. 그러나 리오 집의 하녀들은 자신들과 무관한 이 이야기에 빠져들기 위해 하루를 기다리고 또 기다린다. 드라마 속에 등장하는 상류 계급의 이야기들은 너무나 자족적이고 순수하게 그려져 있으므로, 그들의 풍요가 기대고 있는 것이 바로 자신들의 노동과 가난이라는 것을 이 여성들은 인식할 수가 없다. 그 결과 자신과 자신의 계급을 위해 흘려야 할 눈물들이 멜로드라마의 주인공들에게 바쳐져버린다.

이와 같이 토착 엘리트의 후원과 상업자본주의의 매력적인 이미지 상품들을 타고 미국의 가치 및 생활양식은 필리핀인들의 일상생활에 깊숙이 뻗어가게 된다. 카스퍼(Casper)의 지적처럼 방글라데시에 이어 어린이 영양실조율이 세계 2위인 필리핀에서 리오 가문이 소비하는 음식의 양과 정교함은 분명 죄악이다(152). 그러나 필리핀의 대중매체에는 이를 문제 삼는 어떤 움직임도 없다. 풍요는 오히려 선호 기표로 널리 선망되기 때문에, 비교적 높은 지성과 의식을 갖춘 리오조차도 자기계급의 풍요가 기대고 있는 착취와 부패의 현실을 뚜렷이 자각하지 못하고 있다. 이러한 현상은 그 역의 방향, 즉 리오 집의 하녀들, 조이, 로미오 및 그 여자친구들의 경우에도 마찬가지이다. 이들은 리오 가의 풍요나 그것의 더 근원으로 할리우드 속의 미국의 풍요가 자신들의 빈곤과 긴밀히 연관되어 있음을 인지하지 못한다. 미국 자본주의 문화는 빈곤을 늘 개인의 노력 부족이나 결함으로 돌리기 때문에 이들 하위 계급이 개인 단위로 살아남는 길은 오직 서로가 서로를 잡아먹는 방식, 곧 "dogeaters"가 되는 방식밖에 없다.

III

『개고기 먹는 사람들』이 비록 필리핀 문화의 가장 지배적 세력으로서 미국 자본주의 문화를 다루고 있긴 하지만, 그것이 이 작품의 유일한 담론은 아니다. 서론에서 밝힌 것처럼, 『개고기 먹는 사람들』의 새로움은 이러한 지배 문화에 대한 다양한 대항 담론들을 표면화한 데 있다. 많은 피식민 문학과는 달리, 어떤 강력한 지배 담론에 의해 정의되고 호명되는 무력한 수동적 존재로서의 피식민인들을 문제 삼는 것이 아니라, 지배 담론 아래에 가려진 하위 담론들의 독자성과 교섭 방식을 다루고 있다는 점에서 『개고기 먹는 사람들』은 주목할 만하다.

『개고기 먹는 사람들』에 등장하는 수많은 인물들은 각자의 위치에서 사건을 진술하고 해독한다. 리오와 조이라는 두 명의 주 화자가 있긴 하지만, 이들 역시 의미화의 전권을 쥐고 있지 않다. 마닐라에 대한 리오의 회상은 또 다른 인물인 푸차나 아버지에 의해 그 오류가 지적되고 수정되며(245), 조이 역시 독자의 신뢰를 얻기에는 과도하게 자기중심적이다. 요컨대『개고기 먹는 사람들』의 인물들은 그 수만큼의 서로 다른 글쓰기를 하고 있는 셈인데, 이러한 복수의 글쓰기야 말로 지배 담론의 단일 언어(monoglosia)를 문제시하고 교란할 수 있는 출발점이 된다.

조이는 그동안 제국주의적 글쓰기 속에서 아시아, 여성성, 타자, 야만성 등으로 상투화되어왔던 전형적 인물이다. 물론 그의 표면적 현실은 제1세계 백인 남성 관광객들의 현지 안내인이자 남창으로서 남성적 백인 남성 대 여성적 아시아 남성의 전형적 권력 관계를 반복하고 있다. 그러나 자신의 목소리를 내고, 억압 구조 자체를 건드린다는 점에서 조이는 적어도 새롭게 재현된 아시아 매춘 남성이다.

> "친구(good sport)." 그는 커다란 손으로 자기 가슴을 치며 웃는다. 경멸로 나는 바닥에 침을 뱉었다. "여보슈. 내가 아무것도 모르는 것처럼 말하지 말어. 친구(good sport)," 눈을 부라리며, 나는 그가 했던 말을 흉내 낸다. "지금 뭐하는 건데? 고독한 레인저(lone ranger)와 톤토 놀이하는 거야?" . . . 그는 당황해서 어쩔 줄을 모른다. "조이, 미안해." . . . 난 잠시 그대로 상황을 유지한다. "난 야만인(savage)이 아니라구." 금방 울 듯이 쳐다보길래 나는 이제 그만 둔다. 테이블 아래로 다리를 만진다. 내 목소리로 그를 달랜다. "니얼," . . . (73)

조이와 백인 남성 니얼이 나누는 이 대화에는 두 개의 서로 다른 담론이 충돌하고 있다. 니얼의 관점은 세계 전역에서 식민지를 개척, 경영하던 백인 남성 지배층의 인종적, 성적 이데올로기를 대변하고 있다. 그 관점 속에서 피식민 계급 조이는 문화적으로 열등하고, 수동적이며, 백인을 추종하는 것으로 예상된다. 그러나 조이는 이러한 니얼의 언어를 뒤집고 있다. 조이는 백인 남성 레인저와 토착 남성 톤토라는 미국 제국주의의 전형적 문화적 코드를 전복, 자신이 서구 중심의 담론 속에 갇혀 있는 "무지하고" 수동적이며 온순한 존재가 아님을 드러낸다. 자신을 레인저, 그리고 조이를 톤토와 동일시하던 니얼의 관점은 이 코드에 대한 조이의 새로운 해석과 저항으로 흔들리게 된다.

백인 남성 권력을 강화해주고, 그 지배 복종 관계를 정당화해 줄 수 있는 조용한 타자로서의 조이가 갑자기 자신의 주체성을 드러내고 제국주의 텍스트를 다시 쓸 때, 당연하고 자연스럽게 보장되었던 백인 남성 니얼의 권력은 해체된다. 조이는 곧 제1세계에서뿐만 아니라 제3세계에도 만연한 식민주의적 텍스트 아래에 묻혀 있는 하나의 중요한 하위 텍스트이다. 조이는 자신과 니얼의 관계를 성을 매개로 하는 상품 교환 관계로 해석한다. 그는 자신의 성을 사는 것이 니얼의 화폐이지, "지적이고 관대한" 백인 남성의 인품이 아님을 드러낸다. 조이는 자신의 리더십을 전제하는 니얼의 태도에 대해 조소하고, "침을 뱉는다."

제3세계가 의미를 부여받기를 기다리는 조용한 부호가 아니라, 자신의 역사와 삶을 구체적으로 표현해내는 주체로 바뀌는 순간 제1세계의 악몽은 시작된다. 조이가 톤토를 부정하는 순간, 조이가 또한 순수한 관람의 대상에서 빠져 나오는 순간, 니얼 및 레이너(Rainer)는 타자가 빠진 허술한 자기 공간에 직면한다. 이때 이들이 보게 되는 것은 타자의 승인 없는 권력의 허위이며, 텅 빈 무대에서 자신에게로 되돌아오는 욕망의 부끄러움이다.

> 소녀는 속이 비치고 느슨한 드레스를 입고 . . . 맨발이다. . . . 소년 역시 맨발이며, 카키색 바지만 입고 있다. 근육이 잘 발달한 그의 몸을 타고 정교한 거미와 거미줄 문신이 새겨져 있다. 등에는 울고 있는 마돈나가 문신되어 있다. 아름답다. 미국인 둘이 의자에, 열심히 앉아 있다. . . . 나는 그들이 다 보인다. 미국인 둘, 얼굴을 돌린 소녀, 그리고 대단한 문신을 하고 있는 소년들. 끝나자 소년이 백인들을 본다. . . . "됐어요, 손님?" . . . 뜨악해진 미국인들. "한 번 더 할까요?" (75)

지배 문화 속에서 제3세계는 언제나 제1세계에 있어서 보이는 대상으로 자리매김하여 왔는데, 이 인용문에서 그 관계는 돌연 뒤집히게 된다. 백인 남성 관객들을 위해 나체 쇼를 하던 필리핀 남녀가 갑자기 관객을 바라보면서 다시 볼 의사가 있는지를 "묻고 있는" 것이다. 타자가 텍스트의 주체로 개입해 들어오는 것도 당혹스럽지만, 보다 더 당혹스러운 것은 타자에 의해 자신이 대상화되는 것이다. 자신의 존재를 어둠 뒤에 안전하게 숨기고 관음적 쾌감을 즐기던 관객은 갑자기 자신의 욕망이 지적되고 그 자체가 관람의 대상으로 역전되는 것을 목도한다. 더 놀랍게도 무대 위의 배우들은 백인들의 시선과는 무관하게 실제 성교를 통해 쾌락을 느끼기도 하고, 또 백인들의 시선 자체를 쾌락의 한 방식으로 이용하는 등 성적 쾌락의 자율성을 만끽하고도 있다.

이렇게 될 때, 상대적으로 더 무지하고 더 불리한 쪽은, 지배-피지배 이데올로기를 만들어낸 제1세계 그 자체이다. 백인 남성의 관음적 욕구와 권력욕을 채워주는 대가로 생계비를 벌어가는 조이 류의 제3세계 하류계급은, 자신들의 몸에 새겨진 구매자의 욕망을 읽고, 자신들의 성을 판매 대상으로 내놓고 있을 뿐이다. 이들에게 있어서 몸은 소비 자본주의에서 자신들이 팔 수 있는 유일한 상품일 뿐 그 이상의 의미가 없다. 그래서 이들은 백인 남성이 이 단순한 성매매 관계를 정신적인 지배-복종의 관계로 읽으려고 할 때, 그 관점을 되돌리면서 저항하거나, 역이용한다.

레데스마의 정부인 롤리타(Lolita) 역시 전 지구화된 자본주의 체제 아래서 제3세계 여성이 살아남는 전략을 교묘하게 구사하고 있다는 점에서 조이 및 그 동료들과 유사하다. 롤리타의 몸은 초국적 자본에는 포르노 제작용으로, 필리핀의 정치 실세들에게는 자신들의 권력을 보증해줄 수 있는 소유물로, 그리고 대중매체 제작자들에게는 대중을 매료할 풍부한 볼거리 및 여성 성공 신화의 기호로서 다양한 소비 효과를 지니고 있다. 포르노 영화 속에서 롤리타의 몸은 남창 조이의 몸보다 훨씬 가혹한 폭력의 대상이 된다. 유럽에서 온 영화제작자는 롤리타에게 "롤리타 루나의 질을 오래 접사(클로즈업)해서 번뜩이는 칼날 혹은 . . . 총으로 희롱하는 장면"이 포함된 영화제작을 제의한다(177). 롤리타에 대한 레데스마의 욕망 역시 이러한 가학적 포르노와 다르지 않다. 레데스마는 군부실력자라는 자신의 권력(총칼)을 보증해주는 방식으로서 롤리타의 성기를 소유하고 굴복시켜야 한다.

롤리타의 몸은 자국과 해외에서 남성의 폭력을 고스란히 받아내는 수동적이고 아름다우며 연약한 여성성으로 기호화되고 팔린다. 그의 몸에 대한 식민계급들의 집착―미국 식민지였을 때 롤리타의 몸은 영국인 남성의 소유였으며, 독립 이후에는 레데스마나 기타 정치 권력자들의 소유권 경쟁 대상이다―뒤에는 지배 계급이 자신의 권력을 표현하고 정당화하기 위해 반드시 필요로 하는 타자의 상징적 효용이 있는 것이다. 그러나 이러한 상징적 의미는 그 의미를 최종적으로 받게 될 수여자, 즉 타자의 해독과 늘 일치하는 것은 아니다. 롤리타의 경우가 이러한 불일치의 대표적 예인데, 롤리타는 의미화의 주체인 남성 권력자들의 의도와는 달리 자신의 몸을 철저한 물질적 상품으로 설정한다. 그는 자신의 상품을 시장의 욕망에 맞추어 판매할 뿐이다. 유럽 포르노 산업과 필리핀 군부 실세라는 두 구매자 앞에서 롤리타는 냉정하게 자신의 경제적 이익을 따져보고 있을 뿐, 그 어느 쪽에 대해서도 자신을 전폭적으로 내어주지 않는다. 롤리타의 궁극적 목표는 레데스마의 권력도, 자신의 육체적 아름다움에 대한 대중의 선망도 아닌, 미국행 비자이다. 그는 자신의 이러한 목적을 위하여 때로는 자신의 몸으로 레데스마의 권력을 사기도 하고 포르노 자본을 사기도 하는 것이다.

　　대표적 하위 계급인 조이와 롤리타가 지배 이데올로기와 관계 맺는 방식은 이처럼 복합적이고 교섭적이다. 이들은 무조건적으로 지배 이데올로기의 호명을 받아들이는 것이 아니라, 그 이데올로기의 틀 안에서 구체적인 자신의 삶을 살고 또 주체적인 의미를 이끌어낸다. 하나의 벗어나기 힘든 체제로서 지배 담론이 결정해주는 위치를 부여받고 있긴 하지만, 특정 지점에 이르러서는 지배 담론의 가정들에 도전하기도 한다. 이들은 수동적이고 무력한 타자들이 아니라 자신의 지식과 삶,

그리고 전략들을 끌어들이고 구사하면서 지배 담론의 요구와 경쟁하고 교섭해가는 역사적이고도 능동적인 개체들이다.

하위 계급들의 이러한 능동성과 전복적 잠재력 때문에『개고기 먹는 사람들』에 등장하는 지배-피지배 관계의 쌍들은 기존의 위계 관행을 위반한다. 조이와 그의 백인 동성애 파트너들, 롤리타와 레데스마 등의 관계에서 정신적으로 더 불안하고 의존적인 항은 권력을 소지한 쪽이다. 조이는 레이너와 니얼을 상대로 문화적 코드를 이용한 일종의 게임을 하고 있으며, 롤리타와 레데스마 쌍도 눈물을 흘리고 애원하는 쪽은 레데스마이다. 타자들의 자율성과 도전은 지배항의 권위를 해체하고 무력화하는 폭발적 잠재력을 띤다. 레데스마의 눈물은 타자들을 단속하지 못하는 지배항의 무력함과 절망의 표현이다. 그의 눈물은 데이지가 미인대회 수상을 거부하였을 때 퍼스트레이디가 흘리는 눈물과 동일한 것이다.

식민 이데올로기, 성 이데올로기 속에서 하위 그룹으로 호명된 타자들이 이데올로기의 권위 자체를 의문시하거나 부정할 때, 그 이데올로기의 수혜자인 특권층의 공포와 혼란은 자명해진다. 특권층의 권위는 타자의 승인과 지지가 있을 때에만 가능한 것이기 때문이다. 사실 어떤 관계의 메커니즘이 한 쪽의 이익을 옹호하는 쪽으로 작동할 때, 그 균형이 깨질 것을 염려하는 쪽은 현재 이익을 보고 있는 그 집단이다. 이 특권 집단의 탐욕은 그 크기만큼이나 큰 불안과 죄의식을 수반하게 된다.

캐디들은 골프 클럽으로 무장하고 공격해온다. . . . "죽여버릴 거야. 네 똥으로. 아놀드 파머. 잭 니컬러스" 가무잡잡한 남자애들이 한꺼번에 소리 지른다. 그 중 리더가 걸리(Girlie)의 머리채를 휘어잡는다. "뭔가를 잘못 알고 있어요," 걸리는 말한다, 유약하게. 이 말을 여러 차례 해 보지만 헛수고라는 것을 깨닫는다. 아무도 듣지 않는다. 머리채를 잡힌 채 베란다를 질질 끌려가면서, 그녀는 으르렁대는 그 소년에게 생명을 애원하고 구걸한다. "난 골프 같은 거 안 좋아한단 말예요," 절망해서 소리까지 질러본다.
훨씬 더 어린 캐디, 아직 어린이인 캐디조차도 벤 호건 세트로 걸리를 위협한다. . . . "원하시는 건 오빠일 거예요." . . . "난 아니에요! 난 아니에요!" 그녀는 겁쟁이며 배신자다. 그녀는 죽고 싶지가 않다. 자신을 살리려는 애처로운 마지막 시도로서, 걸리는 허리를 활처럼 굽히고 엉덩이를 공중에 내밀어 자신의 몸을 그 험악한 소년들을 향해 내놓는다.(180)

걸리 알라크란의 꿈을 그린 위의 인용은 특권층의 의식에 잠재해 있는 타자들에 대한 불안과 공포를 매우 생생하게 재현하고 있다. 캐디들은 골프채를 휘두르며 특권층을 공격한다. 완전히 역전된 주종 관계 속에서, 걸리는 자신을 살리기 위한 방법으로 자신의 몸을 내놓고 있다. 걸리는 엘리트층에 소속되어 있지만 사회 구조의 식민적 역학과 그것을 주도하는 남성권력을 본능적으로 이해하고 있다. 그렇기 때문에 위기의 순간에서 그는 오빠를 범인으로 지목하고 남성 캐디들에게 자신의 여성을 거래하는 것이다.
『개고기 먹는 사람들』의 상류층 여성들은 모두 걸리와 같은 불안에 빠져 있다. 권력과 부에도 불구하고 "현실은 영화 없이는 참을 수 없다'라면서 끊임없이 판타지와 쇼에 의존해야 하는 퍼스트레이디로부터 (224), 극단적인 금욕생활과 고행으로 남편의 죄과에서 벗어나고자 몸부림치는 레데스마의 아내 레노어(Leonor), 도저히 그쳐지지 않는 눈물을 흘리는 데이지, 원인을 알 수 없는 피부병과 더운 날이고 추운 날이고 막무가내로 솟아나는 땀 때문에 고생하는 베이비 알라크란에 이르기까지 상류 계급의 여성들은 다양한 불안과 신체적 질환으로 고통받는다. 이들의 육체적 정신적 고통은 자신의 남편이나 아버지, 아들들이 휘두르는 폭력과 자신들이 결국은 공모 관계에 있음을 인지하는 데 따른 고통이며, 아울러 그런 공모 속에서 자신들에게 요구된 가부장적 여성성을 지켜나갈 수밖에 없다는 인식에서 생겨나는 고통이다. 이들이 집착하는 파티, 잡담, 유행, 멜로드라마는 현실과 자신들의 위치에 대한 이들의 불안을 반영한다. 이러한 가벼운 문화적 장치들은 허구적 현실감과 안정감을 제공함으로써 현실 세계의 잠재적 위기를 가려주기 때문이다.

『개고기 먹는 사람들』의 상류층 여성들이 보여주는 다양한 불안과 질환들은 필리핀의 남성 주류 사회에서 억압된 또 다른 식민계급으로서 여성의 현재를 보여준다. 여성은 남성이 주도하는 자본주의 세계 속에서 자신이 살려는 한 방법으로 남성의 권력과 부에 기대는 방법을 택하지만, 자신이 곧 지배 계급이 될 수는 없다. 이들의 공모 내지 타락은 개인적 도의심이 아니라 사회구조적 결과이다. 여성을 장식성으로 환원하는 다양한 국가적 담론과 매스미디어의 공세는 이들에게 어떤 창조적 공간도 허용하지 않는다. 탈식민 시기의 필리핀 여성을 가리켜 "스페인 식민 시대의 필리핀 여성보다 더 식민지화되어 있다"(Casper 156)

라고 한 카스퍼의 지적은 현대 필리핀 사회의 이러한 구조적 문제와 직결되어 있다.

엘리트 계급 속에서 또 다른 식민 계급으로 젠더화된 여성은 앞서 살펴본 롤리타나 조이만큼의 과격한 전복성은 보여주지 않는다. 이것은 필리핀의 성차가 계급차보다 훨씬 교묘한 방식으로 작동하고 있다는 증거이다. 그럼에도 불구하고 필리핀의 젠더적 하위 계급 역시 자신들을 억압하는 식민 세력, 즉 남성 세력 자체에 도전할 수 있는 잠재력을 소유하고 있다. 이들은 가부장적 사회와 교섭한 결과로 엘리트 여성 그룹에 소속되어 있지만, 그 그룹 내에서 결코 안정과 행복을 찾을 수 없다. 이들의 눈물, 히스테리, 불안, 질환 등은 "매니큐어 칠해지고, 오일 발라지고, 마사지되고, 운동되기"(20)가 요구되는, 즉 남성 권력이 일방적으로 호명하는 장식적이고 수동적인 상류 사회 여성성에 한정되기를 거부하는 영혼의 자기표현들이다. 리오가 자신에게 보장된 필리핀 상류 계급 사회를 거부하고 미국으로 떠나는 이유도 화려한 상류 사회에 은폐된 이러한 젠더적 억압 때문이다. 리오는 머리를 짧게 자르고 필리핀 사회를 떠남으로써 필리핀 사회의 남성적 폭력을 폐기해버린다. 최고 군부 실력자 레데스마의 아내인 레노어 역시 마조히즘에 가까운 금욕 생활로 남편의 새디스트적 권력에 저항한다. 야당 당수의 딸이며 역시 필리핀 계급 구조의 최상층을 차지하는 데이지가 필리핀 사회가 여성에게 수여하는 최고의 영예인 미인대회 수상을 거부하고, 도무지 멎지 않는 울음을 울면서 산악 게릴라 진영에 합류해버리는 것 역시 자신에게 주어진 식민주의적, 가부장적, 소비자본주의적 젠더 역할에 대한 전면적인 거부 행위이다.

지금까지 살펴본 필리핀 사회의 다양한 하위 그룹들은 일반적인 가정과 달리, 지배 담론이 정해주는 의미를 수동적으로 흡수하지 않는다. 이들은 정치, 경제, 문화적으로 불가피한 하나의 지배 담론의 존재 자체를 부정하지는 않지만, 그것이 자신들의 위치에 강요하는 타자적 역할에 무력하게 봉합되지 않는다. 이들은 자신들의 삶과 역사에서 유래하는 다양한 지식으로 지배 담론을 해석할 수 있으며, 특정 순간에 이르러 그것에 도전하기도 한다. 지배 계급으로서의 자신의 위치와 보다 교묘하고 광범위한 성 이데올로기 때문에, 엘리트 계급의 여성들은 자신들의 식민성을 인식하고 도전하기가 용이하지 않지만, 이들의 불행감은 그 자체가 하나의 가능성이다. 그것이 표면화되든 혹은 은폐되든 하위 계급의 이러한 전복성은 지배 계급에 가장 큰 공포이다. 하위 계급이 말하고 부정할 때, 지배 계급의 담론은 그 계속된 문화적 단속에도 불구하고 허구적인 것으로 드러나기 때문이다. 식민 문학에서 철저히 타자화되었으며, 탈식민문학에서는 그 식민 상태만이 거듭 강조되는 차원에 그쳤던 이러한 하위 그룹들이, 제3세계 여성 및 동성애자라는 구체적인 조건 위에서 조명되고 있는 것은 『개고기 먹는 사람들』에서 찾아볼 수 있는 포스트콜로니얼한 참신성이다. 그리고 그 목소리들 자체가 지배-피지배 구조를 결정적으로 받아들이지 않고 다양한 방식으로 심문하고 도전하고 교섭하는 방식을 취하고 있기 때문에 이 작품은 또한 더 최근의 포스트콜로니얼한 문학이 갖는 자신감을 함께 보여준다.

IV

오늘날 제3세계는 군사적, 정치적으로는 탈식민화되었지만 경제적, 문화적으로는 여전히 제1세계의 영향권 안에 있다. 미국을 중심으로 하는 제1세계의 지배는 자본주의의 세계적인 활약을 타고 지리적으로 먼 땅에 자신의 변방을 구축한다. 제3세계 내의 토착 엘리트들은 자신의 권력을 지탱하기 위한 방법으로 제국의 문화적 가치들을 적극적으로 수용하게 된다. 『개고기 먹는 사람들』은 제3세계 필리핀에서 문화적으로 작동하는 제국의 권력을 문제 삼고 있다. 필리핀인들의 삶 속에서 미국문화는 어떤 옷을 입고, 어떤 음식을 입으며, 어떤 언어를 써야 할지를 지시하고 있다. 미국적인 것은 문화의 선호 기표로 자리하고, 토착적인 것은 자국 내에서 변방의 것, 타자의 것으로 규정된다. 제국과 식민지 간의 권력 구조는 식민지 내에서 또 다른 유사 구조를 파생시키는데, 이것은 대체로 위와 같은 문화적 장치를 통해서이다. 이제 필리핀 사회는 미국적 가치를 수용하고 소비할 수 있는 능력에 따라 계급의 위계화가 이루어지며, 이것은 모두 문화적 설득을 통해 이루어지므로 하위 계급의 저항을 훨씬 덜 받게 된다. 제국의 문화가 필리핀의 하위 계급에 폭넓게 수용되면서 지지와 선망의 대상이 되는 이유가 여기에 있다.

미국이 중심이 되고 토착 엘리트 계급이 보급하는 이 신식민 지적 문화는 『개고기 먹는 사람들』을 관통하는 가장 중요한 흐름이다. 그러나 『개고기 먹는 사람들』은 이러한 지배적 담론과 함께 그것에서 배제된 다양한 하위 그룹의 언어를 함께 다루고 있다는 점에서 포스트콜로니얼한 필리핀의 현실에 통문화적으로 접근하고 있다. 하위 그룹의 언어들은 지배 언어로 부단히 억압되고 단속되지만 그 그룹의 삶만큼이나 실존적이다. 성, 계급, 인종적으로 서로 다르며 경제적 문화적으로 다양한 민족지학적 지형에 놓여있기 때문에 이들은 그 어떤 단일 언어로 구조화될 수 없다. 하위 그룹들은 강력한 지배 담론의 영향력으로 그 가치관들을 상당부분 내면화하고 있지만, 이 가치들과 조화를 이루지 못하는 다양한 일상의 조건들 때문에 지배 담론이 요구하는 "수동적이고 무력한" 타자의 위치에 자신들을 언제까지나 가둘 수가 없다. 지식은 매스미디어, 정규 교육 기관, 정부의 각종 지침 및 문화 행사에서만 생산되는 것이 아니라 각 주체의 일상과 그 주변에서도 생산되기 때문이다.

『개고기 먹는 사람들』의 가장 큰 수확은 그것이 필리핀의 현실을 결정하는 지배 담론의 작동 과정을 구체적으로 다루고 있으면서도 그것을 벗어나고 공격하는 하위 그룹의 언어들을 함께 다루고 있다는 점이다. 이 하위 그룹들은 자신에게 씌워진 성, 인종, 계급적 담론들을 상당부분 받아들이면서도 결코 언어적으로 결정되지 않는다. 이들은 피지배의 조건에 놓여있지만 어떤 점에서 지배 계급 이상의 활력과 자율성을 보여준다. 알라크란·마르코스·레데스마 등의 명백한 신식민지적 지배 마초들이 텍스트 내에서 이상하리만큼 존재가 가려지고, 이들의 영향력이 관철되는 하위 그룹의 구성원들이 더 다양하게 활동하고 있다는 점이 그 증거이다.

하위 담론들은 많은 부분 지배 담론의 가정을 받아들이고 그 약호들을 사용하지만, 특정 지점에 이르러서는 그것을 부정하고 교란하기도 한다. 『개고기 먹는 사람들』에 나타나는 하위그룹들의 다양한 해석 행위와 시선 되받기, 그리고 정신적 신체적 질환들은 지배 담론의 정당성에 대한 이들의 다양한 저항 행위들이다. 지배 담론의 일관된 틈을 뚫고 그 허구성을 문제 삼으면서 지배-피지배의 위계를 전복할 때, 이들 하위그룹의 잠재력은 표면에 떠오르고 지배 계급을 위협한다. 그것은 걸리의 악몽에서처럼 언제나 계급 반란을 통해 지배-피지배 관계를 역전시킬 수 있는 강력한 가능성이기 때문에 지배 계급에는 가장 큰 불안과 공포의 대상이다.

하위 계급들의 자율성과 그 잠재력에 주목하고 있다는 점에서 『개고기 먹는 사람들』은 확실히 정치적으로 진보적이다. 막강한 자본력과 군사력으로 세계 전역에 뻗어가는 미국의 영향력과 그것이 토착 정치 세력과 결탁하면서 생겨나는 신식민지적 질서가 더욱 공고해지는 이때에 이러한 제3세계의 정치적 가능성을 확인하는 작업은 참으로 의미 있는 일이다. 하지만 이러한 의의에도 불구하고 『개고기 먹는 사람들』에는 또한 간과할 수 없는 한계가 있다. 그것은 이러한 정치성이 다분히 언어적 심리적 차원에 그쳐있다는 점이다. 저항이 의미가 있기 위해서는 그것이 삶의 사회적 조건들을 변화시켜야 한다. 『개고기 먹는 사람들』의 저항들은 이러한 변화를 유도하기에는 너무 산발적이고 심미적이다. 이 점은 리오처럼 10대에 미국으로 이민을 떠난 작가의 전기적 특성과 밀접한 관련이 있어 보인다. 요컨대 이 작품에는 필리핀 사회의 물질성에 대한 작가의 깊은 지식 및 사유가 결여되어 있는 것이다. 고국에 대한 회상이라는 서사 방식 자체에서 이미 예견되어 있듯이 두고 온 고국 필리핀은 향수와 주관적 기억 속에 새롭게 구성된 세계로, 지금 현재 필리핀의 물적 환경과는 일정한 거리로 떨어져 있다. 이 경우 발생할 수 있는 가장 큰 위험은 고국에 대한 또 다른 신화화이다(San Juan 125).『개고기 먹는 사람들』이 다양한 피식민 계급의 활력에 주목하고 그들의 주체적 의미 교섭 활동을 그려내고 있지만, 그것이 텍스트 밖의 지배 계급에 줄 수 있는 현실적 충격은 없어 보인다.『개고기 먹는 사람들』이 실제 그 배경이 되고 있는 필리핀 사회에서보다도 미국의 출판 시장에서 우호적으로 소비되었다는 사실은 이런 점에서 시사하는 바가 매우 크다.『개고기 먹는 사람들』의 새로운 정치성에 주목하면서도, 그것이 가질 수 있는 어떤 위험성, 이를테면 떠나온 조국을 제1세계 독자의 감수성에 맞도록 조율한 새로운 형태의 물신화(fetishism)가 아닌지를 함께 따져봐야 하는 이유가 여기에 있다.

* 이 글은 『현대영미소설』(제10권 2호, 2003년, 219-41면)에 게재된 것을 수정, 보완한 것임을 밝힌다.

참고문헌

Casper, Leonard. "Bangungot and the Philippine Dream in Hagedorn," *Solidarity* 127 (July-September, 1990b): 152-57.

Davis, Ismail S. "Ninotchka Rosca's *State of War* and Jessica Hagedorn's *Dogeaters*: Revisioning the Philippines," Kain, Geoffrey, ed. *Ideas of Home: Literature of Asian Migration*. East Lansing: Michigan State University Press, 1997.

Evangelista, Susan. "Jessica Hagedorn and Manila Magic," *MELUS* 18.4 (Winter, 1993): 41-52.

Hagedorn, Jessica T. *Dogeaters*. Penguin Books, 1990.

Lee, Rachel C. *The Americas of Asian American Literature*. Princeton: Princeton University Press, 1990.

Rafael, Vincente L. "Your Grief is Our Gossip: Overseas Filipinos and Other Spectral Presences," *Public Culture* 9 (1997): 267-91.

Said, Edward. *Culture and Imperialism*. London: Chatto & Windus, 1995.

San Juan, E. Jr. "Transforming Identity in Postcolonial Narrative: An Approach to the Novels of Jessica Hagedorn." *Post-Identity* 1.2 (Summer, 1998): 5-128.

Wong, Sau-ling Cynthia. *Reading Asian American Literature: From Necessity to Extravagance*. Princeton: Princeton University Press, 1993.

제 2 부

국가 이데올로기와 마이너리티

아시아계 미국인 주체성과 그 역사적 맥락

—

I

1940년부터 시작된 아시아계 미국문학은 반세기를 거치는 동안 다양한 문화 지형을 그려내었고 그 핵심에는 늘 주체 구성의 문제가 자리하였다. 백인 중심 담론이 지배하는 인종주의적 미국 주류 문화 속에서 마이너리티는 지속적인 차이로 호명(interpellation)되는데, 이러한 기호 메커니즘은 마이너리티의 내면에도 특유의 식민적 심리 구조, 즉 이중의식(double consciousness)을 생산한다. 아시아계 문학은 다른 마이너리티 운동들과 마찬가지로 주류 담론에 의해 훼손된 이러한 식민주체를 자신의 입장에서 새롭게 구성하기 시작하였으며, 그 새로운 주체가 마이너리티로서의 아시아계 현실을 보다 구체적으로 반영하면서 궁극적으로 정치·사회·문화적 변혁에 기여할 것을 기대하였다. 이런 점에서 아시아계의 주체 구성 역시 다른 마이너리티와 마찬가지로 사회적이고 정치적 특성을 강렬하게 띤다.

주체성의 개념은 개인 혹은 집단에 대한 고정적이고 본질적인 특성을 가정하는 정체성(identity)의 개념과 달리 주체의 특성을 복잡한 사회적 맥락(grid) 위에서 상대적이고 잠정적인 구성물로 본다. 그것은 사회적 관계에 진입하기 이전에 이미 존재하는 실체가 아니고 사회적 결정항(parameter)들이 복잡하게 서로 작용하면서 구성되는, 사회적 관계의 산물인 것이다. 그러나 주체는 또한 사회적 요인들이 기계적으로 작용한 단순한 결정론적 결과물만은 아니다. 그러한 복잡한 현실과 그 속에서 자신의 위치에 대한 최종적 사유는 결국 유물적 차원과는 또 다른 상상의 차원(the imaginary)에서 이루어지기 때문이다. 주체가 갖는 이러한 상상적 차원 때문에 동일한 물적 조건 위에서도 서로 다른 주체가 발생하는가 하면, 사회적 역학과는 별도의 역학이 가정되는 미래지향적 담론이 새롭게 생산되기도 하는 것이다. 이런 점에서 주체 구성은 현실적 조건들과 밀접히 관련되면서도 그것을 미래지향적으로 극복할 수 있는 강력한 정치적 가능성을 그 내부에 가지고 있다.

이 글은 그동안 진행된 아시아계 미국문학의 흐름을 주체 구성의 측면에서 살펴보고자 한다. 아시아계를 부단히 타자화, 주변화하는 인종주의적 담론 속에서 아시아계가 어떻게 자신을 구성하고 설명하였는지, 그리고 그러한 주체 구성을 추동한 사회적 맥락들은 무엇이었는지를 밝혀내는 것이 이 글의 주된 목적이다. 아시아계가 구성해 낸 각 주체들은 특정 시대의 물적 현실과 문화적으로 교섭한 상대적이고 역사적인 주체들이기 때문에 그 어떤 것도 절대적으로 옳거나 그를 수 없다. 주체의 정당성에 대한 판단에 앞서 그것이 구성되었던 사회적 맥락에 대한 이해가 선행되어야 하는 이유가 여기에 있다. 그러나 이 글은 또한 한편으로 주체가 갖는 상상적 특성, 즉 물적 조건 위에서도 자신을 창조적으로 구성해낼 수 있는 가능성을 중요시하기 때문에 각 시대적 주체들이 어떤 상상적 기호학에 의거하고 있으며 그 결과 어떤 사회적으로 작동가능한 정치성을 함의하고 있는지를 동시에 살펴보고자 한다. 결국 성공적인 마이너리티 주체 구축은 당대의 물적 현실들을 엄밀히 관찰하고 그 작동 방식을 이해하며, 그것을 창조적으로 기의변조(bricolage)할 수 있을 때에만 가능하기 때문이다.

II

제2차 세계대전의 발발과 더불어 미국사회는 교전국인 일본을 제외한 대부분의 아시아 국가들에 선린우호의 외교 관계를 수립한다. 아시아 전역으로 남진해오던 사회주의 이데올로기와 힘겨운 세력전을 펼쳐야 했던 미국으로서는 아시아를 자본주의 체제로 편입해야 할 정치외교적 과제가 있었기 때문이다. 아시아에 대한 미국의 우호적인 태도는 또한 경제적인 필요에서도 기인하였다. 미국이 환태평양 일대에 투자한 자본이 1951년 16조 달러에서 1971년에는 80조 달러로 급신장한 데서도 알 수 있듯이(Kent 97), 미국 자본의 안정적 활동을 위해서라도 아시아는 미국과 선린 관계로 묶일 필요가 있었다.

아시아에 대한 미국 외교 정책의 변화는 미국 내의 아시아계에 대한 태도 변화로 이어졌다. 19세기 중반 중국인들의 이민과 더불어 시작된 미국 내 아시아계 진출은 아시아에 대한 서구의 오랜 인종주의적 편견 위에서 부단히 외부침입으로 규정되었다. 아시아 문화는 자본주의의 전통적 가치관, 즉 개인주의 및 자유 경쟁 등의 가치와 극도로 대조되는 차이들로 규정되었다. 그리고 아시아계는 미국 영토 내에 이러한 이질적 차이들을 들여옴으로써 미국의 주류 문화를 "오염"시킬 위험이 있다고 간주되었다. 이러한 "외부침입자(alien)"로서의 중국인의 이미지는 미국의 전통적 가치가 위협되는 시기마다 그 부정적 이미지가 더 강조되면서 백인 중심의 미국 주류 사회의 정통성을 특권화하고 강화하는 방식으로 활용되었다.

2차 대전은 중국계에 이러한 외부침입자로서의 자신들의 이미지를 약호 전환할 수 있는 좋은 기회가 되었다. 중국과의 관계 개선으로 중국계에 대한 미국사회의 반응이 우호적으로 변한 가운데, 중국계 2세들은 입대 등을 통해 미국에 대한 자신의 충성심을 적극적으로 표현하였다. 특히 이들 2세들은 부모 세대와 달리 미국에서 태어나고 미국식 교육을 받았기 때문에 미국 주류 사회의 가치관에 대한 이해와 영어 구사 능력을 확보하고 있었다. 이들은 아시아에 대한 미국사회의 관심에 부응하여 중국계에 대한 많은 작품들을 출판 시장에 내놓았으며, 그것은 전례 없는 아시아계 문학의 호황으로 이어졌다. 『중국 5녀』(*The Fifth Chinese Daughter*, 1945), 『아버지와 영광의 혈통』(*Father and Glorious Descent*, 1943), 『2세』(*Nisei Daughter*, 1953) 등이 대표적 작품들로, 이 작품들은 일률적으로 차이나타운에서의 성장 경험을 자전적으로 다루고 있다. 차이나타운에서 실제로 성장했기 때문에 중국문화에 대한 직접적 경험이 있고, 동시에 미국 교육을 통해 미국문화와 언어에 정통한 젊은 작가들은 그동안 주류 사회로부터 차단, 혐오되었던 차이나타운의 문화를 백인 사회에 하나의 소통 가능한 세계로 매개하고자 하였던 것이다.

40, 50년대 중국계 작품들은 차이나타운에 대한 소개 외에도 주체 형성과 관련하여 매우 공통적인 특성을 드러내고 있다. 서사를 끌고 가는 주인공들은 모두 이민 2세 자녀들로 차이나타운에서 성장한 경험을 가지고 있으며, 서사의 진행과 더불어 부모세대의 가치와 결별하고 미국 중산층 가치를 내면화하는 일률적인 주체 구축 궤도를 그려간다. 이런 점에서 이들 작품들은 크게 동화(assimilation)지향적 텍스트로 범주화할 수 있다. 동화지향 텍스트들은 당시 이민 2세들의 시대적 욕망을 징후적으로 보여준다. 부모 세대의 차별을 뼈저리게 목격했기 때문에 이들 동화지향 주체들은 그 고통을 답습하지 않으려는 욕구에 가득 차 있었으며, 그것을 벗어나기 위한 적극적인 한 방식으로 미국의 국가 이데올로기(nation ideology)에 기대었다. 즉, 일체의 과거와 관계없이 개인의 노력을 통해 중산층에 진입할 수 있다는 미국의 핵심적 국가 이데올로기로서의 미국적 신화를 구현함으로써, 미국 주류 사회로 동화되는 방식을 택한 것이다. 이러한 점에서 동화 지향 주체들은 특정 목적을 향해 구조된 목적론적(teleological) 주체라고 할 수 있다.

미국 국가 이데올로기의 핵심은 개인의 노력을 통한 삶의 질 향상이다. 그러나 이러한 개인주의와 기회 균등의 국가적 신화 아래로는 자본주의 사회의 복잡한 불평등과 모순, 그리고 폭력이 내재해 있다. 이데올로기의 궁극적 목표는 현실의 문제와 모순을 은폐하고 그것이 의존하는 차이와 위계화라는 "가공스러운 포(battery)"(Lim 296)를 자연스럽고 정당한 어떤 것으로 전환시키는 것이다. 오랫동안 백인 지배 계급이 정치·경제·사회적 헤게모니를 장악해온 미국의 경우, 인종주의는 특권 계급으로서 백인의 위치를 정당화시켜주는 자연스러운 이데올로기적 장치로 이용되었다. 백인은 미국적 신화를 구현하는 표준 규범으로, 그리고 유색인종들은 그 표준을 보강해주는 열등 기표, 즉 차이로 구성되는 것이다. 이러한 기호학을 통해 백인의 중심적 위치와 특권은 유지되고, 유색인종의 주변적 위치와 종속은 용인된다. 그러나 모든 문제를 "자유로운" 개인으로 돌리는 미국의 국가 이데올로기는 이러한 폭력적 인종주의의 차이와 서열화를 미국적 꿈(American Dream)의 신화 아래로 자연스럽게 지워버린다.

　　동화 계열 작품들의 주체는 개인의 노력과 성공이라는 미국의 국가 이데올로기를 전폭적으로 수용할 뿐만 아니라 그것이 이용하는 인종주의적 기호학마저 수용한다. 이 기호학에 의하면 백인 주류 문화는 우월 기표, 아시아적 특질은 열등 기표로 분류된다. 이에 따라 동화 계열 작품에 등장하는 차이나타운과 부모 세대는 기이하고 전근대적이며 가난하고 권위적인 데 반해, 백인 사회는 부유하고 민주적이며 합리적인 세계로 그려진다. 동화 계열 주체들은 처음에는 이런 두 가지의 선명한 대조적 부호 사이에서 갈등하다가 점진적으로 차이나타운을 벗어나 주류 사회 규범을 수용하는 방향으로 나아가고, 마침내 중산층 미국 시민으로 자신을 설정하는 것으로 마감한다. 즉 민족성과 국가 간의 갈등에서 민족성을 폐기하고 국가로 통합됨으로써 그러한 갈등을 해소하는 것이다. 동화 텍스트들은 이러한 과정을 한결같이 "발전"으로 묘사하고 있다. 서사 주체들은 어둡고 전근대적이며 위계적인 민족성을 벗어나

밝고 민주적인 미국의 근대성으로 "성공적으로" 이행하는 것이다. 이러한 결말은 미국의 이데올로기가 이민자와 식민 집단에게 부단히 유포한 신화, 즉 근대적 미국으로 편입하기 위해서는 "민족에서 벗어나 근대성(modernity)으로, 집단에서 벗어나 자유로운 개인"으로 나아가야 하며 그것은 진보를 위한 불가피한 과정이라는 신화를 그대로 수용하는 것이다(Wong 46).

동화 지향 주체들은 국가 이데올로기를 내면화하는 과정에서, 이데올로기가 기대고 있는 인종주의를 그대로 수용하였을 뿐만 아니라 그것이 궁극적으로 요구하는 억압, 즉 인종적 특성을 스스로 타자화하고 이를 내부에서 검속, 폐기하는 것에 동의하였다. 민족성으로 규정된 기표들은 국가 이데올로기에 대립되는 것이기 때문에 완벽한 동화를 위해 반드시 폐기되어야만 하는 것이다. 한 문화를 받아들이기 위해 다른 문화를 폭력적으로 희생해야 하는 이러한 방식은 그러나 동화 지향 서사 속에서 그 어떤 심문 과정도 그치지 않는다. 오히려, 텍스트들은 이러한 폐기를 불가피한 것, 자연스러운 것으로 그려내고 있다. 현실의 문제를 사회적 모순에서 찾지 않고 인종적 혹은 개인적 책임으로 설명하는 지배 이데올로기는 이제 아시아계 주체 내부에 복제되면서, 아시아계 2세들은 자신들이 처한 현실적 문제의 원인을 차이나타운과 부모세대에게로 전가한다. 그리고 문제의 원인인 민족성을 과거의 것, 쓸모없는 것, 그리고 우스꽝스러운 것으로 기의 변조함으로써 부모와 민족적 전통의 폐기에 대한 죄의식을 상쇄시킨다. 동화지향 텍스트의 기의변조는 그러나 차이나타운의 세력화보다는 차이나타운에 대한 백인 독자의 거부감을 줄이고 차이나타운을 소비 가능한 상품 대상으로 가공하는 방식으로 시도되고 있기 때문에 그 어떤 정치적 함의도 띨 수 없다.

40, 50년대 동화 계열 주체들은 아시아계에 대한 당대의 사회적 차별과 억압을 징후적으로 대변해준다. 강력한 인종주의 담론 속에서 유럽계 이민들과는 비교할 수 없을 정도의 정치적, 경제적, 문화적 차별을 받았던 아시아계들이 이러한 차별과 억압을 피할 수 있는 한 방법으로서 국가 이데올로기에 적극적으로 기댄 것은 당시의 인종주의적 환경에 비추어볼 때 자연스러운 전략으로 생각된다. 그러나 이러한 적극적인 태도에도 불구하고 동화 주체들이 지향한 목표는 사실상 불가능한 것으로 판명되었다. 그들이 목표로 했던 주류 사회의 진입은 그것이 전제했던 국가 이데올로기 수용에도 불구하고 아시아계 2세들에게 현실적으로 구현되지 못했다. 즉, 미국적 신화는 신화에 불과했을 뿐, 아시아계 2세들에게 중산층 진입을 실현시켜주지 못했다. 교육과 주류 문화 규범, 그리고 강력한 국가적 이데올로기로 무장한 이민 2세들이었지만 이들은 취업 시장에서 낮은 기술과 임금으로 차별받았으며 결국 많은 수가 다시 차이나타운으로 복귀할 수밖에 없었다. 이런 점에서 동화 지향 텍스트들의 낙관적 결말은 현실과 동떨어진 순수하게 심리적 차원의 안정감, 즉 주체의 환상에 불과한 것이라 하겠다.

동화 주체가 갖는 또 다른 문제점은 그것이 기초한 본질주의적 사고방식이다. 본질주의는 동화 주체가 내면화했던 국가 이데올로기 자체에 이미 가정되어 있다. 국가 이데올로기는 언제나 국가라는 어떤 본질적 실체 및 속성이 존재한다고 가정하며, 그것과 배치되는 가치들을 다시 타자의 본질로 기호화하고 억압한다. 동화 지향 주체들은 열등 기표로서의 민족성을 폐기하고 선호 기표로서의 백인 이데올로기를 내면화할 경우 미국 민주주의가 약속해 왔던 중산층 진입이 성취될 것으로 낙관하였다. 그들은 민족성을 주류 이데올로기의 설명처럼 이미 본질적으로 존재하는 어떤 것, 즉 부모로부터 자식에게로 전수되는 어떤 발생적인 것으로 이해하고, 이러한 전수를 거부함으로써 부모 세대의 차별을 벗어날 수 있을 것으로 기대했던 것이다. 그러나 이데올로기의 기호적 과정은 궁극적으로 특정 집단에 대한 현상적 해석을 넘어 그것을 타자로 묶어두고자 하는 정치적 목적에 기여하기 위해 작동한다. 그 차이와 서열화의 메커니즘은 대개의 경우 은폐되어 있지만, 위기에 직면할 때마다 언제든지 활성화된다. 한 세대가 흐른 80, 90년대 아시아계 문학의 많은 텍스트들―예를 들어, 『부엌신의 아내』(*The Kitchen God's Wife*), 『조이럭클럽』(*Joy Luck Club*), 『전형적 미국인』(*Typical American*) 등―이 여전히 국가와 민족의 이분법에 매달려 있다는 사실은 미국 국가 이데올로기가 아직도 아시아계를 어떤 본질적 민족성이라는 기호로 묶어두고 있다는 징후라 하겠다(Lim 299).

40, 50년대 동화 주체들의 문제는 그 불가능한 목적뿐만 아니라 전체적으로 헤게모니 유지에 공모하는 데에도 있었다. 이들은 마이너리티의 삶을 조건 짓는 다른 많은 정치, 사회, 경제적 결정항들을 문제시하지 않고 오직 현실을 민족성과 국가의 이분법으로 단순화시켰다. 앞서 살펴 본 바처럼, 아시아계에 대한 미국사회의 태도 변화는 아시아계들이 민족성을 벗고 동화 지향적으로 가치 변화해서라기보다는, 아시아에서의 미국의 정치, 경제, 외교적 정책과 더 밀접한 관련성이 있었다. 아시아계를 위치 짓는 국내외 현실에 대한 치밀한 유물적 사유 없이 아시아계 문제를 순수하게 심리적 차원으로만 접근한 주체는 자신의 분열과

모순의 원인을 역사적이고 물질적인 맥락에서 보다 자기의 개인적 심리에서 찾고 해결하고자 한다. 이 점에서 동화 지향 주체들은 현실의 물적 조건을 은폐하고 지배-피지배 관계를 부단히 지워내는 지배 이데올로기의 목표에 적극 부응했다고 할 수 있다.

III

1960년대는 아시아계 미국문학 전반뿐만 아니라 아시아계 미국인의 주체성의 구성 방식에서도 분명 획기적인 시기였다. 60년대의 다양한 마이너리티의 민권 운동 속에서 아시아계 또한 자신의 정치적, 문화적 영토 확립을 시도하였다. 아시아계 미국문학이라는 용어가 처음으로 사용되고 통용된 것도 이 시기이다. 60년대 마이너리티들이 식민 상황을 타개하기 위해 공통적으로 사용한 개념은 문화민족주의(cultural nationalism)였으며, 아시아계 역시 이러한 사유 모델 속에서 탈식민화된 새로운 아시아계 대항담론을 생산해내었다.

60, 70년대 아시아계 주체성 확립 운동은 정치, 학문, 문화 영역에서 일종의 연합 형식으로 시도되었는데, 이들은 공통적으로 아시아계 무력화의 한 주요 요인을 이중의식에서 찾았다. 1970년대 아시아계 심리학자 스탠리(Stanley)와 수(Sue)의 모델은 이 시기의 아시아계 사유 방식을 선명하게 보여준다. 이들은 미국 출생 중국계의 심리(psyche)를 "전통주의자(traditionalist)" "경계인(marginal man)" 그리고 "아시아계 미국인(Asian-American)" 등 세 가지 유형으로 범주화하는데, "전통주의

자"는 중국 전통문화를 전수해가는 중국계, "경계인"은 중국문화와 서구문화 사이에서 갈등하는 중국계, "아시아계 미국인"은 양쪽 모두에 저항하면서 새로운 아시아계 미국인의 가치를 개발 발전시켜나가는 중국계를 각각 의미한다. 스탠리와 수는 이러한 세 가지 유형의 주체 중에서 세 번째 유형, 즉 "아시아계 미국인"을 아시아계의 이상적 주체로 가정하고 새로운 아시아계 문화 운동이 이러한 주체를 발생시키는 데 기여할 것을 주문하였다(Palumbo-Liu 301).

1974년에 출판된 『아이이이!』(*Aiiiieeeee!: An Anthology of Asian-American Writers*)는 아시아계의 탈식민화 운동에 대한 문학 진영의 적극적 반응의 결과물이다. 아시아계 미국문학의 선언이라고 할 수 있는 이 책의 서문에서 친(Chin) 및 그의 동료 편집자들은 아시아계 미국인의 정체성을 다음과 같은 두 가지 특성으로 구성해 내었다. 첫째, 아시아계 미국인은 미국에서 태어난 자로서 아시아인과 구별된다. 둘째, 아시아계 미국인은 동화 지향적 작품에 등장하는 주류 사회의 규범을 내면화한 보편적 미국인으로서의 아시아계와도 구별되는 자이다. 이러한 차별화를 통해 특정한 주체, 즉 "아시아인도 아니며 백인도 아닌" 아시아계 미국인의 감수성(Asian American sensibility)을 소유한 자로서의 아시아계 미국인이 구축된 것이다(xxi). 친 그룹이 도출해낸 아시아계 미국인의 주체성은 스탠리와 수가 요청한 진정한 아시아계의 주체성, 곧 "전통주의자"나 "주변인"이 아닌, 아시아계라는 특정 민족지학적 특성과 함께 미국 시민으로서의 정치적 권리를 동시에 요구하는 "아시아계 미국인"의 개념과 정확히 일치한다. 이것은 60년대 모든 마이너리티들의 운동의 핵심 사항이었던 주체의 탈식민화, 마이너리티로서의 특수성, 그리고 공민권 운동(enfranchisement) 등을 기본 전제로 한 주체성 구축 방식이 기도 하였다. 아시아계는 공민권 주장을 위해 무엇보다도 아시아계에 대한 주류 사회의 오랜 호명, 즉 아시아인과의 동일시를 거부하고, 미국 출생이라는 자신들의 출신지성을 강조하였으며, 동시에 마이너리티로서의 문화적 특수성을 정당한 미국문화의 일부로 인정받기 위해 민족성을 또한 강조하였다. 그리고 이 두 사항을 동시에 추구할 수 있는 강력하고도 정치적인 주체로서, 탈식민화된 민족적 주체를 가정하였다.

이 시기 마이너리티 운동들은 마이너리티의 무력화의 한 주요 요인을 이중의식에서 찾았으며, 마이너리티에 힘과 활력을 부여할 수 있는 출발점으로서 이중의식을 극복한 새로운 주체 구성에 몰두하였다. 마이너리티들을 민족성과 국가의 이분법 위에서 영원히 갈등할 수밖에 없는 존재로 묶어 놓는 주류 담론을 거부하고, 민족성과 국가를 마이너리티의 관점에서 설명하고 조율해낼 수 있는 주체적 대항 담론을 생산해 내기 위해서는, 무엇보다도 이중의식이라는 식민 심리 구조를 벗어난 건강하고 자율적이며 온전한 주체 설정이 필요했던 것이다. 이런 점에서 문화민족주의의 주체 구성 역시 동화주의 주체들처럼 매우 강력한 목적론적 토대 위에서 진행되었다고 할 수 있다.

『차 한잔 하시죠』(*Eat a Bowl of Tea*, 1961)는 문화민족주의 운동이 지향했던 아시아계 미국인의 주체성의 특성을 분명히 보여주고 있다. 서사는 마이너리티의 이중의식에 붙들려 있는 주인공 벤(Ben)으로부터 출발한다. 벤은 많은 중국계 2세처럼 부모 세대와 미국 주류 사회의 이중 가치 속에 끼여 있다. 그러나 동화 지향 계열의 서사와는 달리『차 한잔 하시죠』에서는 미국 주류 문화가 선호 기표로 제시되지 않는다.

백인 여성과 벤 간의 성적 관계에서 상징되어 있듯이 백인 문화는 오히려 과잉과 방종으로 견제되고 있다. 차이나타운과 아버지로 상징되는 아시아 문화 역시 같은 방식으로 견제된다. 벤은 수동적이며 순종적인 "전통" 중국여성과 결혼하여 아들부터 낳기를 요구하는 아버지의 뜻에 따라 메이(Mei)와 중매 결혼하지만 결국 성 불능에 빠지고 만다. 벤의 섹슈엘리티는 중국의 전통과 미국 주류 담론이 격돌하는 지점으로, 벤의 결혼 후 성적 불능과 결혼 전 방종은 이 두 담론의 문제를 상징적으로 드러내고 있다. 벤의 성은 벤이 차이나타운을 떠나서 생식보다는 부부 간의 성적 쾌락 중심의 생활을 시작하면서 새롭게 회복되는데, 이 순간이 바로 건강하고 온전한 아시아계 남성 주체가 구축되는 지점으로 설정된다. 즉, 벤은 성적 방종과 방황으로 상징되는 미국 주류 문화와 결별하고 메이와의 건실한 일부일처의 관계를 유지하면서, 동시에 아버지로 상징되는 가부장적이며 억압적인 전통과 결별함으로써, 새로운 주체 발생을 예고하고 있다. 벤의 성적 자율성과 힘은 오랫동안 아시아계 남성을 여성 혹은 제3의 성으로 무력화시켜 왔던 미국 주류 언어에 대한 강력한 대항 언어면서 동시에 아시아계의 민족적 자신감을 표방하고 있다. 『아이이이!』 편집자들에게 있어서 이러한 강인하면서도 문화적으로 차별화된 주체는 마이너리티의 민족 운동과 공민권 운동을 전투적으로 견인해나갈 수 있는 최적의 주체로 간주되었다. 이런 이유 때문에 이들은 중국의 여러 고전 속에서 보다 강인한 아시아 남성 인물들을 발굴해 내기 시작하였으며 1991년 판 『큰 아이이이!』(*The Big Aiiieeeee!: An Anthology of Chinese American and Japanese American Literature*)는 그러한 노력의 총결산적 성격을 띠었다.

미국의 인종주의 담론은 아시아계를 하이픈(Asian-American)과 사선(Asian/American)으로 호명함으로써 아시아계를 아시아라는 본질적 속성에서 분리될 수 없는, 즉 주류 담론으로 통합될 수 없는 어떤 타자로 차별해왔다. 아시아계는 2세뿐만 아니라 3, 4세에 이르러서도 이러한 동일한 인종주의 기호학에 묶여 있는 사회적 자신을 발견한다. 아시아계를 자신이 태어난 국가 속에서 이방인으로 만드는 이러한 인종주의 담론은 당연히 마이너리티를 심리적, 사회적으로 무력화시키고 백인 중심의 특권적 질서를 보수적으로 수호하는 데 그 궁극적 목적이 있다. 60, 70년대 문화민족주의자들은 아시아계를 아시아적 영역과 미국 영역으로 부단히 나눔으로써 아시아계의 심리를 이중의식의 분열과 식민성에 묶어두는 이러한 인종주의 담론을 거부하고 아시아계가 새롭게 자신을 구성할 수 있는 특정 공간을 상상적으로 구축해내었다. 이 새로운 영토에서 아시아계는 아시아적 가치와 미국 주류 사회의 가치 양자 모두와 차별되는 새로운 아시아계 주체를 모색하였다. 이 주체는 동화 계열 주체들이 부단히 유혹되었던 미국주류 문화의 보편적 신화를 거부하고, 아시아적 전통 속에서 아시아계를 세력화할 수 있는 문화적 가치들을 새롭게 발굴 해석해내었다. 지배 담론의 강력한 호명 시스템에 흡수되지 않고 자신의 독자성을 지배 담론과 전통 양자와 기호적으로 구별하는 한편, 궁극적으로 아시아계 민족성이라는 새로운 가치를 창조해내었다는 점에서 60, 70년대 아시아계 주체 운동은 분명 전유(appropriation)와 잡종성(hybridization)의 가능성을 아시아계 사유 방식에 처음으로 도입했다고 할 수 있으며, 이 점은 90년대의 많은 비판에도 불구하고 문화민족주의자들의 부인할 수 없는 일정한 성과로 판단된다.

60, 70년대 문화민족적 주체들은 아시아계에게 힘과 활력을 부여하고 독자적인 문화 영토를 구축해가면서 동시에 정치적 의제들을 전투적으로 실천할 수 있는 강한 인물이라는 점에서 분명한 시대적 효용에 복무했다. 그러나 민족적 주체 역시 동화주의 계열의 주체들과 마찬가지로 특정 목적을 위해 설정된 추상적이고도 목적론적인 주체라는 점에서 일정한 한계가 있다. 즉, 동화 계열 주체들이 복잡한 현실의 물적 조건들을 사유하지 못하고, 이중의식의 분열적 고통을 해소하기 위한 간편한 방법으로 지배 담론을 내면화했던 것처럼, 문화민족적 주체들 역시 새로운 주체의 필요성을 이중의식 극복에서 찾았으며, 마침내 아시아계 미국인이라는 통합된 주체 구성으로 그 불안과 분열을 해소하였던 것이다. 이러한 목적론적 방식은 항상 현실의 복잡한 문제들을 유물론적으로 사유하지 못하고 현실의 정치, 경제적 문제들을 오직 심리적 차원으로 추상화시키게 된다. 그 결과 현실의 갈등과 분열은 심리적 갈등과 분열로 대체되고 이 분열과 갈등을 심리적으로 극복하는 것이 현실적 조건들을 극복한 것으로 간단히 치환되어버린다. 주체의 위치를 결정짓는 다양한 현실적 요소에 대한 치밀한 사유 없이 주체 구성의 궁극적 목표를 심리적 온전함과 권력화에 두고 현실을 이러한 목표를 위해 간편하게 추상화시킨다는 것은 목적론적 주체가 갖는 공통적 한계라 하겠다.

　　문화민족적 주체들의 또 다른 문제는 본질주의와 이분법적 사유에서도 찾을 수가 있다. 이들 주체는 주체 구성의 중요한 참조항으로 여전히 아시아적 전통과 백인 주류 이데올로기를 들고 있으며, 이 두 항은 결코 동시에 경험될 수 없는 영원한 차이로 구성되어 있다. 아시아 문화는 아시아라는 물리적 공간에서 세대를 거쳐 전수되는 고정적이고 불변의 특성이며, 주류 문화의 규범 역시 선택과 소유가 가능한 불변의 가치로 이해된다. 물론 문화민족적 주체는 이들 두 항과 일정한 거리를 유지하면서 새로운 특수성, 즉 아시아계 미국적 주체를 설정하였지만, 이 주체 역시 앞의 두 항들과 대조되는 특수한 고유성이라는 점에서 여전히 본질주의적 주체이다. 이러한 본질주의적 주체는 사회적 언어적으로 구축되는 주체의 상대적 운명을 이해하지 못하고 고유하고 순수한 본질적 특성을 가정한다. 사회관계에 진입하기 이전에 이미 특별한 인종적 집단 정체성을 가지고 있다고 보는 이러한 본질주의적 사고방식은 사실 지배 담론의 본질주의적 인식론을 그대로 답습하고 있는 것이다. 특정 집단을 언제나 선명한 본질적 가치들로 유형화하는 것은 지배 계급으로서의 "우리"와 피지배 계급으로서의 "그들"을 나누어 "그들"에 대한 "우리"의 지배를 정당화하는 지배 이데올로기의 기본적 메커니즘이다 (Lim 294). 그리고 이러한 메커니즘은 "우리"의 순수한 본질에 기대면서 그것을 수호할 수 있는 권력을 부단히 생성해낸다. 문화민족주의자들 역시 이러한 본질주의적 가정, 즉 아시아계 미국문화가 독자적이고 "순수하게" 존재하는 어떤 것으로 설정하고 그 상상적 본질을 강화함으로써 아시아계의 권력화를 꾀하였던 것이다. 60년대 민권운동 과정에서 이러한 문화민족주의적 가정은 척박한 백인중심 문화지형에 새로운 마이너리티의 영토를 구축하고 그것을 범아시아계 연대를 통해 가시화하고 세력화하는 데 매우 효율적인 방식이었음에는 틀림없다. 그러나 이러한 민족적 본질, 즉 아시아계 미국인으로서의 특성을 구축하고 수호하는 운동은 아시아계의 용어 아래에 들어있는 다양한 이질적인 주체들, 이를테면 젠더, 출신국가, 계급들의 차이에서 파생하는 복잡하고 유동적이며 혼성적인 주체들을 식별해내거나 설명해내는 데는 아무런 관심이 없었을 뿐만 아니라, 그러한 다양성을 아시아계의 구심적 세력을 와해하는 차이들로 다시 억압함으로써, 본질주의에 입각한 지배 담론의 폭력성과 동일한 위험을 드러내게 되었다.

IV

『아이이이!』 그룹이 아시아 및 미국 주류 사회와 구별되는 특수한 민족지학적 문화 운동을 주도하고 있을 때, 이미 아시아계 이민들의 물질적 특성은 이 그룹이 제시했던 아시아계 미국인으로서의 특정 조건—미국에서 태어나 영어를 자유롭게 구사하는 아시아계—과 다른 방향으로 나아가고 있었다. 1965년 새로운 이민법 공표 이후 아시아에서 유입된 이민들은 그 규모, 배경, 교육 정도, 계급 등에서 이전 이민들과 많은 차이를 보였다. 중국계와 일본계 위주의 이민 구성은 한국계, 필리핀계, 인도계, 베트남계 등으로 다변화되었으며, 전례 없던 고급 기술 소유자, 자본가, 고학력자들의 이민도 생겨났다. 이제 아시아계 이민자들은 성(gender), 출신지, 계급, 교육 정도 등에 따라 다양한 차이로 나타나게 된 것이다. 아시아계 내부의 차이는 대량 이민이 시작된 1965년 이후부터 시작되었지만 80, 90년대의 이른바 세계화 시대를 거치면서 그 차이와 다양성은 더 확대되었다. 이제 친 그룹이 구축했던 미국 출생 아시아계는 아시아계 중 전체 구성의 4분의 1에만 해당되는 어떤 특성이 되고 말았다. 특히 새로운 아시아계 이민들은 미국 국내의 다양한 정치적 의제들에 대해 서로 다른 입장들을 내놓을 뿐만 아니라, 스스로를 국경 너머의 아시아와 여전히 연결시키는 사람들도 많아서 미국적 지역성(locality)을 강조하는 문화민족주의의 정의를 국내외적 맥락에서 흔들어놓았다. 이러한 아시아계 이민의 물적 다양성 앞에서 아시아계 문학은 성, 계급, 인종 등 다양한 사회적 결정항들을 가로지를 뿐만 아니라, 공간적으로도 미국 국내외를 가로지르는 복잡하면서도 세계화된 어떤 새로운 문화지형을 그려내고 있으며 그 속에서 구축되는 아시아계 주체들 역시 이전 시대와는 비할 수 없는 다양성과 혼성적 특성들을 보인다.

친 그룹이 주도한 아시아계 주체성 개념이 아시아계의 다양성을 담보하지 못한다는 문제 제기는 『여인무사』(*Woman Warrior*)를 둘러싼 친 그룹과 아시아계 여성 비평가들의 논쟁에서 시작되었다. 1991년 출판된 『큰 아이이이!』 서문에서 친 그룹은 킹스턴(Kingston)의 이 작품을 여러 동화주의 작품들과 동일 선에 놓았으며, 그 대표적 증거로서 작품에 나타난 아시아의 이미지들을 들고 있다. 이들은 킹스턴이 앞서 살펴본 많은 동화주의 계열의 작가들과 마찬가지로 중국문화를 전근대적이고 미신으로 가득 찬 문화, 즉 미국적 가치의 차이로 그려냈다고 비판한다. 그 결과 이 텍스트의 중국문화는 역사적 현실과 동떨어진 이국적이며 여성적인 것으로서 백인 독자들의 관음 대상으로 격하된다. 친 그룹은 앞서 살펴본 바와 같이 아시아계 남성이 오랫동안 백인 남성의 성적차이로 규정되고 여성화되어 온 것을 인종주의적 결과로 특별히 문제시했기 때문에, 킹스턴이 그려낸 전근대적이고 무지하며 가부장적 권위로 가득 찬 아시아계 남성 캐릭터를 백인 인종주의와 공모한 식민적 결과물로 공격하였다. 친 그룹은 『여인무사』를 둘러싼 이러한 논쟁을 민족주의자(nationalist)와 동화주의자 간의 갈등으로 이끌고 갔지만, 여기에 아시아계 여성 비평가들이 참여하면서 논쟁의 핵심은 민족주의와 페미니즘간의 논쟁으로 발전하였다. 엘레인 킴(Elaine Kim)등 여성 비평가 진영은 그동안 친 그룹의 아시아계 주체성 담론이 여성의 존재와 경험을 부정하는 철저한 남성중심적 담론이라고 공격하고, 『여인무사』속에서 이러한 남성중심적 가치에 도전하는 여성적 언어를 독해해내었다(Cheung 11). 이들은 또한 아시아계 내에서도 주변화되어온 여성의 목소리를 찾아내고 재현하는 방식으로서 여성 중심 아시아계 선집—『더 많은 물결: 아시아계 미국 여성 신작』(*Making More Waves: New Writing by Asian American Women*)—도 편찬해냄으로써 남성과는 구별되는 아시아계 여성의 주체성 확립에 물꼬를 틔웠다.

　『여인무사』로 촉발된 아시아계의 다양성에 대한 논의는 이후 성(gender)의 영역뿐만 아니라 출생(nativity), 계급 등으로 확대되는데, 이 과정에서 재차 확인된 것은 60, 70년대 문화민족적 주체가 다변화되고 잡종화된 현대 아시아계 주체를 포괄할 수 없다는 사실이었다. 90년대 리사 로우(Lisa Lowe) 등이 주도해간 아시아계 주체의 다양성과 혼성성에 대한 논의는 문화민족주의의 지엽성뿐만 아니라 그것이 가진 균질화(homogenization) 경향을 문제 삼기에 이르렀다. 로우는 다양하고 복잡한 아시아계 미국사회의 현실을 지적하면서 미국이라는 출생지와 국가 개념에 국한된 문화민족주의자들의 아시아계 주체성이 이들 아시아계의 현실을 포괄하기에는 지나치게 협소한 용어라고 주장하고, 이러한 아시아계의 차이들을 그 협소한 공간에 수렴시키는 것은 또 다른 형식의 "균질화" 폭력이라고 간주한다(Lowe 30). 이러한 계열의 비평가들은 후기구조주의의 여러 이론적 근거 위에서 문화민족주의의 중심지향적 기호학을 비판한다. 이들에 따르면 문화민족주의는 지배 계급의 이데올로기적 약호들을 아무런 심문 없이 수용하고 그 전략 또한 답습하고 있다는 것이다. 즉 이들이 기대고 있는 "주류" "마이너리티" "국가" "민족성" 등의 이분법들은 지배 계급이 자신들의 지배를 정당화하기 위한 고전적 방식으로서의 "분리-통제(divide-and-control)" 전략이며, 거기에 동원된 각 약호들마저 지배 계급이 본질화해 둔 이데올로기적 함의들로 채워져 있다는 것이다. 이렇게 볼 때 문화민족주의의 주체 구성 방식은 그 자체로 식민주의의 유산이 된다(Lowe 32). 로우는 바로 이런 점에서 문화민족주의의 한계뿐만 아니라 아울러 거기에 내포된 위험성을 본다.

> . . . 아시아계 미국인 아이덴티티를 본질화하고 차이들—출신국, 세대, 젠더, 정당, 계급—을 억압하는 것은 특정한 위험을 노정한다. 그것은 아시아인들 간의 차이와 아시아인들의 혼성성(hybridity)을 간과하고 아시아인들을 하나의 균질적 집단, 즉 우리를 "모두 같은 것" 그리고 어떤 "유형"으로 수납될 수 있는 것으로 구성해 내는 인종주의적 담론을 지지할 가능성이 있다.(30)

특정 민족성이 본질적으로 존재한다는 가정, 그리고 그것에 합당한 민족적 주체를 선취해야 한다는 가정은, 미국성(Americanness)을 가정하고 마이너리티들을 미국성과 배치되는 타자들로 주변화해온 지배 담론의 본질주의적 인식론과 그 사유 틀을 같이 한다. 본질주의적 인식론의 궁극적 목표는 중심을 강화하고 사회를 위계화하는 것이다. 그것은 특정 집단의 다양성을 인정하지 않고 어떤 본질적 "유형"으로 집단화한 뒤 그것을 구심적 언어 속에 배치해 넣는다. 문화민족주의 역시 아시아계의 특정 아이덴티티를 가정하고 그것을 다양한 아시아계 텍스트를 독해하는 유일한 척도로 삼았다. 마이너리티들이 주류 사회에 진입하기 위해서 모든 차이 기표를 벗고 그 상상적 중심을 받아들여야 하듯이, 이제 아시아계 역시 적합성(legitimacy)을 인정받기 위해 아시아계 민족성이라는 상상적 기표를 표준(norm)으로 받아들여야 한다. 『여인무사』를 둘러싼 민족주의자들과 페미니스트들 간의 일련의 갈등은 이러한 구심적 언어에 대한 아시아계 내의 최초의 본격적 문제 제기였다.

90년대 이후 아시아계 비평은 민족성에 대한 과도한 집착에서 벗어나 다양한 차이와 복수성을 강조하는 방향으로 흘러가고 있다. 아시아계 문학의 범주 안에 수용되거나 주목받지 못했던 텍스트들을 발굴하고, 아시아계 정전을 다른 각도에서 독해하며, 새롭게 생산된 텍스트들 속에서 새로운 유형의 주체성을 발견해내는 것이 이들 비평의 주된 작업들이다. 이러한 새로운 주체성-새롭게 생산되거나 재발견된 주체성-에는 민족성뿐만 아니라 젠더, 계급, 출신지 등이 다양한 주체 구성의 결정항으로 들어오게 되며 심지어는 미국이라는 견고한 국경 밖에서 자신을 형성하는 주체들도 있다. 이들 속에는 미국을 체류국으로만 간주하고 모국과의 유대를 지속적으로 유지하는 주체(망명 주체), 출신국과 체류국의 역사와 경험을 자신의 일부로 동시에 받아들이고 사유하는 주체(디아스포라적 주체), 그리고 일체의 국가 경계에서 벗어나

"세계문학(world literature)"을 추구하는 코스모폴리탄 주체도 있다(Lim 290). 이러한 주체들은 동화 계열 주체나 문화민족적 주체들과는 달리 백인지배 담론과 민족성이라는 두 개의 "과잉결정된(overdetermined)" 기표에 한정되지 않고, 자신의 성, 계급, 출신지 역사 등에 따라 다양한 차이를 보여준다. 이들은 또한 목적론적 주체들이 지향했던 안정되고 고정된 통합적 자아 대신, 분열되고 모순되며 동시다발적인 현실적 맥락에서 움직이기 때문에, 생성변화(becoming)를 거듭하는 과정 속의 주체(subjectivity-in-process)로 나타나기도 한다.

90년대를 지나면서 아시아계 미국문학 진영은 대체로 후기구조주의를 받아들이고 내부의 다양한 차이들을 포섭하는 방식으로 그 영역을 확대해 왔다. 그러나 그 영역을 미국 국가 밖, 이를테면 아시아로 확대하는 문제에 대해서는 입장들이 확연히 나뉜다. 이러한 현상은 아시아계 미국문학의 다양성과 잡종성을 적극적으로 주장하는 비평 진영 내에도 발견되는데, 가령 왕(Sauling Cynthia Wong)은 아시아계 미국문학이 미국이라는 특정 지점, 즉 국가 개념을 벗어나서는 안 된다는 입장인가 하면(1995, 19) 림(Shirley Geok-lin Lim)은 반대로 미국이라는 국가 패러다임을 고수하는 것은 결국 주류 문화와의 공모 및 강화로 이어질 뿐이므로 마이너리티들은 국경을 넘어 디아스포라로 나아가야 한다고 본다(307). 청(King-Kok Cheung)은 이 국내와 국외가 반드시 선택의 항들이 아니므로 양자 모두를 고려해야 한다고 하면서 아시아계 미국 주체는 미국이라는 국가적 관점과 함께 세계적 관점을 아울러 확보해야 한다는 입장이다(9). 미국이라는 국가 패러다임을 고수하는 입장들은 그간 아시아계 미국문학이 주류 사회에서 영토 확보를 하기까지 겪었던 어려움을 상기시키며 지나친 차이와 다양성은 어렵게 구축한 아시아계 문학을 약화시킬 가능성이 있으므로 신중히 대처해야 할 것으로 보는 반면, 로우와 같은 비평가들은 차이와 다양성, 혼성성이 아시아계 문학을 약화시킨다기보다는 아시아계 문학 내외로 더 유연하고 다양하게 탈주선을 뻗어내면서 결과적으로는 아시아계 문학의 성숙과 발전에 한층 더 기여할수 있을 것으로 낙관한다.

> 하나의 정치적 이익을 위해 배타적으로 자아를 구축하기보다는 다양한 사회적 주체들을 차이의 지점으로 인정하고 교섭하는 것이 더 의미가 있다. 아시아계 미국인 주체는 순수하고 배타적인 민족적이기만 한 주체가 아니다. . . . 이것은 아시아계 미국인의 아이덴티티 구성이 갖는 전략적 중요성을 부인하려는 주장이 아니며, 또한 아시아계 미국문화 구축을 반대하는 주장도 아니다. 다만, 아시아계 미국 내의 계급이나 젠더의 다양성을 인정하는 것이 우리라는 집단적 연대를 약화시키지는 않을 것임을 주장하는 것이다. 오히려 반대로, 이러한 차이들은 또 다른 억압들 위에서 구성된 다양한 다른 집단들과 우리가 정치적으로 제휴할 수 있는 가능성들을 의미할 수 있다. (Lowe 32)

V

19세기 중반 시작된 아시아계 미국 이민은 오랜 이민사에도 불구하고 자기 목소리로 재현과 주체 구성을 시작한 지 이제 겨우 50여 년이 되었다. 그러나 그 짧은 기간 중에서도 아시아계의 주체 구성은 매우 역동적으로 변화를 거듭하였다. 그것은 처음에는 스테레오타입과 타자화라는 오랜 척박한 조건에 맞서 미국주류문화와 호환가능한 주체로 스스로를 구성하다가, 그 주체의 식민성을 문제시하면서 보다 독자적인 힘과 자부심을 갖춘 아시아계적 주체로 변모하였는가 하면, 특정 민족성에 입각한 고정되고 단일화된 주체를 거부하고 다양한 물질적 조건 위에서 복잡하고 혼성적이며 변화를 거듭하는 주체로 이행하였다.

이제 아시아계 미국문학은 성·인종·계급적 측면에서뿐만 아니라, 미국 국경 너머의 디아스포라나 초국가주의(transnationalism)로 그 다양성을 넓혀가고 있다. 그 결과 성·인종·계급적으로 서로 다른 미국적 주체가 생성되는가 하면, 미국이라는 경계 밖에서 자신을 구성하는 이른바 망명 주체, 코스모폴리탄 주체, 혹은 디아스포라적 주체들이 생성되고 있다. 아시아계의 이러한 다양성과 이질성, 그리고 복잡성은 결코 현 시대만의 특징은 아니다. 아시아인들의 미 대륙 이주는 이미 미국과 아시아 간의 복잡하고 다양한 역사적 교류의 부산물들이었다. 다만 그동안 미국 내의 마이너리티로서의 입지 때문에 아시아계 미국문학은 늘 미국과 주류 문화라는 보다 당면한 문제에 골몰했을 뿐이다. 이러한 역사적 맥락을 고려해볼 때, 아시아계 미국문학을 오직 미국과의 관련성 속에서만 사유한다는 것은 그 자체가 반역사적일 뿐만 아니라 세계화라는 현실 속에서 아시아계 문학을 자폐와 게토화로 몰고 갈 위험마저 있다.

아시아계 주체는 특정 아이덴티티에 자신을 밀어 넣음으로써 복잡한 현실을 단순화시키고 심리적인 안정을 확보하려는 대신, 자아의 분열과 모순을 초래하는 다양한 현실적 조건들을 역사적이고 물질적인 시선으로 사유할 수 있어야 한다. 그렇게 될 때 수많은 현실적 사건들의 결점으로서의 주체는 다양성과 모순, 혼성성을 피할 수 없다. 페미니즘이 포스트모더니즘의 다양한 차이와 모순들을 받아들임으로써 더 성숙하고 열린 담론의 장으로 발전해갔듯이, 아시아계 미국문학 역시 이러한 차이의 과정을 통해 이분법과 목적론적인 방식을 극복하고 더 많은 의미를 실험하고 생산할 수 있는 열린 공간으로 발전해나갈 수 있을 것이다.

* 이 글은 『새한영어영문학』(제49권 1호, 2007년, 103-21면)에 게재된 것을 수정, 보완한 것임을 밝힌다.

Cheung, King-kok, ed. *An Interethnic Companion to Asian American Literature*. Cambridge, MA: Cambridge UP, 1997.

Chin, Frank, et al. *Aiiieeeee!: An Anthology of Asian American Writers*. Washington D.C.: Howard UP, 1974.

_____. *The Big Aiiieeeee!: An Anthology of Chinese American and Japanese American Literature*. New York: Meridan, 1991.

Kent, Noel J. *Hawaii: Islands under the Influence*. New York: Monthly Review Press, 1983.

Kim, Elaine, et al. eds. *Making More Waves: New Writing by Asian American Women*. Boston: Beacon, 1997.

Lee, Robert G. *Orientals: Asian Americans in Popular Culture*. Philadelphia: Temple UP, 1999.

Lim, Shirley Geok-lin. "Immigration and Diaspora." *An Interethnic Companion to Asian American Literature*. Ed. King-Kok Cheung. Cambridge, MA: Cambridge UP, 1997. 289-311.

Lowe, Lisa. "Heterogeneity, Hybridity, Multiplicity: Making Asian American Differences." *Diaspora* 1.1 (1991): 24-44.

Palumbo-Liu, David. *Asian/American: Historical Crossings of a Racial Frontier*. Stanford, CA: Stanford UP, 1999.

Wong, Sau-ling Cynthia. "Denationalization Reconsidered: Asian American Cultural Criticism at a Crossroads." *Amerasia Journal* 21.1/2 (1995): 1-27.

국가 이데올로기와 인종주의:
「일본 햄릿」을 중심으로

I

    미국 내의 인종주의는 마이너리티를 지칭하는 하이픈[-] 언표 속에 늘 잠재해 있다. 많은 유럽계 이민들이 2세 단계에 이르러 미국 주류 사회에 동화되고 마이너리티 지위를 벗어나는 데 비해 아시아계 이민자들은 그 3세대에서도 출신국을 지칭하는 하이픈으로 지시된다. 이러한 현실은 명백히 아시아계에 대한 미국 주류 담론의 인종주의를 반영한다. 아시아계는 결코 동화될 수 없는 어떤 본질적 특성을 갖고 있고, 이러한 본질은 외부 환경과 관계없이 유전된다는 것이 아시아계에 대한 미국 인종주의의 핵심 전제이다.

아시아계 문학이 출신국과 체류국의 이분법적 갈등에 천착하는 사실 뒤에는 아시아계를 끊임없이 불완전한 주체, 열등 기호로 몰아가는 백인 중심 담론의 기호학이 있다. 즉 백인 중심 담론은 자신을 온전하고 자유로운 이상적 주체로 가정하고 그 로고스적 위용을 강화해줄 수 있는 불완전하고 결핍된 주체로 아시아계 주체를 가정한다. 그 결과 아시아계는 이민 3세에 이르러서도 출신국과 체류국으로 분열된 이른바 이중의식(double consciousness)에서 자유롭지 못하다. 아시아계를 자신이 태어난 국가에서 불완전한 시민, 심리적으로 분열된 주체로 만드는 이러한 주류 담론의 인종주의적 전략은 아시아계의 사회적 진출을 원천적으로 약화시키는 효과가 있다.

19세기 중반 미국의 산업혁명과 아시아 대륙의 복잡한 국내적 정세가 상호 작용하면서 미 대륙을 향한 아시아계 이민이 급증하였다. 아시아계는 외모, 언어, 종교, 문화 등에서 그 이전의 미국 이민자들과 매우 달랐다. 아시아계의 이런 차이는 곧 인종주의적 차별로 이어졌다. 중국인 이민 금지법, 토지 소유 금지 및 귀화 금지, 타인종과의 결혼 금지 등 아시아계는 유럽 이민자에게는 적용되지 않았던 각종 차별적 규제를 떠안게 되었다. 인종주의에 의거한 이러한 차별의 역사는 다시 아시아계의 심리에 이중의식이라는 식민적 구조를 형성하게 된다.

다양한 인종과 문화를 부단히 통합해내어야 했던 근대 미국은 그 통합의 한 방법으로 국가주의 이데올로기를 활용하였다. 국가 이데올로기는 다양한 이질성을 하나의 단일한 체제로 묶어내는 데 매우 효율적 기제가 되었다. 국가 이데올로기는 인종적, 성적, 계급적, 문화적 다양성들을 통합하면서 하나의 전체성으로 자신을 가정하고 그 결과 사회의 중심이자 대타자(the Other)의 지위를 확보할 수 있었다.

19세기 근대 미국이 서부와 태평양으로 진출하면서 그 정치 경제적 세력을 확장하는 과정은 미국이라는 국가 이데올로기를 강화하고 그것이 이질적 문화와 인종을 어떻게 하나의 상상적 공동체로 통합해 낼 수 있는가를 시험하는 과정이기도 하였다. 그런 점에서 이 단계의 팽창은 물리적이면서도 동시에 심리적인 것이었으며(Palumbo-Lie 2), 미국의 국가 이데올로기는 그 두 가지 목표 모두를 완수하는데 결정적으로 기여하였다. 이데올로기는 늘 그것이 기반한 물질적 현실을 감춘다. 이때 감춰지는 것은 물적 현실에서 억압되고 배제되는 타자의 실상만이 아니다. 현실 세계에서 특권적 위치를 차지하고 불평등한 관계 위에서 정치 경제적 이익을 얻게 되는 중심의 실상들도 함께 감춰진다. 요컨대 이데올로기의 궁극적 목표는 현실에서 작동하는 물질적 모순과 불완전성을 감추어 하나의 자족적이고 본질적인 관념으로서의 현실을 만들어내고 그것을 문제없는 것, 자연스러운 것으로 보이도록 하는 것이다.

근대 미국의 팽창은 자본의 팽창이었다. 미국의 국가 이데올로기는 자본주의를 자유주의로 포장하는 최적의 담론이었다. 개인주의, 자유경쟁, 자립, 근면, 부(wealth)에 대한 사회적 승인 등 이른바 미국적 가치들은 자본주의적 특성이 보편적 가치로 미화된 것이다. 출신 배경에 관계없이 근면과 자립을 통해 사회의 중산층으로 진입할 수 있고, 그러한 진입을 개인의 성공으로 인정한다는 아메리칸 드림은 미국의 자본주의를 하나의 신화로 숭엄하게 만든 것이다. 이러한 신화를 통해 근대 미국은 국가 단위의 영토적, 경제적 팽창을 이루어냈을 뿐만 아니라 자신의 이데올로기에 신성한 차원-Manifest Destiny-을 드리울 수 있었다.

　　한 국가가 특정 이데올로기를 수립하게 되면 이것은 구성원들의 사고방식에 결정적인 영향을 미치게 된다. 국가 이데올로기는 필연적으로 집단 정체성을 전제하고 구성원들은 그것에 준거한 개인 정체성을 발생시키기 때문이다. 이런 점에서 집단 정체성은 개인 정체성에 선행한다. 개인은 집단 정체성이라는 이미지를 통해 자신의 정체성을 구성한다. 개인과 이데올로기의 관계는 사회적 주체와 대타자의 관계와 같다. 개인은 이데올로기를 하나의 선택 사항으로 받아들이는 것이 아니라 상징계 진입과 더불어 하나의 법으로, 아버지의 명령으로 받아들인다.

II

　　국가 이데올로기의 역할은 여러 이질성들을 통합하여 단일한 사회적 집단 정체성을 유지하는 것이다. 국가 이데올로기의 성공 여부는 이질성들 간에 발생하는 다양한 갈등과 모순을 어느 정도 효율적으로 해소하는가에 달려있다. 이러한 목적을 수행하기 위해 이데올로기는 억압적이거나 폭력적인 방법 대신 지식과 담론을 동원한다. 국가 이데올로기에 구현된 지식과 담론은 교육, 문화, 제도, 관습 등 거의 모든 일상생활과 관련되어 있기 때문에 구성원들은 이데올로기의 존재 자체를 인식하기 어렵고, 그것이 수행하는 은밀한 통제와 억압의 방식 또한 식별해내기 어렵다. "권력의 성공은 권력이 자체의 기제들 중에서 은폐하기에 이른 것에 비례한다"(101)라는 푸코(Foucalt)의 지적처럼 권력으로서의 이데올로기는 자신의 억압적 존재를 감춤으로써 자신을 영속시킬 수 있다. 이데올로기가 자신의 권력을 감추기 위해 지식과 담론을 동원하는 이유는 지식이 순수하고 객관적이며 보편적인 진리를 추구한다는 오랜 믿음 때문이다. 그러나 순수하고 객관적이고 보편적인 것은 오직 상상 속에서만 존재하는 추상적 개념에 불과한 것이며 그것을 구현하는 진리 또한 없다. 지식은 그것을 생산한 주체의 운명만큼 사회적 맥락과 연결되어 있고 따라서 상대적이며 불완전하다. 그럼에도 불구하고 이데올로기적 효과는 이러한 지식들을 완전하고 절대적인 진리로 비치게 만든다.

푸코는 사회 전반에 그물망처럼 퍼져있는 권력을 이야기하면서 "권력 관계의 그물은 기구와 제도를 가로지르면서도 정확히 그것들에 국한되지는 않는 두꺼운 조직"(109)이며, 이 조직이 특별한 저항을 받지 않고 작동하는 이유는 그것이 지식을 통해 기능하기 때문이라고 주장한다.

"권력이 항상 부정적인 기능만으로 움직이며, 그저 '그것을 해서는 안 된다'라는 식으로 금지의 명령만을 되풀이한다면 과연 사람들이 권력에 대해 그렇게 순종할 수 있겠습니까? 다시 말해 권력이 효과를 발휘하고 권력을 받아들이는 것은 권력이 단순히 금지의 기능으로 우리에게 다가오기 때문만이 아니라 무엇인가 사물을 관통하고 생산하며 쾌락을 유도하고 지식을 형성하며 담화를 만들어내는 기능을 하고 있기 때문이라 하겠습니다." (고든 152)

푸코의 이 설명은 특정한 것을 지시하고 통제하며 금지하기까지 하는 강력한 권력으로서의 국가 이데올로기가 왜 특별한 구성원의 저항에 부딪히지 않고 자신이 의도하는 바를 관철할 수 있는지를 잘 보여준다. 그것은 문화와 지식을 통해 매우 자연스럽게 메시지를 전달함으로써 통제자로서의 자신을 은폐할 수 있기 때문이다. 이 과정에서 권력은 자신의 목적을 정당한 것, 보편적인 것으로 보이도록 할 뿐만 아니라 자신에 대한 복종을 쾌락의 일부로 느낄 수 있도록 유도할 수 있다.

사회의 전반적 진리를 확정하고 그것을 공고히 할 수 있는 특정 법을 끊임없이 보급하며, 그 과정에서 억압과 통제자로서의 자신의 존재를 가려버릴 수 있다는 점에서 국가 이데올로기는 권력이자 대타자이다. 대타자로서의 국가 이데올로기는 마이너리티 문학이 보여주는 동화지향적 태도를 잘 설명해준다. 미국 국가 이데올로기는 지배계급으로서의 백인 남성 부르주아가 구성한 지식으로 항상 마이너리티를 주변화하고 열등 기호화 하였다. 이러한 차별과 배척에도 불구하고 마이너리티 문학은 주류 집단으로서의 백인 세계에 동화되기를 열망하였으며 그 열망을 실현하는 한 방법으로서 국가 이데올로기를 전폭적으로 수용하였다. 이러한 모순, 즉 자신을 감시하고 배제하는 대상에 대해 끊임없이 애착을 느끼고 그 대상으로부터 사랑과 인정을 욕망하는 이런 마이너리티의 심리는 대타자로서의 국가 이데올로기를 이해할 때만 설명할 수가 있다. 마이너리티는 상징계를 표상하는 대타자로서의 미국 국가 이데올로기를 받아들임으로써 자신의 존재와 적법성을 인정받고 그의 사랑을 향유할 수 있기를 갈망하는 것이다.

대타자로서의 미국 국가 이데올로기는 그 출신 배경과 무관하게 누구든지 중산층 미국 시민이 될 수 있다고 설득한다. 단 그 시민은 미국적 가치들을 내면화하고 실천할 수 있어야 한다. 아시아계의 경우, 이러한 내면화와 실천 가능성은 항상 의문시되어 왔다. 주류 문화의 다양한 지식과 담론들은 아시아계를 깨끗하고 순수한 미국적 가치를 오염시킬 수 있는 전근대적이고 불결한 외부침입자로 규정해왔기 때문이다. 미국의 국가 이데올로기는 민주주의와 무계급 사회라는 자신의 선전과는 달리 특정 그룹을 집단화하고 그것을 인종주의로 차별화하는 것이다. 이것이 아시아계 미국인들이 아직까지 하이픈으로 연결된 이름으로 호명되는 이유이다. 그러나 이러한 현실에도 불구하고 여전히 미국의 국가 이데올로기는 인종주의에 입각한 사회적 차별과 억압을 은폐하고 그것이 특정 개인 혹은 그룹이 동화되기 어려운 본질적 특성을 갖기 때문이라고 마이너리티의 주변성을 설명한다.

아시아계 문학 중 많은 텍스트들은 이데올로기의 이러한 효과 및 현실의 물적 조건에 대한 이해 없이 미국 주류 사회에 대한 무조건적 동경과 동화 욕구로 가득 차 있는데, 그 이유는 앞서 설명한 것처럼 이데올로기의 구성 및 작동 방식을 간파하기가 매우 어려울 뿐만 아니라 이데올로기의 대타자적 위상에 대한 마이너리티의 애착 때문이다. 마이너리티는 특수한 이데올로기 효과 때문에 이데올로기가 생산한 지식을 하나의 절대적이고 보편적인 진리로 오인하고 이것을 수용함으로써 대타자의 인정과 사랑을 기대한다. 킹스턴(Kingston)의 다음과 같은 주문은 대타자로서의 미국 주류 이데올로기에 대한 마이너리티의 이런 강렬한 애착을 대변해준다.

우리는 '중국계-미국인'이라는 용어에서 하이픈을 제거해야 합니다. 왜냐하면 하이픈은 양 항에 동일한 의미의 비중을 싣기 때문입니다. . . . 하이픈을 빼면, 중국계라는 것은 하나의 형용사로 남고 미국인은 명사가 됩니다. 중국계 미국인은 미국인의 한 타입이 되는 것이죠. (60)

킹스턴의 열망은 마이너리티의 기표인 하이픈을 폐기하고 표준적 기표로서 일반 미국 시민이 되는 것이다. 그는 하이픈으로 연결된 마이너리티의 기표가 결국 아시아계라는 기표와 미국인이라는 기표를 동등한 비중으로 내포한다고 보고, 아시아계의 기표를 포기함으로써 순수하고 온전한 미국인으로 태어날 수 있다고 본다. 킹스턴의 이러한 주장은 미국 국가 이데올로기가 인종적 마이너리티에게 늘 주문하는 어떤 것이다. 아시아계를 전근대, 축첩, 미신, 영아방기, 어둠 등으로 구성함으로써 서구를 근대, 합리, 밝음 등으로 특권화해온 오리엔탈리즘 위에서 미국 국가 이데올로기는, 아시아계가 이러한 타자의 가치들을 미국사회에 전이시킴으로써 미국 주류 사회를 "오염"시킬 것을 염려하였다. 그리고 아시아계로 하여금 온전한 미국 시민이 되기 위해 이러한 아시아적 기표를 폐기할 것을 요구하였다. 킹스턴은 아시아계를 포기하고 보편적 미국인으로 다시 태어날 것을 선언함으로써 미국 이데올로기가 표상하는 대타자의 법을 받아들인다.

대타자에 대한 마이너리티의 애착은 비단 킹스턴에게만 나타나는 것이 아니다. 무커지(Mkherjee) 역시 자신을 아시아계 작가라기보다는 미국작가로 소개하고 다음과 같이 자신의 작품에 스며있는 미국적 가치를 강조한다.

나는 내 소설이 동화(assimilation)에 관한 것이기를 바랍니다. 나의 소설은 북미 개척자의 새로운 변종입니다. 나는 자신의 과거를 뿌리 뽑아버리는, 배짱, 에너지, 패기를 가진 인물에 매료됩니다. . . . 나의 이야기는 승리에 대한 이야기이지 상실에 대한 것이 아니랍니다. (Hancock)

무커지는 이 인용문에서 자기 작품을 스스로 "동화"에 대한 것으로 규정하고 자신 역시 미국의 원형적 인물인 "개척자"로 설정한다. 서부 개척민들은 계급, 인종, 출신국가 등 모든 과거로부터 완벽하게 자유로운 사람, 즉 "자신의 과거를 뿌리뽑아버리는" 사람으로서, "배짱, 에너지, 패기"라는 미국의 개인주의적 가치를 체현한 인물이다. 무커지는 자신을 이러한 개척민과 동일시함으로써 미국 주류 사회의 상징적 질서 속으로 편입해갈 것을 소망한다. 그리고 1988년 2월 마침내 갈망하던 시민권, 즉 대타자의 법적 인증서를 받아들고 무커지는 뉴욕 독자들을 향하여 "이제 나도 당신들의 일부가 되었다"(Mukjerjee 29)라고 선언한다.

킹스턴과 무커지가 보여주는 대타자에 대한 선망은 다른 많은 아시아계 텍스트에도 어김없이 나타난다. 50년대에 성행하였던 많은 동화 지향적 아시아계 문학은 말할 것도 없고 80, 90년대 아시아계 문학마저 많은 부분이 체류국으로서 미국의 국가 이데올로기에 포박되어 있다. 이들은 힘과 건전성의 미국을 선호 기표로 설정하고, 아시아를 무력하고 결핍된 열등 기호로 상상한다. 따라서 이들이 아시아를 폐기하고 미국을 받아들이는 것은 무커지의 표현처럼 "상실"이 아니라 "승리"의 행위가 된다. 아시아계는 아시아라는 특정 기표를 삭제하고 단일하고 온전한 대타자로서의 미국 이데올로기를 받아들임으로써 마침내 고통스러운 식민의식, 분열된 이중의식을 벗어날 것을 기대한 것이다.

III

마이너리티가 이처럼 미국 국가 이데올로기를 전폭적으로 수용하고 애착을 보일 때, 과연 주류 사회는 이러한 마이너리티의 충성을 적극적으로 이해하고 그들을 기꺼이 주류 사회의 일부로 받아들일 것인가? 여기에 대한 답은 아직까지 존재하는 마이너리티의 기표로서 아시아계 하이픈에서 찾을 수 있을 것이다. 마이너리티를 특정 집단에 한정하고 그 집단적 정체성으로 마이너리티를 의미화하려는 이 하이픈은 킹스턴의 의지와 달리 개인적 선택으로 쉽게 폐기되지 않는다. 그것은 마이너리티의 심리뿐만 아니라 그 용어를 생산해낸 지배 담론의 심리이기도 해서 이른바 "중심"의 선택과도 관계있기 때문이다. 마이너리티의 특수성을 상징하는 많은 하이픈이 사라지고 난 뒤에도 유독 아시아계에는 하이픈이 여전히 작동하고 있다는 사실은, 이러한 담론 생산의 "중심"에 놓인 아시아계에 대한 특별한 심리를 대변해준다. 즉, 아시아계는 대타자로서의 국가 이데올로기에 절대적인 애정과 충성을 보여도, 여전히 보통 시민, 미국의 주류 사회의 일부로 수용되지 않는 것이다.

모리(Toshio Mori)가 1939년에 발표한 「일본 햄릿」("Japanese Hamlet")에는 보편에 대한 아시아계의 갈망과 애착의 강도에도 불구하고 그 소망의 실현불가능성이 일찌감치 예언되어 있다. 비록 3페이지에 국한된 짧은 단편이지만 이것은 텍스트 이전과 이후를 관통하면서 오래 매달렸던 대타자의 승인 문제를 강렬하게 다루고 있다. 서사는 매우 간단하다. 이름과 성별, 직업 등을 전혀 알 수 없는 화자 "I"는 정기적으로 친구 탐 푸쿠나가(Tom Fukunaga)의 방문을 받는다. 탐은 31살의 남성으로서 셰익스피어 배우가 되려는 꿈을 갖고 있다. 그는 일주일에 5달러 정도를 쓰는 매우 궁핍한 생활을 하고 있지만 경제적인 안정을 위해 일자리를 찾으려는 생각이 없다. 주어진 모든 시간을 셰익스피어 대본 연구와 연습에 바치고 싶기 때문이다. 탐은 정기적으로 연습한 연극 대사를 화자 앞에서 실연해본다. 화자는 탐이 꿈을 실현할 수 있도록 오랫동안 연기 연습의 유일한 청중이 되어주었지만, 점점 그 꿈의 실현가능성에 회의를 느끼고 마침내 어느 날 탐에게 청중의 역할을 중지하겠다는 통보를 한다.

　「일본 햄릿」은 보편성을 지향하던 작가 모리 자신의 글쓰기에 대한 은유이기도 하다. 모리는 엘레인 킴(Elaine Kim)의 주장처럼 늘 보편적 인간에 대해 글쓰기를 하는 이른바 "보편주의 작가"이다(163). 「일본 햄릿」역시 아시아계를 암시하는 어떤 민족지학적 특성도 드러내지 않는다. 그래서 표면적으로 볼 때는 햄릿을 연기하고자 하는 보통 젊은이의 열망과 좌절을 다룬 것처럼 보인다. 그러나 이런 보편주의적 표면과는 달리 이 텍스트는 보편주의에 대한 자기 반성적 텍스트로 읽힐 수 있다. 즉, 햄릿이라는 보편성을 추구하는 일본계 젊은이인 탐이 갖는 인종적으로 특수한 문제가 텍스트의 이면에 깔려있는 것이다. 이런 점에서 이 작품은 보편적 글쓰기를 추구하는 일본계 작가로서의 모리 자신에 대한 반성적 글쓰기가 된다.

탐은 미국 국가 이데올로기가 지시하는 시민의 덕목들을 고루 갖추고 있으며 또한 그 덕목들을 실천하고 있다. 근면과 자립이라는 대타자의 요구를 받아들여 탐은 곤궁한 생활임에도 불구하고 누구의 도움도 받지 않고 자립적 삶을 살아가고, 또 자신의 꿈을 향해 근면성실하게 매진한다. 그의 성실은 셰익스피어 대사를 완벽하게 암기하는 데에도 상징적으로 나타난다.

> 탐은 나를 찾아와 외운 대사를 읊었다. 그때마다 그는 셰익스피어 전집을 내 손에 쥐여주었다. 한 번도 빠지지 않고 그렇게 하였다. 그는 나로 하여금 자기 앞에 앉아서 전집을 펼치고 자신이 암송하는 대사를 눈으로 따라가기를 요구하였다. . . . 대사가 시작되면 휴식을 위해 멈추는 시간도 일절 없었다. (146-47)

셰익스피어는 서구 정신의 정전이자 표준이다. 탐은 그런 셰익스피어를 완벽하게 재현함으로써 자신을 서구의 표준에 일치시키고자 한다. 셰익스피어에 대한 탐의 열정은 고통스러운 동시에 쾌락도 유발한다. 보편과 정상성을 수립하고 차이와 비정상성을 나누는 아버지로서의 대타자에 대한 무한한 신뢰와 열망 때문이다. 말하자면, 탐은 셰익스피어를 완벽하게 연기함으로써 셰익스피어와 동일시를 이루고, 마침내 그 결과로 대타자의 인정과 사랑을 얻을 수 있을 것을 기대하는 것이다.

대타자로서의 미국적 아버지는 유일무이하고 절대적이며 갈등과 모순 없는 현존을 가정한다. 아버지는 다른 아버지의 존재를 부인하므로, 탐은 자신의 민족지학적 아버지, 즉 아시아계의 상징적 아버지를 거세해야만 한다. 모리는 미국적 아버지가 요구하는 로고스에 대한 탐의 복종을 부각하기 위해 탐과 그의 출신지와의 관계를 차단해놓았다. 탐은 일본계 아버지와 연락을 끊은 상태일 뿐만 아니라 다른 모든 가족 및 친지들로부터도 단절되어 있다. 음식, 문화, 언어 등에 있어서도 탐은 그 어떤 일본계의 표식이 없다. 민족지학적 기호가 완전히 제거된 텅 빈 주체의 공간, 이것이 탐의 내면이며, 탐은 여기에 대타자의 요구를 고스란히 기입하고자 한다.

주류 담론은 늘 민족성(ethnicity)을 본질적인 것, 발생학적인 것으로 간주하여 이것이 부모 세대로부터 자식 세대로 전수된다고 가정한다. 이런 가정은 마이너리티에게는 두 명의 대타자가 있어서 결국 양자 사이에서 영원히 분열할 수밖에 없다는 결론을 낳는다. 탐은 이런 주류 담론의 가정과는 달리 민족적 아버지를 버리고 단일한 아버지로서 미국 주류 이데올로기를 선택한다. 이제 그 단일한 아버지의 법에 순응하여 그와의 동일시를 이루기만 하면 탐은 다른 중심적 주체처럼 분열 없는 주체, 온전한 자아를 선취할 수 있을 것이다. 그러나 탐의 이러한 염원과는 달리 미국 주류 사회로의 진입은 무슨 이유에서인지 지연되기만 한다.

> 탐과 나는 셰익스피어 무대로부터 멀리 떨어져 있었다. 탐은 심지어 백스테이지조차도 밟아보지 못했다. 고등학교 때부터 그래왔지만, 그때와 조금도 다르지 않게 탐과 무대와의 거리는 요원했다. (147)

고등학교 졸업 후 일체의 다른 활동 없이 31세까지 셰익스피어에 몰두하였으나, 셰익스피어 무대와 탐의 거리는 "요원"할 뿐이다. 탐은 실제로 오디션에 참여한 경험도 없다. 미국적 신화는 출신 배경과 관계없이 누구든 노력하면 성공할 수 있다는 것인데, 탐은 그 엄청난 노력과 실력에도 불구하고 조금도 성공의 사다리를 오르지 못하고 있다. 이런 사실을 목도하고 어느 날 화자는 탐에게 셰익스피어 배우가 될 꿈을 포기하라고 종용한다.

> 어느 날 나는 진실을 말했다. 그런 식으로는 그 어떤 곳에도 다다를 수 없을 것이며 둘 다 불가능한 어떤 것을 추구하고 있다는 생각이 들었다. . . . 나는 탐이 올 때마다 그가 시간 낭비를 하고 있으며 내가 거기에 말려들었다는 느낌을 받았다. 나는 탐에게 직장을 찾아보라고 여러 차례 말해보았다. 그는 웃기만 하였다. 그러고는 계속 나를 찾아와 햄릿 연기를 반복하였다. . . . 나는 탐이 내 집에 오는 것이 두렵게 되었다. 그의 삶이 한 편의 mock play처럼 보이고 나 자신이 그 연극의 일부인 듯 느껴졌기 때문이다. (147-48)

화자는 탐의 삶을 한 편의 "mock play"로 보기 시작한다. "mock play"란 진정성 있는 연극을 흉내 내면서 원본에 없는 희극적 효과를 덧붙이는 장르이다. 탐의 연기는 셰익스피어의 "진본"을 모방하지만 그것은 진본의 아우라를 재현하지 못하고 부조화와 웃음거리로 전락해버린다. 화자의 이런 시선은 탐의 연기 연습을 지지할 때는 결코 나타난 적이 없다. 주류 무대에 서고자 하는 탐의 노력과 시도가 좌절을 거듭하면서, "무대"와 탐의 거리가 조금도 좁혀지지 않음을 인식하면서, 화자는 갑자기 비극 배우로서의 탐의 자리에 희비극 배우의 형상을 보는 것이다.

아버지의 법을 따라 아버지와 동일시를 획득하면 아버지의 승인과 사랑을 한꺼번에 향유할 수 있다는 주류 이데올로기의 약속은 어떻게 된 것일까? 탐은 왜 완벽한 셰익스피어 대사 구사 및 연기 능력을 갖추고도 셰익스피어 배우로 발탁되지 않는가? 이러한 고민은 1980년대 아시아계 2, 3세들이 공통적으로 몰두하였던 바로 그 문제이기도 하다. 높은 교육과 완벽한 영어 구사력, 그리고 이념과 가치에 있어서 미국 주류 문화를 그대로 수용 실천한 아시아계 젊은이들은, 그럼에도 불구하고 미국 주류 사회가 그들을 여전히 하이픈 속에 묶어두는 현실을 목격한 것이다. 그들은 "중심"을 "모방"할 수는 있어도 "중심"과 완전히 같아서는 안 되는 것이었다. 탐과 마찬가지로 그들의 로고스적 행위도 진본이 아니라 "mock play"에 불과할 뿐이다.

미국의 국가 이데올로기는 마이너리티로 하여금 특정 문화 양식을 모방할 수 있고, 그 모방을 통해 표준 기표를 소유할 수 있다고 강조한다. 문제는 그런 강조를 "양 갈래의 혀"(Bhabha 85)로 표현한다. 양 갈래의 혀는 마이너리티의 표면적 동일성을 부추기면서도, 그것의 "같지만 완전히 같지는 않은" 속성을 강조한다(Bhabha 85). 이러한 모순에도 불구하고 국가 이데올로기는 그 모순을 은폐함으로써 인종주의적 현실을 덮어버린다.

「일본 햄릿」에서 화자가 마지막 부분에서 직시하는 것은 국가 이데올로기의 양면성이었다. 화자는 탐으로 하여금 부단히 햄릿이 될 수 있다고 부추겨온 주류 이데올로기가 사실은 탐을 영원히 "일본 햄릿"으로 묶어두기 위해 작동한다는 사실을 인식한 것이다. 동일한 서사라도 누가 발화하는가에 따라 의미는 달라진다. 들뢰즈의 말처럼 서사는 그 자체로 절대적 의미가 없다. 동일한 이야기가 노예의 입을 통해 전달되면 그것은 노예의 서사가 되고, 주인의 입을 통해 전달되면 주인의 서사가 되는 것이다. 이런 드라마화 논리는 탐의 햄릿 연기에 대해 주요한 시사점을 던진다. 탐이 진본 햄릿이 될 수 없는 이유는 대타자의 주장과 달리 그가 백인이 아니어서 그렇지 개인의 능력이나 의지와는 관련성이 없다.

> 때때로 나는 탐에게 소네트를 암송할 때의 그가 최고라고 말하곤
> 했다. 실제로 맥베스나 햄릿을 연기할 때보다 소네트를 암송하는 것
> 이 탐에게 더 낫지 않을까 그런 생각이 들었다. (147)

소네트는 연극과 달리 개인의 복잡한 내면을 다루지 않는다. 그것은 오직 개인적 정서를 물질적 맥락과 무관한 방식으로 독립적, 파편적으로 다룬다. 소네트는 따라서 문제의식을 불러일으키지 않는다. 현실의 모순과 부조리는 치열하게 사유되지 않고 소박한 개인적 정서로 환원, 순간적 표현으로 마감되어버린다. 「일본 햄릿」들은 자신의 억압을 소네트라는 장르를 통해 해소함으로써 그 억압을 멜랑콜리로 기의 변조한다. 이러한 멜랑콜리는 목적 자체가 해소에 있기 때문에 아무런 정치적 영향력도 미칠 수가 없다. 주류 문화는 마이너리티가 자신의 문제를 결코 정치적인 표현으로 제시하기를 원하지 않는다. 특히 문제의 해결책으로 마이너리티가 중심 그 자체가 되어 자신을 전시할 때, "하얗고 단일한 순수 중심"으로서의 백인적 로고스는 그 위상을 급격히 상실할 위험이 있다. 탐이 소네트를 권장받는 데에는 대타자의 이러한 욕망이 숨

어있다. 주류 담론은 마이너리티로서의 탐이 중심의 권위를 해치지 않는 정도만큼의 동일시를 이룰 것을 욕망한다. 비극 보다는 열등하지만 그래도 정전의 일부로 간주되는 협소하고 사적인 장르로서의 소네트를 허용함으로써 대타자는 차이를 느낄 수 없이 중심에 근접한 탐의 위험한 동일시를 저지할 수 있다.

IV

「일본 햄릿」은 미국의 주류 이데올로기가 부단히 강조한 보편주의 신화에 대한 작가의 자기 반성적 글쓰기이다. 중심에 대한 선망과 부단한 동일시를 반복해 온 마이너리티로서의 자신이, 실제로 선망과 동일시 대상인 중심 그 자체의 양면성과 모순을 깨닫기 시작한 것이다. 그리고 그 중심으로 로고스 역시 특정 의미를 담고 있는 것이 아니라 중심으로 간주된 특정 그룹의 현실적 이해를 수호하기 위해 언어적으로 구성, 작동시킨 것을 아울러 깨닫는다. 중심이 만약 실체가 있다면, 그 내용을 완벽하게 구현한 탐이 중심 자체가 될 수 없는 이유가 없다. 중심은 주변과 마찬가지로 차이를 분절해내기 위한 한 장치이지 그 자체의 내용은 비어있다.

마이너리티로 하여금 미국사회의 정식 구성원이 되기 위해 반드시 수용해야 한다고 강조하는 미국적 가치관은 영원히 자신을 연기하는 구성물이다. 그것은 도달할 수 있는 지점이라기보다는 도달할 수 없는 곳에 대한 상상이다. 로고스의 이러한 환상적 특성 때문에 마이너리티의 주류 사회 진입은 무한히 지연될 수 있는 것이다. 탐과 킹스턴, 그리고 무커지 등은 공통적으로 미국적 가치를 획득할 수 있는 것, 개인적 노력과 의지로 동일시할 수 있는 것으로 이해함으로써, 중심과의 동일시를 반복적으로 시도하는 것이다.

마이너리티 문학이 국가 담론을 이데올로기가 아니라 보편적 진실로 받아들일 때, 그것은 동화 지향적 열망에 휩싸일 수밖에 없다. 대타자로서의 이데올로기는 개별 정체성 이전에 이미 집단 정체성을 구성해 놓고 그것을 하나의 표준, 정상성으로 가동시키기 때문이다. 마이너리티는 이러한 표준과 동일시함으로써 자신들이 처한 인종차별적 현실을 벗어날 수 있을 것으로 상상한다. 그러나 주류 담론은 마이너리티의 동일시를 모방으로 간주할 뿐, 그것을 진정한 표준으로 승인하지 않는다. 햄릿을 아무리 모방하여도 탐은 셰익스피어가 포함된 백인의 역사 일부로 편입될 수 없다. 마이너리티 문학도 마찬가지이다. 아무리 마이너리티 문학이 백인중심 이데올로기에 근접하더라도, 인종주의적 미국사회에서 그것은 마이너리티의 문학일 뿐 중심의 문학, 정전으로 간주되지 않는다.

마이너리티 문학이 주류 사회의 가정들을 그대로 받아들이고 그 언술 체계 내에서 반응할 때 그것은 동화와 이화의 이분법을 영원히 반복할 수밖에 없다. 보편을 긍정하고 수용하는 방식으로 동화의 궤적을 밟든지, 마이너리티의 특수성을 강조하면서 중심으로부터 분리(dissimilate)하는 과정을 밟든지 간에 이런 류의 사유는 반드시 국가 이데올로기 그 자체에 대하여 자신을 설정한다. 이러한 동화와 이화의 입장은 공통적으로 국가 이데올로기를 고정적이고 실체가 있는 어떤 것으로 본질화한다. 그러나 이데올로기의 전략은 자신을 은폐하고 현실을 특정 방향으로 이끌어가는 것이지 자신의 의미를 달성 가능한 어떤 것으로 명시하지 않는다. 푸코의 앞선 표현처럼 그것은 자신을 감출 수 있는 능력에 비례하여 자신의 효과를 산출한다.

　　그동안 마이너리티 문학은 미국의 국가 이데올로기를 하나의 언어적 구성물로 이해하지 않고 선취할 수 있는 것, 도달할 수 있는 것으로 이해함으로써 이데올로기의 기능 그 자체를 심문해보지 않았다. 중심이 자신에게 씌워 놓은 신화적 위용을 의심 없이 받아들인 결과이다. 그러나 「일본 햄릿」에 나타난 바와 같이 국가 이데올로기는 특정 의미를 교의적으로 새겨놓은 가치관의 묶음이 아니다. 그것은 이데올로기의 외양일 뿐이다. 이데올로기는 자신을 모순과 틈이 없는 자연스러운 사실로 드러낸다. 그것이 숨겨야만 하는 것이 물질적 현실의 모순과 틈이기 때문이다. 마이너리티 문학은 미국 국가 담론의 이러한 이데올로기적 특성을 이해하지 못하고 중심에 대한 동화와 이화의 과정만 반복해 왔다. 그것이 애착과 동일시이든 거부와 이탈이든 결국 중심에 대한 흔들림 없는 믿음이 있기 때문에 이런 류의 마이너리티 문학은 중심과 주변에 대한 순환적 사유를 벗어날 수 없고 궁극적으로 어떤 방향을 취해도 그것이 기반한 "중심"의 위상만 강화할 뿐이다. 이제 마이너리티 문학은 자신을 마이너리티로 호명한 국가 이데올로기 그 자체의 언술 구조를 이해하고 그것에 갇혀서가 아니라 그것의 밖에서 자기 주체 발생을 사유해볼 필요가 있다. 그 "바깥" 지점에서 마이너리티 문학은 자신을 그 어떤 물질적인 맥락과 무관하게 영원히 심리적 식민자로 묶어두는 대타자의 전략을 명료하게 바라볼 수 있으며 비로소 대타자에 대한 애착과 동일시를 거둘 수 있을 것이다. 이런 시선의 전환이 없이는 아시아계 주체는 중심과 주변, 식민과 피식민의 대조항 사이에서 영원히 심리적 순환만 할 뿐 실제 아시아계의 다양한 정치, 경제, 문화적 현실에 대해 적실하게 성찰할 수 있는 힘을 기를 기회를 잃게 될 것이다. 현실로부터 눈을 돌려서 심리적이고 추상적인 차원에 타자를 묶어두는 전략, 이것이 인종주의에 기반 한 이데올로기의 기본 임무가 아니었던가? 이 점을 고려할 때, 동화주의 아시아계 문학이 성행하기도 전인 1939년에 미국 국가 이데올로기의 인종주의적 전략을 꿰뚫어본 「일본 햄릿」은 매우 급진적인 텍스트라 하겠다.

* 이 글은 『백양인문논집』(제12집, 2007년, 145-62면)에 게재된 것을 수정, 보완한 것임을 밝힌다.

참고문헌

고든, 콜린. 홍석민 역. 『권력과 지식: 미셸 푸코와의 대담』. 나남, 1997.

푸코, 미셸. 이규현 역. 『성의 역사 1: 앎의 의지』. 나남, 1997.

Bhabha, Homi K. *The Location of Culture*. London: Routledge, 1994.

Cheung, King-kok, ed. *An Interethnic Companion to Asian American Literature*. Cambridge. MA: Cambridge UP, 1997.

Chin, Frank, et al. *Aiiieeeee!: An Anthology of Asian American Writers*. Washington D.C.: Howard UP, 1974.

_____. *The Big Aiiieeeee!: An Anthology of Chinese American and Japanese American Literature*. New York: Meridan, 1991.

Deleuze, Gilles and Félix Guattari. *Anti-Oedipus:Capitalism and Schizophrenia*. Trans. Robert Hurley, Mark Seem, and Helen R. Lane. New York: Viking, 1977.

Fanon, Frantz. *Black Skin, White Masks*. London: Pluto Press, 1991.

_____. *Wretched of the Earth*. Hamondswroth: Penguin, 1969.

Foucault, Michel. *Discipline and Punish: The Birth of Prison*. Trans. Alan Sheridan. New York: Pantheon Books, 1977.

Hancock, Geoff. "Interview with Bharati Mukherjee." *Canadian Fiction Magazine* 59 (1987): 30-44.

Kent, Noel J. *Hawaii: Islands under the Influence*. New York: Monthly Review Press, 1983.

Kim, Elaine, et al. eds. *Making More Waves: New Writing by Asian American Women*. Boston: Beacon, 1997.

Kim, Elaine, et al. *Making More Waves: New Writing by Asian American Women*. Boston: Beacon, 1997.

Kingston, Maxine Hong. "Cultural Mis-reading by American Reviewers." *Asian and Western Writers in Dialogue: New Cultural Identities*. Ed. Guy Amirthanayagam.

London: Macmillan, 1982. 55-65.

Lee, Robert G. *Orientals: Asian Americans in Popular Culture*. Philadelphia: Temple UP, 1999.

Lim, Shirley Geok-lin. "Immigration and Diaspora." *An Interethnic Companion to Asian American Literature*. Ed. King-Kok Cheung. Cambridge, MA: Cambridge UP, 1997. 289-311.

Lowe, Lisa. "Heterogeneity, Hybridity, Multiplicity: Making Asian American Differences." *Diaspora* 1.1 (1991): 24-44.

Mukherjee, Bharti. "Immigration Writing: Give Us Your Maximalists!" *New York Times Book Review*, August 28, 1988. 29.

Palumbo-Liu, David. *Asian/American: Historical Crossings of a Racial Frontier*. Stanford, CA: Stanford UP, 1999.

Wong, Sau-ling Cynthia. "Denationalization Reconsidered: Asian American Cultural Criticism at a Crossroads." *Amerasia Journal* 21.1/2 (1995): 1-27.

스파이와 모델 마이너리티를 넘어서: 『네이티브 스피커』와 『제스처 인생』에 나타난 디아스포라적 주체의 가능성

I. 서론

이창래(Chang-rae Lee)의 두 편의 소설 『네이티브 스피커』(*Native Speaker*)와 『제스처 인생』(*Gesture Life*)은 한국계 미국문학의 현실과 미래를 생각해볼 수 있는 좋은 텍스트이다. 이들은 안팎으로 많은 사회·역사적 요소들과 닿아있으며 서로 간에도 유의미한 차이를 보인다. 이 말은 물론 이창래의 소설들이 당대를 가장 잘 반영하고 있다거나 미래에 대한 전망을 가장 바람직한 방식으로 제시하고 있다는 것을 뜻하지 않는다. 오히려 이창래의 글들은 한국계 미국인의 어떤 특정한 층, 곧 중산층의 의식과 스타일에 지나치게 한정되어 있어서 현대 한국계 미국 사회의 넓이와 다양성을 조감하기에는 지나치게 지엽적이다. 그러나 이러한 한계에도 불구하고 이 작품들이 중요한 이유는 이들이 한국계 미국문학, 나아가 한국계 미국인들과 관련된 문제들을 풍부하게 논의할 수 있는 많은 내부적 공간을 가지고 있다는 것이다. 이들 텍스트의 인물들을 구성하고 있는 사회적 맥락들, 그것이 미치는 심리적 영향, 그리고 이런 텍스트를 발생시킨 사회적 여건들 등은 물론이거니와, 텍스트 속에 여전히 억압되어 있거나 텍스트 외부에 여전히 소외되어 있는 것들을 밝혀내게 되면 이들 작품의 의미는 보다 넓은 지평으로 확대될 수 있다.

이 연구는 이창래의 소설들에 내재된 이러한 잠재적 가능성에 주목하면서 이들을 자세히 읽어내고자 한다. 이 연구가 특별히 개입하는 영역은 이창래라는 작가가 갖는 어떤 특정한 위치, 즉 민족적 역사와는 다소 거리를 유지하게 되는 이민 2세의 위치이다. 이민 1세기의 역사 속에서 한국계 미국인들은 다양한 역사적 부침을 겪었고 그때마다 다른 적절한 생존 모델을 찾아왔다. 특히 1960년 이후의 한국계 이민자들은 높은 교육적 수준과 경제력으로 미국의 중산층에 경제적, 문화적으로 신속하게 진입할 수 있었다. 이들은 또한 정치적인 이유로 어쩔 수 없이 고국을 떠나야 했던 일제 강점기 및 해방 직후의 이민자들과 달리 보다 나은 경제적 환경을 좇아 미국이라는 나라를 적극적으로 선택한 사람들이었다. 이들이 두고 온 민족적 문화를 버리고 새 나라의 "모범 시민(model minority)"으로 거듭날 것을 욕망한 것은 당연한 결과이다.

그러나 90년대는 한국계 미국인들의 이러한 아메리칸드림이 하나의 신화에 불과했음을 일깨워주었다. 1992년 LA 폭동에서 전형적인 모델 마이너리티로 각광받던 한국계는 자신들이 "모범"으로 행사하고 대접받는다고 생각했던 바로 그 나라로부터 간단히 버려지는 경험을 하였다. 이창래의 소설들은 LA 폭동 이후의 변화된 이민 2세들의 관점을 반영하고 있다. LA 사건을 통해 이들은 자신이 한국인도 아니지만 인종 중립적 개념으로서의 미국인도 아닌 "한국계 미국인"임을 깨닫게 되었다. 따라서 이들은 주체의 위치를 다시 설정할 필요를 느꼈으며, 이 점은 이창래의 작품에서와 같이 한국계 미국문학의 새로운 과제로 떠오르게 된다.

디아스포라는 90년대 이후 한국계 미국문학의 이러한 과제에 적극적으로 부응할 수 있는 새로운 논의의 장이다. 특히 80년대 이후 환태평양 블록에서 진행되었던 아시아와 미국 간의 획기적인 경제적 교류는 양국의 현실을 보다 긴밀히 연결시킴으로써 디아스포라 논의를 물질적으로 촉발하였다. 이러한 세계화는 미국 내의 다원주의 운동과 결합하면서 각 민족 그룹들이 보다 세계적인 맥락에서 자신의 주체를 구성하는 데 상당히 기여하였다. 많은 이견에도 불구하고 디아스포라 운동은 이제 미국의 마이너리티들이 자기들의 목소리를 발전시키고 강화하는 중요한 문화적 흐름으로 정착한 것처럼 보인다. 이들은 디아스포라 속에서 고국과 거주국을 영원히 양분하던 망명 문학(exile literature)과 이민 문학(immigration literature)의 이분법을 극복하고 자아를 보다 미래지향적으로 발전시켜나갈 수 있는 비전을 보고 있다. 디아스포라는 민족성과 거주국의 현실을 함께 고려할 뿐만 아니라 그 속에서 더 복합적이고 유연한 주체 발생의 가능성을 보기 때문에 세계화 시대의 마이너리티들에게 매우 희망적인 영역이다. 이 연구가 이창래 문학의 디아스포라적 가능성에 적극적으로 개입하려는 이유 또한 여기에 있다.[1]

---

1) 디아스포라는 여러 학문 분야에 사용되는 용어로서 그 의미에 대한 명료한 정의나 그에 대한 학문적 동의가 뚜렷하게 결정되어 있지 않은 상태이다. 디아스포라는 가장 단순하게는 고향을 떠나 낯선 환경으로 흩어진 특정 민족을 지칭하는가 하면 최근의 경향처럼 초국가주의(Transnationalism)과 동개념으로 사용되기도 한다. 이 글에서 사용하는 디아스포라의 개념은 이산자가 새로운 정착지뿐만 아니라 두고 온 민족적 고국에 대해서도 상상적 관련성을 유지하는 상태를 의미하는데, 이것은 Benedict Anderson이 사용한 "imagined community"로서의 공간과 유사하다. 디아스포라적 사고는 따라서 주체가 자신의 문화적 위치를 결정하는 데 있어서, 적어도 두 개 이상의 공동체를 가정하는 사유 방식이다. 때문에 디아스포라적 주체는 체류국의 현실과는 무관하게 두고 온 고국과의 관련성 위에서 주체를 사유하는 망명 주체나, 역으로 새로운 체류국의 국가 담론 속에 새로운 주체 발생을 상상하는 이른바 동화 주체와는 달리, 복수적이고 다층적인 주체로 자신을 가정한다. 한편 Hall은 이러한 복수적이고 다층적인 주체가 민족주의나 인종주의 개념이 강조하는 동일시의 방식을 넘어서도록 하기 위해서 디아스포라가 갖는 이질적이고 모순적이며 끊임없이 협상되고 재구성되는 유동적 특성을 강조하는데, 이 글은 궁극적으로 디아스포라의 개념을 Hall적인 것으로 보면서 그 중간 단계로서 Anderson식의 복수적 동일시 방식을 인식적 편의를 위해 함께 활용할 것이다. 다이스포라의 개념에 대한 자세한 논의로는 다음의 글을 참고 Kim Burtler, "Defining Diaspora, Refining a Discours." 디아스포라와 관련된 Hall의 논의는 다음 논문을 참고 Stuart Hall, "Cultural Identity and Diaspora." 그 외 아시아계 미국문학과 관련하여 디아스포라를 연구하는 학자로서는 Koshy, Cheung, Wong, Lisa Low, Campomanes, Shirley Lim 등이 있으며, 아시아계 미국학 진영에서 디아스포라를 논의하고 있는 학자들로는 Arif Dirlik, Lucie Cheng, Le Anh Tu Puckard, Setruku Nishi, Paul Watanabe, Beil Gotanda, Luis Fracia 등이 있다.

II. 스파이: 분열과 결핍의 주체

『네이티브 스피커』는 90년대 뉴욕을 배경으로 한국계 이민 1.5세대인 헨리 박(Henry Park)이 자신이 처한 사회 심리적 상황을 1인칭 화법으로 전달하고 있는 이야기이다. 헨리는 많은 한국계 이민 자녀들처럼 고등교육을 받고 미국 주류 문화에 정통하며 그것의 강력한 기표로서 표준 영어를 완벽하게 구사하는 젊은이다. 문제는 교육, 문화, 언어 등에서 미국주류 사회가 요구하는 표준적 규범을 성취했음에도 불구하고 헨리는 여전히 심리적 측면에서 마이너리티의 주변성에 위치해 있다는 사실이다. 경제적 영역뿐만 아니라 문화적 영역에서도 자유민주주의라는 미국적 가치를 동일하게 실천하고 있는 헨리가 왜 그토록 욕망하는 중심의 권리와 자유를 향유할 수 없는가? 이 질문은 100여 년의 이민사 속에서 이미 이민 2, 3세대로 진입한 다양한 한국계 네이티브 스피커들의 공통된 질문이기도 하다. 그리고 『네이티브 스피커』는 그 질문에 대한 답을 마이너리티라는 기호를 지속적으로 생산해내는 미국의 국가 이데올로기의 작동 방식에서 찾아보려 한다.

근대국가의 한 중요한 모델로서의 미국은 그 어느 국가보다도 강한 국가 이데올로기를 작동시켰다. 북미 대륙과 태평양을 횡단하면서 수많은 이질적 문화들을 통합해 내어야 했던 미국에게 있어서 국가 이데올로기는 이질적 공동체에 하나의 강력한 구심성을 부여하였을 뿐만 아니라 공시적이고 정태적이며 동질적인 시간을 가정함으로써 이질성들을 몰(mole)적[2]으로 집적하는 데 크게 기여하였다. 이질적인 개체들을 몰적으로 집적하여 하나의 총체적 유기체로 구성해내는 국가 이데올로기는 또한 한 편으로 그 유기체의 구조를 특정 방향으로 유지하는 역할을 하기도 한다. 이러한 이데올로기적 기능은 그것이 유지하고자 하는 구조가 지배와 종속으로 구성되어 있을 때 더욱 맹렬하게 활성화된다. 이 경우 이데올로기는 지배와 종속이라는 불평등한 현실을 자연스럽고 정당한 것으로 표상함으로써 사회적 동요를 언어적으로 중화시켜야 할 뿐만 아니라 그 지배와 종속의 위치에 반복적으로 개인을 배치하고 고정시켜야 하는 이중의 역할을 수행해야 한다. 즉, 유기체로서의 전체성에 부분을 통접(conjunction)해내어야 하는 것도 이데올로기이지만 지배와 종속을 지속적으로 구성할 수 있도록 부분을 차이로 나누고 차별을 정당화해야 하는 이접(disjunction)의 역할도 수행해야 하는 것도 이데올로기인 것이다. 미국의 국가 담론이 자유 시민 사회의 이상을 내세우면서 성적, 인종적, 계급적 차별을 지속적으로 유지할 수 있었던 이유가 여기에 있다.

『네이티브 스피커』는 70년대 이후 미국의 인종적 마이너리티에게 작용하는 국가 이데올로기의 통접과 이접적 작용을 잘 볼 수 있는 텍스트이다. 70년대 미국은 60년대 마이너리티들의 민권 운동과 1965년 새로운 이민법에 따른 이민자들의 급속한 유입으로 백인남성 중심의 사회적 질서가 전반적으로 위협받던 시기였으며 이러한 위협에 대한 대응으로 국가 이데올로기가 보수적으로 작동하던 시기였다. 보수 진영은 새로운 이민자들이나 인종적 마이너리티들을 미국이라는 "순수하고 동질적인" 토양을 오염시킬 수 있는 이질적이고 병리적인 개체들로 간주함

---

2) 몰(mole): 들뢰즈(Deleuze)와 가타리(Guattari)의 용어이다. 몰적이라는 것은 하나의 모델이나 대상을 중심으로 움직임을 집중해나가는 것을 의미한다.

으로써 마이너리티들의 사회변혁적 동력을 원천적으로 봉쇄하였다. 이 때 국가 담론은 "숭엄한"(Žižek) 것으로 신비화되며 인종적 타자들은 그 숭엄한 실체를 위협하고 오염시키는 이질성으로 구성된다.

인종적으로 특정한 몸을 국가로 은유하고 이데올로기적인 숭엄미를 부여함으로써 기존의 특권을 보수적으로 유지하고자 하는 지배 계급의 이러한 언술적 전략은 미국의 경제가 급격히 세계화하던 80년대와 90년대를 거치면서 다시 한 번 더 맹렬하게 작동하는데, 『네이티브 스피커』의 시간적 무대가 되는 것도 바로 이런 시기이다. 헨리의 첩보회사는 급속하게 인종적으로 다원화된 미국의 대표적 메트로폴리스 뉴욕에 위치해 있다. 자본과 개인이 국제적으로 교류, 교환되는 장소로서의 현대 메트로폴리스는 국가 이데올로기 위에서 안정적으로 특권을 유지할 수 있었던 기득권층에게는 불안과 위협의 공간이다. 특히 여기에는 새로운 지식을 토대로 글로벌 경제 활동에 활발하게 참여하는 강력한 경쟁자로서의 메트로폴리탄 유색 지식인들이 득실거린다. 이민 1.5세로서 자유경쟁이라는 자본주의의 가치를 어릴 때부터 교육 받고, 그 문화적 규칙들을 익히고 내면화한 중산층 지식인으로서의 헨리가 바로 그런 경우이다. 대타자로서의 미국 국가 이데올로기는 이민자들로 하여금 정착지의 법을 준수하고 실천할 때, 그 출신 성분에 관계없이 적법한 시민성(citizenship)을 부여받을 것을 지속적으로 환기시킴으로써 이민자들을 국가 기관에 갈등 없이 복속시킬 수가 있었다. 그리고 그것을 준수하고 실천한 헨리는, 즉 교육과 교양을 통해 완벽하게 미국화된 네이티브 스피커로서의 헨리는 이제 자본주의 미국의 심장 뉴욕에 서 있는 것이다. 그러나 바바(Bhabha)의 예리한 지적처럼 지배 계급의 식민담론은 늘

"갈라진 혀로 말한다"(85). 지배 계급은 자신의 권위를 유지하기 위해서 피지배 계급을 차이로 분절해내야 하기 때문에 자신을 초월적 기표로 지시하면서 피지배 계급으로 하여금 그것을 선망하고 모방하기를 요구하는 한편 그것에 대한 완전한 동일시를 좌절시키지 않으면 안 된다. 이런 모순적 요구, 즉 모방을 강조하면서 동시에 그것을 저지하는 지배 이데올로기의 "갈라진 혀"는 "비슷하기는 하지만 완전히 같아서는 안 되는"(Bhabha 89) 것으로서의 마이너리티 주체를 생산한다. 이것이 혈통과 피부색에서는 아시아인이지만 취향, 의견, 도덕성, 그리고 지성에서는 미국인인 헨리, 지배 가치에 너무 근접하여 그 차이가 인식되기 어려운 메트로폴리스 이민자 2세의 중산층 지식인으로서의 헨리에게 스파이라는 부호가 매겨지는 이유이다. 스파이는 외견상 온전한 표준과 너무나 닮았지만 표준이 아닌 모조이며 따라서 표준이 향유할 수 있는 초월적 시니피앙을 소유할 수 없다. 뿐만 아니라 스파이는 진본과의 유사성 때문에 진본 중심의 체제를 교란할 수 있는 위협이므로 부단히 이데올로기적 감시와 통제를 받아야 하는 대상이다. "나는 한 번도 하얀 모자를 쓰고 멋진 말을 타고 시내 중심가를 활보하는 모습으로 나 자신을 그려본 적이 없다. 나는 주로 심야 마차를 타고 왔다 (160)" ─헨리의 이 고백은 지배이데올로기가 활용하는 정형화의 인식적 가치를 예증하고 있다. 이데올로기는 시각적 이미지를 통해 자연스러운 것으로의 현실 효과를 낸다. 파농이 "착란"이라고 부른 이러한 재현의 장은 그것이 생산되는 선구성(preconstruction)의 과정을 강력한 시각적 효과로 폐쇄해 버리기 때문에 그 착란을 연기하는 주체들 간의 차이와 차별이 어떤 환유적 관련성 위에서가 아니라 백지 상태의 본성에 의해 얻어진다는 생각을 갖게 한다(Fanon 1991 112). 이때 피지배 주체에게 부여되는 타자의 징표로서의 정형은 같은 맥락에서 하나의 자명한 현존, 즉 본질로 오인되는 것이다.

피지배 계급을 정형으로 고정시키면, 그것과 대립적 관계에 있는 지배 주체의 권위와 힘은 고정과 억압의 정도만큼 더 강화된다. 여기에서 피지배 주체가 흔히 보여주는 이중 동일시(double identification)가 나타난다. 즉, 피지배 주체는 지배 주체와 마찬가지로 재현의 공간에서 자기 동일성을 확보하기 위해 이미지에 의존하는 상상적 동일시 과정을 수행하게 되는데, 이때 타자로 고정된 열등한 자기 이미지와 그것의 차이로서 고정된 우월한 지배 주체 이미지에 자신을 동시에 동일시하는 것이다. 마이너리티 문학에서 흔히 나타나는 지배 주체에 대한 동일시 욕망은 이런 이유에서 발생한다. 요컨대 피지배 주체에게 지배 주체는 자신에 대한 이상적 이미지로 작용하면서 피지배 주체로 하여금 부단히 선망과 동일시를 시도하도록 하는 것이다.

> 릴리아(Lelia)는 대체로 멋지다. 그리고 사랑스럽다. . . . 빛처럼 날씬하면서 깨끗한 목소리. 그 힘들이지 않은 음률. 연기를 할 때는, 희롱거릴 때는, 그녀는 멍청하고 어색해 보인다. 전혀 설득력이 없다. . . . 어쩌면 이것이 내가 그녀에게서 가장 사랑한 것인지도 모른다. . . . 단 하나도 감추지를 못한다는 것. 상처를 받으면 상처를 받은 표정이고, 행복하면 행복한 표정이라는 것. 그녀가 서 있는 정확한 위치를 매 순간 알 수 있다는 것. 달리 무엇이 . . . 나 같은 남자를 감동시킬 수 있을까? (158-59)

헨리의 시선 속에 포착된 릴리아는 육체적, 심리적, 문화적으로 자연스럽고 온전하고 아름답다. 밝고 청결하며 순수한 것과 동일시되면서 릴리아의 현존은 그 육체와 정신의 측면에서 하나의 여신으로 물신화되어 있다. 요컨대 헨리는 릴리아 속에서 마이너리티로서의 자신의 영원한 심리적 분열과 대조되는 순수하고 온전한 현존을 보는 것이며, 그러한 현존에 대해 부단히 감동을 느끼고 매혹되는 것이다. 주류 이데올로기의 파놉티콘적 시선(Foucault)으로 끊임없이 감시되고 검속되는 스파이로서의 헨리에게 릴리아는 아무 것에 의해서도 방해되고 훼손되지 않는 주체, 즉 가장 온전한 의미에서의 네이티브 스피커인 것이다. 헨리가 릴리아와의 사이에서 태어난 아들 미트(Mitt)에게서 염원하는 것 역시 다른 무엇보다도 그와 같은 통합된 자아, 주류 사회로부터 정식 시민으로 인준받을 수 있는, 그래서 릴리아와 같은 권위와 자신감을 발휘할 수 있는 완벽한 백인으로서의 주체 의식이다(267).

상징계의 아버지에게 적법한 아들로 인정받고 사랑받고 싶은 욕망은 많은 마이너리티로 하여금 그 인정과 사람의 방해물로서의 인종적 특성을 부인(disavowal)하도록 한다. 아시아계 이민 2세의 문학에서 눈에 띄게 형성된 동화주의 전략은 대체로 이러한 인종적 특성을 비체화(abjection)하거나 희화화하기[3)]를 시도한다. 헨리 역시 이러한 점에서 대

---

3) 여기서 사용하는 비체화는 크리스테바의 개념이며 희화화는 파농적 개념이다. 파농은 식민담론이 원주민 문화에 직면했을 때 그것을 무력화하기 위해 희화화하는 전략을 동원한다고 설명한다. Fanon, "Concerning Violence," *Wretched of the Earth*. 이러한 희화화는 대타자에 대한 동일시의 욕망 때문에 마이너리티 스스로가 자신의 인종적 배경에 대해서도 적용하기도 한다. Julia Kristeva, *Powers of Horror: An Essay on Abjection*.

표적인 마이너리티의 심리적 욕망 구조를 재현하고 있다. 민족성을 부인과 결핍의 근원으로 받아들이고 그것을 폐기함으로써 주류 사회의 심리적 온전성을 획득하고자 하는 헨리의 심리는, 국가적 정체성과 민족적 정체성이라는 두 개의 대립적이며 위계적인 차이항을 만들어 내고 그것들 간의 배타적이고 양자택일적인(either ~ or) 선택을 강요하는 국가 이데올로기의 중요한 효과인 것이다. 상상 속에서 두 개의 대립적이고 섞일 수 없는 차이로 국가와 민족성을 사유하기 때문에 마이너리티의 심리는 영원한 이분법적 대립으로 구조화되고 이러한 이분법적 분열 속에서 열등한 차이의 민족성은 서둘러 부인, 폐기된다. 그러나 타자의 공간으로 이렇게 서둘러 폐기되는 민족성은 국가 이데올로기의 통사구조상의 사건에 불과할 뿐, 실제 현실에서는 광대한 물질적 경험과 역사적 개별성들로 가득 차 있다. 이 이질적 경험들은 대타자가 의도하는 식으로 국가라는 인공신체에 그렇게 간단히 포획, 봉합, 폐기되지 않는다. 그것은 언어와 사유 밖에 존재하는 역사적이고 물질적인 삶, 우발성과 개별성으로 무한히 증폭되고 변용되는 삶이기 때문이다.

그동안 아시아계 문학은 주류 이데올로기의 효과 속에서 민족성을 하나의 열등하고 결핍된 공간, 즉 관념적인 언표 행위의 공간으로 사유해온 측면이 크다. 아시아계가 자신의 신체를 국가 담론 내에서만 사유한다는 것은 자신에게 각인된 마이너리티의 코드를 하나의 인식론적 출발로 받아들인다는 뜻이다. 이러한 한계적 인식은 마이너리티 주체로 하여금 동화와 이화의 순환 속에 묶어버린다. 자신의 신체를 전체의 한 부분으로 규정함으로써 통제와 감시를 수행하는 지배 코드를 하나의 초월적이고 고정된 구조로 이해하고 그것으로부터 벗어나 있는 주체를 가정하지 못할 때 주체는 자율성을 잃고 그 구조에 대한 반응만 되풀이하는 수동적이고 예속된 존재로 머물 수밖에 없다. 자신을 "슬픈 얼굴을 한 신참자"(160)로 규정하는 헨리의 말에 나타난 바와 같이 마이너리티의 "슬픈" 정념은 자신을 "신참자"로 호명하는 국가 이데올로기와 깊은 관련성이 있다. 마이너리티가 수동적이고 예속된 상황을 벗어날 수 있는 길은 국가 담론 밖으로 주체를 발생시키는 데에서 출발해야 한다. 국가 담론 내에서 영원한 마이너리티로 구조화되는 대신 국가 담론 밖의 다양한 삶의 양상들과 교류하고 소통하며 그 광대한 네트워크 속에서 다면적이고 복합적이며 잡종적인 주체를 구성할 때만 마이너리티는 자신을 억압하는 지배 코드로부터 벗어나 자율적이고 능동적인 주체를 구성할 수 있다. 이것이 곧 주체가 마이너리티로부터 디아스포라로 나아가는 방식이다.

주체가 국가 담론의 한계적 상황을 넘어 디아스포라로 진입할 때 주체에게는 두 가지의 의미심장한 변화가 나타난다. 첫째, 지배 이데올로기의 표상 체계 속에서 결여와 부재의 공간으로 파악된 민족성의 영역에 대한 급격한 시각적 변화가 발생한다. 디아스포라 주체는 자신을 이민자이자 동시에 이산자로 파악하기 때문에 국가 이데올로기의 원근법 밖에 있는 초국가적 맥락을 본다. 이러한 확장된 시각 속에서, 결여와 부재의 관념적 공간이었던 민족성의 영역이 엄연한 이산자의 물질적 경험으로 드러나게 된다. 이산의 경험은 그 이질성과 약분불가능성 때문에 국가 담론의 몰적 구조로 수렴될 수도 없다. 그것은 인종, 성, 계급, 국가 등 어떤 특정한 이데올로기로도 결정할 수 없는 이질적이고 파편적이며 미결정적 경험들로 가득 차 있다. 『네이티브 스피커』는 앞서 논의한 것처럼 이산의 주체를 압도적으로 국가 담론과 관련시킴으로써 전형적인 마이너리티 텍스트의 특성을 띠고 있지만, 이와 더불어 그 내부에 이와 같은 디아스포라의 공간을 미약하게나마 열어젖히고 있다는 점에서 매우 주목할만하다.

『네이티브 스피커』 속에서 발견할 수 있는 디아스포라의 공간은 일차적으로 헨리의 시선에 포착된 아버지의 세계이다. 전형적인 마이너리티 텍스트라면 마이너리티의 생물학적 아버지는 민족성의 기표로 인식되고 부인된다. 헨리 역시 자신의 심리적 분열의 근원을 아버지에 두고 아버지의 삶을 전근대적이고 비미국적인 타자의 공간으로 인식하지만, 다른 마이너리티들과는 달리 그 인식을 간단히 부인으로 연결시키지 못하고 있다. 이산자로서의 아버지의 삶은 헨리가 의존하는 표상 체계보다 더 크고 더 엄연한 물질성으로 현실 속에 실재하기 때문이다. 국가 담론을 내면화한 헨리의 눈은 이산자로서의 아버지의 신체를 지속적으로 비체화하지만 그 시선은 항상 아버지의 물질적 신체에 맞닥뜨리면서 되돌아오고 분열된다. 아버지는 따라서 "비천한" "노새"이지만 이와 동시에 "나의 비천한 *주인*"이며 "*불굴의 노새*"인 것이다(48, 필자의 강조임). 헨리가 던지는 인식론적 구조 속에 손쉽게 포획되지 않고, 도리어 그 통사구조를 교란시킴으로써 헨리를 분열시키는 이러한 아버지의 현존은 다음과 같은 임종 장면에서 더욱 극적으로 드러난다.

> 나는 밤새도록 이야기를 했고, 아버지는 . . . 나의 고백과 저주를 들었다. . . . 그것은 반쯤 의도된 고문이었다. 나는 불만의 기나긴 목록을 또박또박 읊어갔으며, 이미 준비된 범주를 모두 다루었다. . . . 아

버지가 . . . 영위해온 삶의 방식에 대한, 아버지의 사업과 신념들, 즉 아버지라는 사람의 거룩하지 못한 판본들 전체에 대한 처음이자 최종적인 비난이었다. . . . 나는 마비된 아버지가 손쉬운 과녁이라고 생각했다. . . . 그러나 고뇌는 나의 것이었다. 나는 아버지가 축 처져 벌어진 입으로 나를 조롱하고 있다고 생각했다. 내가 하는 어떤 말도 아버지를 뚫고 들어가지 못하는 것 같았다. 하지만 내 말이 뭐란 말인가? 아버지는 나를 이국땅에서 길렀고, 대학에 보냈으며, 오래전에 땅에 묻힌 어머니를 대신하여 내 결혼을 지켜보았고, 내가 아버지처럼 몸부림을 치지 않고도 내 자식들에게 아버지가 나에게 해주었던 것과 똑같은 일을 해주기에 충분한 돈을 남겼다. (48-49)

국가라는 인공신체에 포획되지 않는 이산자로서의 아버지의 몸은, 그 물질적이고 역사적인 현존으로 헨리의 동화주의적 시도를 저지한다. 아버지의 몸은, 부인과 폐기에 저항할 뿐만 아니라 그것을 시도하는 주체의 언표 행위 자체에 물음표를 던진다. 동화라는 하나의 목표를 향해 이분법적이고 선형적인 궤적을 그려가는 동화주의 텍스트와는 달리 시선과 그것을 되돌리는 응시가 복잡하게 교차하면서 서로를 교란시키는 『네이티브 스피커』는 확실히 단일한 아이덴티티로서의 마이너리티 주체에 대한 신화를 해체하면서 새롭고 복잡하며 다층적인 디아스포라적 주체 발생을 예견하고 있다. 그러나 마이너리티의 징표이며 타자의 공간으로서 억압되었던 민족성의 영역을 사실주의적으로 재현하는 것만으로는 디아스포라의 공간을 성공적으로 열 수가 없다. 강력한 변혁의 힘으로 디아스포라가 작동하기 위해서는 그 공간에 잠재하는 엄연하고 물질적인 현존으로서의 역사적 몸에 대한 인식의 차원에서 나아가 그것이 다른 신체와 어떻게 결합하고 소통하면서 새로운 몸을 만들어가는지에 대한 비전—기존의 위계적이고 몰적인 지배구조를 수평적이고 분열적인 구조로 만들어 낼 수 있는 리좀적4) 생성과 변형의 비전을 만들어 내지 않으면 안 된다. 이러한 비전, 기존의 통사구조 속에서 하나의 위치로 고정된 부분(being)이 아니라 생성과 변화를 통해 통사구조 밖으로 나아간다. 결과적으로 그 구조의 중심성과 지배력을 와해시키는 하나의 변화하는 주체(becoming)에 대한 비전은 민족적 물질성에 대한 인식에 이어 마이너리티 주체가 디아스포라 주체로 이행할 때 발생하는 중요한 두 번째 사건이다.

　　그동안 마이너리티 문학은 주류 이데올로기와의 관계 위에서 주체를 사유했기 때문에 마이너리티의 물질적 현실에 대한 인식, 그 중에서도 마이너리티가 다른 성·인종·계급적 마이너리티와 관련되는 현실에 대한 인식이 매우 저조하였다. 그러나 마이너리티들 간의 관련성은 현실 사회 속에서 매우 밀접하게 형성되어 있을 뿐만 아니라 주류 이데올로기의 거대한 몰적 메커니즘 속에서 새로운 분열적 계열을 형성할 수 있는 강렬한 분자적 잠정태이다. 주류-마이너리티라는 이분법적 구조 속에서는 결코 사유될 수 없는 창조와 변혁의 가능성이 마이너리티와 마이너리티 간의 리좀적 신체 결합에서 발견되는 이유가 여기에 있다. 이런 점에서 결여와 부재의 공간으로서의 블랙홀은 무한 생성과 변화의 화이트홀이 되는 것이다. 『네이티브 스피커』가 민족적 물질성에

---

4) 리좀(Rhyzome): 들뢰즈와 가타리의 용어이다. 들뢰즈와 가타리가 수목(tree)에 대비하여 표상 모델로 제시한 개념으로 땅 속 줄기식물을 의미한다. 수목이 초월적이고 대립적인 구조라면 리좀은 수평적이고 불연속적이며 상호 침투할 관계 구조이다.

대한 인식과 재현의 차원에 머물지 않고 변화와 생성의 디아스포라 장으로 나아갈 수 있는 데에는 마이너리티 간의 소통과 결합을 통해 보다 창조적이고 미래지향적인 디아스포라 주체를 실천하고자 하는 존 강(John Kwang)이라는 인물이 크게 작용한다. 존 강은 마이너리티 문학에서 매우 드물고 획기적인 인물이다. 그는 아시아계로서는 드물게 정치계에서 활동하고 있으며 뉴욕 시장에 출마한 상태이다. 강은 정착지에서 늘 이방인이나 스파이 같은 감정을 느끼며 자신을 노출하지 않으려는 밀실형 아시아계들과는 달리 뉴욕의 중심 광장에 자신을 드러낸다. 뿐만 아니라 그는 지배 담론에서 하나의 금기 사항이었던 사회적 향유에 대한 마이너리티의 권한을 주장한다. 마이너리티에게 있어서 접근 금지 구역이었던 정치의 장으로 진입하고 거기에서 마이너리티의 현실에 대해 발언한다는 사실만으로도 강은 매우 이례적인 아시아계 주체이다. 그러나 강의 보다 더 큰 의미는 그의 정치적 비전에 있다. 강은 자신의 주요 지지 세력인 뉴욕의 마이너리티들에게 연설할 때 그들이 갖는 이산자로서의 공통된 역사적 경험들을 강조하는 한편 그것에 기반한 마이너리티들의 정치적 연대를 촉구한다(153). 강의 태도는 여타의 소수민족 출신의 정치가―헨리의 상상에서 포착된 것처럼 당파적이고 현실추수적인 전형적 마이너리티 출신 정치가(139)―와는 확연히 다른 것이다. 그는 주류 시선의 위험을 무릅쓰고 이산자로서의 마이너리티 정체성을 언급하고 있으며 아울러 이러한 정체성들 간의 연대를 통해 미국사회 전반의 정의로운 민주주의 구축에 기여하고자 하는 것이다.

존 강이 그려내는 마이너리티의 소통과 연대는 그 내부의 수많은 차이들을 인정하면서도 차별을 거부하는 수평적이고 열린 공간이다. 그것은 차이들을 포획하여 이접하고 양자택일을 강요하는 폐쇄적이고 순환적 구조가 아니고, 차이들이 각자의 고유성을 유지하면서 특정한 목표 아래 자신을 다면적으로 변용시킬 수 있는 다양성과 변화를 긍정하는 열린 공간이다. 마이너리티들이 지배 코드를 통하지 않고서도 서로 소통할 수 있고 그러한 소통을 통하여 복합적이고 창조적인 주체를 형성할 수 있다는 이러한 비전은 존 강이 텍스트 내에서 갖는 부차적 위치와 또 그의 현실적 좌절 때문에 적어도 텍스트 내에서는 충분한 깊이와 전망을 획득하지 못하고 있다. 그러나 그는 헨리의 강조처럼 "청과상이나 세탁소 주인 혹은 의사"와 같은 전형적 아시아계를 벗어나며 있으며 또한 "가족이라는 비좁은 영역 바깥에서 말을 하고 행동을 하려는 공적인 큰 인물"로서의 아시아계이다(139). 이런 점에서 볼 때 강은 분명 마이너리티로서 아시아계에게는 상상되지 않았던 전혀 새로운 인물—"어쩌면 . . . *미래*에서 온 나[헨리]"(139)라고 할 수 있다(필자의 강조).

III. 모델 마이너리티

『제스처 인생』은 한국계라는 자신의 특수성에 대한 작가의 인식이 적극적으로 반영된 텍스트이다. 여기서 이창래는 종군위안부라는 한국의 구체적인 역사를 다루고 있다. 『제스처 인생』의 주된 구조는 『네이티브 스피커』에서와 마찬가지로 한 주요 인물의 내적 드라마에 맞추어져 있다. 하타(Hata) 역시 헨리처럼 한국계 미국인으로서 미국 주류 사회속에 제자리를 갖기를 간절히 욕망하는 인물이다. 그러나 동화를 향한 헨리의 욕망이 좌절과 실패로 점철된 것과는 달리, 하타의 욕망은 현실적 목표를 달성한 것처럼 보인다. 무엇보다도 하타는 헨리가 결코 경험하지 못했던 백인 커뮤니티와의 우호적이고도 친밀한 관계를 확보하고 있다. 전형적인 백인 중산층 교외 주택지에서 높은 인지도와 존경 속에 살고 있는 하타는 더 이상 외부침입자(스파이)가 아니라 한 명의 훌륭한 모범 시민, 즉 모델 마이너리티이다. 하지만 모델 마이너리티에 대한 이러한 사회적 주목과 존경은 모델 마이너리티 신화를 필요로 했던 미국 사회의 불안과 깊이 밀착되어 있다. 80년대 남미에서 대규모로 이주해 온 라틴 계열의 이민들을 단속하고 개인의 노력과 그에 따른 성공이라는 미국의 전통적 국가 이념을 공고히 함으로써 미국의 발칸화를 막고자 했던 미국 주류 사회의 의도 속에서 아시아계는 마이너리티의 모델로서 대대적으로 활용되었던 것이다. 모델 마이너리티 정형은 아시아계가 그 "본질적인" 겸손과 지혜, 그리고 준법정신 때문에 다른 유색 인종과 달리 신속히 미국의 국가 이데올로기를 수용, 실천하고 그 결과 주류 사회의 한 일원으로 성공적으로 활동한다는 메시지를 던진다. 그러나 이러한 긍정적 함의에도 불구하고 모델 마이너리티는 그것이 지배 구조 내에서 타자를 인식 가능하게 하고 차별과 통제의 관계를 지속시키는 전략적 기능을 수행한다는 점에서 여전히 정형의 한 판본에 불과하다. 여기서도 아시아계는 아시아의 "본질"을 지시하는 인종적 부호로 호명되면서 지배 계급의 비가시적이고 초월적인 권능에 대비하여 가시적이고 종속적인 차이로 언표화된다. 다만 여기서 아시아계는 그 차이가 위협으로 가시화되던 황화—국—스파이의 정형에서와는 달리 온순함, 교양, 겸손 등의 오리엔탈리즘적 물신으로 사랑스럽게 치장되어 있을 뿐이다. 이처럼 물신으로 치장된 모델 마이너리티로서의 아시아계는 그것이 지시하는 결핍 때문에 여전히 지배 계급의 팔루스(phallus)를 소유할 수 없고 더불어 지배 계급이 향유하는 초월적 시니피앙에 영원히 접근 금지의 명령을 받게 된다.

『제스처 인생』의 전반부는 모델 마이너리티로서의 하타가 자신에게 작용하는 국가 이데올로기의 이접과 통접적 기능을 잘 이해하지 못하고 오랫동안 동경하였던 백인 사회의 일원이 된 것에 대해 느끼는 행복감으로 가득 차 있다.

> 여기 사람들은 나를 안다. . . . 시간이 흘러가면, 자신도 모르는 사이에 그 지역의 어떤 특수성, 이를테면 그곳에서 주로 입는 옷 색깔이며 무늬, 걸음걸이, 심지어는 말투―보도를 지나가면서 내는 부드러운 종소리 같은 "안녕하세요" 등―까지도 자기 것으로 취하게 된다. 그리고 점차 . . . 모든 사람이 자신을 이 지역의 사람으로 인정하게 된다. . . . 그래서 사람들의 눈에 익숙하게 보인다는 사실에서 오는 작지만 비할 데 없는 즐거움을 맛볼 수가 있다. 여기 모든 사람들은 완벽하게 내가 누군지를 안다. . . . [어디를 가도] 거기에는 반드시 누군가가, "안녕하세요, 하타 선생님."이라고 말하는 사람이 있다. (1)

여기서 하타는 많은 마이너리티의 열망이었던 대타자의 사랑을 획득하고 있다. 그는 백인 중산층 교외 지역의 모범 시민으로서 공동체의 정식 일원으로 인준받고 있을 뿐만 아니라 사랑과 존경의 대상으로 격상되어 있기까지 하다. 외부침입자로 부단히 사회적 검속을 받아야 했던 스파이로서의 헨리, 야밤에 마차를 타고 보이지 않게 다닐 것을 요구받았던 헨리에 비교해볼 때, 공동체의 자유로운 한 개인으로서 대낮에 백인 주거 구역을 동등하게 활보하고 그 거리의 사람들과 우호적이고 친밀한 인사를 나눈다는 것은 분명 하타 같은 마이너리티에게는 감격스러운 현실이다. 국가 이데올로기의 법과 덕목을 공공적으로 수행할 때 국가 유기체의 한 부분으로서 개인은 자유롭고 자율적인 시민적 지위를 획득할 수 있다는 근대 국가로서의 미국적 약속은 하타와 같은 모범 시민 속에서 완벽히 실현된 것처럼 보인다. 그는 이제 국가와 민족성 사이에서 영원히 분열된 존재로서의 여타의 마이너리티들과 달리, 자유롭고 자율적인 미국의 온전한 시민으로서의 자기 동일성을 확보하고 그것을 바탕으로 대타자의 사랑을 향유하고 있는 것으로 나타난다. 서사의 시작이기도 한 위의 인용문이 동일성과 동일시, 그리고 그것에 대한 사회적 인준이 가져오는 유토피아적 쾌락으로 가득한 이유가 여기에 있다.

　『제스처 인생』의 시작은 많은 마이너리티의 선망 지점, 즉 대타자와의 행복한 동일시를 통하여 자신에 대한 사회적 심리적 통일성을 획득하고자 하는 바로 그 지점에서 출발한다. 그러나 이러한 중심과 통일성을 향한 동화 지향성은 텍스트의 시작인 바로 이 지점까지이며, 이후의 전체 서사는 그 중심과 통일성에 대한 질의와 해체로 점철되어 있다. 이러한 질의와 해체는 무엇보다도 써니(Sunny)의 강력한 반항으로 촉발되는데, 여기서 써니는 하타의 삶 전체를 "제스처"로 정의한다(95). 그러고는 자신을 또 다른 "제스처"로 연출하려는 아버지의 의도를 거부하고 가출을 결행한다. 하타에 대한 써니의 부인은, 미국사회의 온전한 개체로 성공적으로 동화함으로써 딸에게 중심의 권력과 행복을 제공하고자 했던 하타의 수십 년 간의 기획과 노력 전반에 대한 부인으로, 미국의 행복하고 온전한 중산층 노인에게 자신을 동일시해왔던 하타의 이상적 자아를 격렬하게 동요시킨다. 이제 하타는 성공과 행복, 자유와 자율성으로 구성되었다고 생각하는 자신의 삶을 새로운 각도에서 새롭게 바라보도록 요구되는데, 그것은 서사의 진행과 더불어 하타의 새로운 각성, 즉 모델 마이너리티로서의 자신의 삶이 어떤 가공의 "제스처"들의 집합체임을 인식하는 것으로 이어지게 된다.

　자연인으로서의 개인이 문화적, 사회적인 주체로 진입하게 될 때 상징계의 대타자는 그 문화적이고 사회적인 주체에게 일련의 법과 규율을 강요한다. 이러한 법과 규율은 주체로 하여금 사회적 규칙을 하나의 자연스럽고 친숙한 현실로 받아들이게 함으로써 분열적이고 미분화된 자연인을 국가라는 인공신체 안으로 원활하게 포획해 넣는다. 이산자의 경우, 국가 이데올로기의 이러한 포획 작용은 두 가지 점에서 매우 폭력적으로 나타난다. 첫째는 그것이 이산자의 역사적 경험을 부인하면서 그의 몸 위에 공시적이고 정태적이며 보편주의적 법과 규율을 덧씌워버린다. 여기서 이산자의 통시적이고 국지적인 물질성은 폭력적으로 억압되거나 폐기된다. 둘째는 체류국의 국가 이데올로기가 항상 지배 계급의 특권을 보수적으로 수호하는 방식으로 작동하기 때문에 이산자의 몸은 그 특권과 차별화되는 차이로 호명되고 지속적으로 파놉티콘적 감시대상이 된다. 여기서 정형이 발생되고 마이너리티가 생산되는 것이다. 이러한 폭력성에도 불구하고 이데올로기는 그것을 언표화하는 자신의 존재를 숨김으로써 이데올로기적 결과로서의 현실에 하나의 자연스러움을 부여한다. 하타가 이산자로서 자신에게 가해진 국가 담론의 폭력성을 인지하지 못하고 폭력의 주체인 대타자와 행복한 동일시를 추구하는 데에는 이데올로기의 이러한 자기 은폐 기능이 크게 작용하였다. 써니의 가출로 촉발된 하타의 성찰은 이제 처음으로 자신의 몸을 포획하고 "제스처"들의 집합체로 코드화한 상징계의 초월적 아버지, 대타자로 향하게 된다.

> [이 마을에서는] . . . 전체적으로 하나의 암묵적 계약이 우리를 다스린다. 그것은 정중함과 예의바름이라는 도장으로 찍은 계약인데, 그것을 윤리라고 할 때, 그 윤리상 가장 나쁜 일은 이웃을 끌어내 교란시키는 것이다. . . . 내가 이곳으로 이사 올 때부터 나는 운 좋게도 이러한 인간관계의 특성을 잘 인지하고 있었다. 이웃으로부터 환영 카드나 사탕 바구니 등을 받았을 때에도, 나는 딱 알맞은 정도의 보답을 하였는데, 정중한 감사 편지처럼 조용하고 간결한 응답이 그런 것이었다. 그 이상의 것은 섬세하고 유리처럼 부서지기 쉬운 어떤 평형상태를 깨뜨릴 것으로 판단하였던 것이다. . . . 그들은 내가 그들의 집을 불쑥불쑥 찾아가서 선물이나 초대장을 내밀거나 어떤 기대를 가지고 오래 포옹을 하는 것 같은 행동을 하지 않는 것을 보고 적이 놀라기도 하고 기뻐하기도 하였다. 난 그들에게 자신들이 얼마나 안전하며 보호되고 있는지를 확인시킨 셈이며 침입자[하타 자신]는 즉시 그들의 규칙을 이해하고 준수하겠다는 것을 또한 확인시킨 셈이다. (44)

하타의 이 성찰은 모델 마이너리티로서의 자신의 "모범적"특성이 아시아계로서 자연발생적으로 발현되는 것이 아니라 주류 문화의 임의적 부호들을 면밀히 학습하고 실천한 인공적 결과로 재해석하고 있다. 하타의 "모범성"은 주류 사회의 문화적 규범에 대한 과도한 집착의 결과인데, 이 과도함은 이질성으로서 마이너리티에 작용하는 대타자의 신경증적 감시의 징후이기도 하다.

마이너리티로서의 하타의 신체에 작용하는 국가 이데올로기는 특정 주체에게 순응과 복종을 배타적으로 요구한다는 점에서 폭력적이다. 그러나 이데올로기가 갖는 보다 더 큰 폭력성은 마이너리티의 물질성에 대한 부정과 부인에 있다. 1차 대전을 전후로 한 급격한 세계정세의 변화 속에서 조선-일본-미국이라는 세 나라의 국경을 넘어야 했던 하타의 고단하고도 극적인 이산의 경험들—하타는 그것을 마지막 한 방울의 에너지마저 고갈시키는, 마치 고래가 뭍에 살아야 하는 것과 같은 경험으로 묘사한다(296)—은 공시적이고 정태적인 국가 이데올로기 속에서 부재의 영역, 심지어는 타자성을 지시하는 결핍의 영역으로 간주되며 그 결과 억압과 결핍의 대상이 된다. 하타의 이산적 경험이 서사의 표면에 떠오르게 되는 것은 거의 서사 중반 부분에 이르러서인데, 이러한 지연은 하타의 의식에 작용한 대타자의 억압의 강도를 암시한다. 하타의 민족적 역사는 미국사회 내에서도 물론이거니와 자신의 내면에서도 폭력적으로 억압되어 있는 것이다. 그러나 개인의 물적 역사는 아무리 정교한 의미화의 용액을 갖다 부어도 절대로 녹지 않으며 자신의 존재를 주장한다. 한국과 관련된 헨리의 물적 조건 및 경험들이 그랬듯이 하타의 과거도 억압되거나 망각될 수는 있어도 결코 완전히 소멸되지는 않으며, 어떤 계기를 만나 왕성하게 자기를 주장하며 귀환하게 된다. 그 어떤 마이너리티보다도 동화의 정도가 심한 하타로부터 시작된 『제스처 인생』이 역설적이게도 동화주의의 신화를 급격히 해체할 뿐만 아니라 동화주의에 가려진 마이너리티의 물질성에 대한 이러한 비중 있는 착목을 시도하고 있다는 것은 참으로 의미심장한 일이다. 또한 중반 이후부터 시작되는 이산자 하타로서의 서사는 기계적이고 인공적인 "제스처"로 구성된 전반부의 모델 마이너리티로서의 하타의 서사와 그 강렬함의 측면에서 비견될 수 없는데, 이는 이창래의 텍스트가 디아스포라적 영역으로 매우 강하게 열리기 시작했다는 징표가 된다.

이산의 물질성에 대한 명료한 인식과 그것에 대한 창조적 비전 모색이라는 두 가지 디아스포라적 과제에서, 『네이티브 스피커』는 확실히 후자의 측면에서 강력한 가능성을 열어보였다. 그러나 『제스처 인생』에 있어서는 조금 다른 방식으로 디아스포라적 사유가 열리는데, 그것은 전자의 과제와 좀 더 관련된 것이다. 그러나 여기서 특기할 만한 것은 이 민족적 역사가 이미 하나의 완결된 과거로서가 아니라, 여전히 현재 속에 맥동하면서 미래로 나아가는, 즉 "연속적인 순열(permutation)을 이루며 팽창해나가는 열린 코드"(Sahlina 211)로 인식되고 있다는 점이다. 『제스처 인생』에서 하타의 역사는 정태적이고 폐쇄적인 이데올로기의 코드를 벗어나 있을 뿐만 아니라 그것을 뚫고 나아가기도 한다. 또한 그것은 현실과 미래에 걸쳐져 있으므로 현실 속에서 부단히 그 영향력을 행사한다. 정태적이고 공시적인 이데올로기로 포획되지 않는 이러한 역사와 경험의 통시적 형식은 따라서 그 미결정적이고 유동적인 특성으로, 폐쇄적이고 결정된 이데올로기 구조를 지속적으로 위협하지 않을 수 없다.

『제스처 인생』은 디아스포라의 역사가 과거에 폐쇄되지 않고 현실과 미래를 관통하면서 팽창해나가는 과정을 강렬하게 그려내는데 이 것은 『제스처 인생』을 마이너리티 텍스트에서 디아스포라 텍스트로 진 입시키는 결정적 특징이다. 이산자의 삶을 체류국의 이데올로기적 호 명 내에서만 아니라 그 바깥으로 확대하는 것은 현실에 대한 감각 자 체를 바꾸는 일이다. 이 확장되고 열린 공간은 이데올로기적으로 호명 되는 주체가 오직 체류국의 현실과 접촉하면서 발생시킨 일면적인 주 체에 불과함을 보여준다. 새로운 사유의 공간인 이 "황무지"에서 이산 의 주체는 비로소 하나의 초월적이고 불가시적인 위치에서 자신을 마 이너리티로 호명해오던 상징계의 대타자를 조우하게 되는데, 이제 그 것은 더 이상 초월적 권능자가 아니라 하나의 환상적 존재, "유령"으로 나타난다.[5]

하타의 이산의 기억들은 현실이 "유령"이 되는 이 새롭고도 기이 한 체험의 장이다. 여기서는 토템적 위용을 자랑하던 초월적 기표들이 비현실적이고 환상적인 것으로 물러나면서 그것이 죽은 것으로 간주하 였거나 물신으로 치장했던 비현실적 과거들이 현실의 몸으로 활동하고 있다. 끝애(Kkutaeh)의 몸이 "억압된 것의 귀환" 이상의 의미를 획득하 는 이유가 여기에 있다. 물론 동화주의자 하타의 내면에서 끝애는 비천 한 몸―근대적이고 밝은 체류국의 현실에 매개될 수 없는―으로 사유되 고 따라서 무의식의 층위에 철저히 억압되어 있는 것으로 나타난다. 그 리고 그것은 써니의 가출로 촉발된 일상의 균열을 타고 하타의 의식에

---

5) Harris는 상징계 바깥의 텅 빈 세계를 가정하고 여기서 상징계의 대타자를 일종의 비본질적이고 무력한 유령으로 경험하는 방식을 제시하고 있다. W. Harris, *Tradition, the Writer and Society*, 60-63.

떠오름으로서 "억압된 것의 귀환"을 연출하는 것이다.6) 그러나 하타의 인식과는 달리 끝애는 억압되거나 폐기된 것으로서 무의식에 갇혀 있었던 것이 아니라 하타의 현실 속에서 부단히 그 영향력을 행사하는 방식으로 현존하고 있었음이 드러난다. 억압된 것의 귀환으로서의 끝애가 현실 속에서 늘 환유적으로 현존하고 있었던 것으로 드러나는 과정은 그 자체가 곧 은유적 통사구조 속에 폐쇄된 마이너리티 텍스트가 환유의 공간인 디아스포라의 장으로 팽창하는 과정이기도 하다.

겸손, 지혜, 온순함이라는 모델 마이너리티의 기표로 철저히 관념화되어 왔던 이산의 경험이 "뼈와 살"이라는 물질성을 드러내며 표상의 층위로 떠오를 때(356), 『제스처 인생』 텍스트는 더 이상 지배 이데올로기에 대해 수동적인 방어만을 반복하는 마이너리티 텍스트에 머물지 않는다. 지배 이데올로기는 여전히 사회적 주체로서의 하타를 수미일관하게 호명하고 있지만, 이미 하타의 사유는 그것을 벗어나는 세계, 그 호

---

6) 끝애는 처음에는 명백히 억압된 것의 귀환으로 나타나지만, 하타의 사유가 발전함으로써 억압된 것의 귀환을 넘어서 환유의 형태로 현존하고 있었음이 드러난다. 하타가 우호적이고 인종적 편견이 전혀 없는 백인 여성 메리(Mary Burns)의 지속적인 구애에도 불구하고 결혼을 망설이는 것도 끝애 때문이며 메리와의 육체적 결합을 좌절시키는 것도 끝애이다 __ "우리[메리와 하타]가 함께 했던 날들은 어쩌면 처음부터 시작해서 내내, 마지막에 이를 때까지 훼손되어 있었는지도 모른다"(315). 이 외에도 써니를 물질적 정신적으로 풍부한 환경 속에 지내도록 돌봐주고 싶은 욕구나, 더 거슬러 가서 전쟁고아 써니를 입양한 이유도 모두가 써니에 대한 기억 때문이다. 그러나 무엇보다도 끝애의 현존이 가장 선명하게 드러나는 부분은 하타가 자신의 집에 지속적으로 살아왔던 끝애를 감지하는 부분인데 여기에 이르면 끝애의 존재는 단순한 억압된 것의 귀환이 아니라 현실 속에서 스스로의 사건들을 연출하면서 연속적인 순열 형태로 자신을 실현해 온 것으로 선명하게 표면화된다. 억압된 것과 환유적인 것의 차이에 대한 보다 상세한 설명은 다음을 참고. Bhabha, *The Location of Culture*, 90.

명의 주체를 "유령"으로 약화시킬 수 있는 확대된 세계로 나아가버렸기 때문이다. 이 확대된 세계는 그 어떤 관념적 언어에도 포박되지 않는 이질적이고 불안정하며 유동적인 "뼈와 살"들로 가득 차 있다. "뼈와 살"로서의 역사적 경험은 또한 문화민족주의자들의 기대와는 달리 지배 이데올로기를 대신할 수 있는 대항 언어로도 간단히 치환되지 않는다. 민족성을 하나의 중심 기표로 설정하는 민족주의 역시 지배 담론과 마찬가지로 그 중심과 지배를 겨냥한, 목적론적(teleological)이고 관념적인 은유의 체계에 불과하기 때문이다. 체류국에서의 역사적 경험 역시 이산자의 또 다른 "뼈와 살"로서, 모국으로부터 온 "뼈와 살"과 함께 이산의 몸을 구성하고 있다. 은유의 세계 밖에 존재하는 이러한 환유적 세계에 대한 확장된 인식은 무엇보다도 이산자로 하여금 동일성과 동일시에 대한 환상에서 벗어나게 해준다. 동일성과 동일시는 은유적 수사학의 핵심원리로서 주체를 역사 밖의 순수한 동질성의 기원으로 가정하면서 부단히 그 기원과 동일시하도록 요구하기 때문에 생주이멸을 거듭하는 물질성을 부인하거나 억압할 수밖에 없다. 부인과 억압의 과정이 반복될수록, 그리고 부인과 억압의 계기들이 위협적일수록 은유의 폭력은 증가하는데, 이러한 폭력은 동일성과 동질성을 전제하는 일체의 중심주의적 사고에서 동일하게 발생한다. 이산자가 이러한 배타적(either ~ or)인 동일성과 동일시의 신화에서 벗어날 때 그는 체류국의 지배 이데올로기에도 혹은 문화민족주의가 제시하는 유토피아적 대항 세계에도 자신을 동일시하지 않는다. 그는 자신을 호명하는 다양한 일체의 관념적 목소리가 단지 불안정하고 이질적이며 생성과 소멸을 반복하는 무상한 물질의 세계에서 동일성과 확정성이라는 심리적 안정을 갈망하는 자아의 환상에 불과함을 알기 때문이다.

『제스처 인생』이 마이너리티 텍스트를 벗어날 뿐만 아니라 그 새로운 대항 담론으로서의 문화민족주의에 포박되지 않는 데에는 동일성과 동일시에 대한 급진적인 해체의 시각이 뒷받침되어 있다. 문화는 결코 그 자체로서 단일한 것이 아니며, 자아와 타자가 맺는 관계 역시 단순히 이원론적인 것이 아니다. 동일성에 기반한 문화적 사유는 미학적, 정치적 가치를 배타적이고 위계적으로 확립하려는 시도에 다름 아니며 이는 항상 지배와 오인의 형식으로서 의미화를 반복한다. 동일시와 동일성에 대한 환상에서 벗어난 서사의 마지막 무렵의 하타는 이러한 중심적 사고에서 기인된 오인과 폭력의 전체 모습을 볼 수 있게 되는데, 그러한 시각의 위치는 하타가 가끔씩 수영장에서 느꼈던 "갑자기 높은 곳에서 아래를 굽어보는 내 정신의 눈"(24)과 같은 것으로서 일체의 은유적 사유 체계의 바깥에서만 획득되는 것이다. 이러한 확대된 관점은 서사의 초반에 드러났던 압도적인 기쁨과 안정감과는 매우 다른 성격의 기쁨과 안정감을 하타에게 준다. 즉, 초반의 감정이 사회적 인지와 존경, 즉 대타자로부터 사랑받는 느낌에서 오는 수동적이고 외부의존적인 반응으로서의 기쁨과 안정감이었던 데 비해, 끝부분의 감정은 써니와의 대화(336)에서 느껴지는 것과 같이 탈신비화를 통해 일체의 정신적 예속에서 벗어난 자유롭고도 해방된 사람의 기쁨과 안정감이다.

상징계의 폐쇄적이고 억압적인 체계 밖에 있는 자신을 발견한다는 것은 자유와 해방의 기쁨 이상의 의미를 띤다. 그것은 존 강이 시도하였던 것과 같은 창조적이고 변혁적인 장으로서의 리좀적 구축과 관련되는 것인데, 『제스처 인생』에서는 그 가능성이 하타와 써니의 마지막 화해와 소통에서 암시되어 있다. 하타가 써니와 소통하고 연결되는 것은 그가 의도하였던 하타-써니-메리번즈의 삼각구도를 떠나서 하타-써니-미지의 것으로 연결되는 새로운 연쇄의 장으로 접속해 들어가는 것이다. 이 미지의 것은 하타가 필사적으로 부인하려 했던 유색인, 무산계급, 반문화의 공간으로서 마이너리티 문학으로서의 한국계 문학이 결코 가보지 못한 영역이다. 대타자와의 관계 속에서 자신을 바라보는 마이너리티, 특히 대타자의 사랑을 편집적으로 욕망하는 모델 마이너리티에게 있어서 유색인 공동체, 가난, 노동자 계급, 비주류적 형식으로서의 반문화 등은 자신의 욕망을 좌절시킬 수 있는 위협적인 차이로 인식되었기 때문이다. 이 점에서 써니는 존 강만큼이나 새로운 영역을 한국계 미국 문학 내에 열어젖히고 있다. 써니는 한국계 주체의 오랜 욕망이기도 했던 동화의 계열에서 급진적으로 이탈하여 한국계 주체가 결코 본격적으로 가본 적 없었던 완전히 새로운 미지의 영역으로 들어가는 인물이다. 여기에는 모호한 성성(sexuality)과 비규범적인 가족 형식 등 반주류적이고 비규범적인 다양한 문화가 득실대고 있다. 『제스처 인생』은 이러한 이질성들이 어떻게 한국계 주체와 리좀적 소통과 결합을 이루어낼 것인가에 대해 존 강에서 만큼의 강력한 비전을 제시하고 있지는 않다. 아마 존 강의 마이너리티 공동 구역이 문화적 공간이라기보다는 정치적 공간의 특성을 강하게 시사하는 반면, 써니가 관련된 마이너리티의 장은 양가적이고 이질적이며 일상의 사유와 실천에 보다 복잡하게 얽혀 있는 문화적 영역의 특성을 띠고 있기 때문일 것이다. 이런 점에서 써니가 걸어들어 가는 곳은 존 강의 세계보다 더 미지의 세계라고 할 수 있으며, 디아스포라를 정치적 비전으로 그려나가는 존 강의 방식과는 다르게 그것을 더욱 복잡하고 다양한 문화적 실천의 방식으로 그려낼 가능성이 높은 세계이다. 이것이 존 강과는 다른 방식으로 써니가 한국계 미국문학을 새로운 디아스포라 공간으로 밀어 올리는 방식이다.

IV. 결론

사유의 궁극적 의미는 현실을 주어진 것으로 인식하는 것을 벗어나 새로운 가능성들을 탐색하고 발견해내는 데 있다. 그동안 마이너리티 문학은 현실 속에서 마이너리티가 경험하는 사회적 탈취와 탈구의 경험들을 부단히 사유함으로써 그것을 구조한 사회적 조건들을 밝혀내는 한편 그것을 극복할 수 있는 새로운 방식들을 모색해 왔다. 반세기를 지나는 아시아계 미국문학의 역사 역시 이러한 마이너리티 문화 운동의 전형적 궤적을 그리고 있다. 그러나 그것은 아시아계의 존재 형식에 대해 어떤 급진적인 인식의 차원을 열지 못했는데, 그 이유는 그것이 어떤 특정 상징체계로서의 국가 담론 내에 자신의 사유를 국한시켜 그 속에서 폐쇄적이고 순환적인 방식으로 주체 이동이나 전도만을 시도하였기 때문이다. 이런 점에서, 아시아계 미국문학은 여전히 아시아계를 억압하고 타자화한 주류의 언어 문법, 즉 중심과 동일성의 은유적 형식에 기대고 있으며, 그 결과 배타적이고 위계적인 주류의 방식을 복제하고 있다.

주체와 관련한 디아스포라적 사유는 마이너리티적 사유가 갖는 이러한 한계를 극복할 수 있는 매우 희망적인 영역이다. 디아스포라는 체류국의 현실만이 아니라 이산의 경험들을 또 다른 현실로 보기 때문에 주체 구성과 관련하여 풍부한 물질적 맥락들을 고려하게 된다. 따라서 마이너리티 담론에서 부인 혹은 물신으로 단순하게 관념화되어버리던 이산의 역사들은 이산자의 현실에 부단히 그 영향력을 행사하는 강력한 물질성으로 나타나게 되며, 이것은 존 강의 비전에 포착되었던 것처럼 새로운 사회 변혁을 추동할 수 있는 현실적이고 정치적인 화이트홀의 공간으로 발전할 가능성 또한 확보하게 된다. 마이너리티들을 부단히 차이화하고 차별화했던 민족성의 기호들은 이제 새로운 디아스포라 공동체 구현에 중요한 시발점이 될 뿐만 아니라 그 정치적 세력화의 중요 계기로 기의 변조된다. 그러나 여기서 민족성은 마이너리티들의 정치적 결성과 세력화를 위한 임의적이고 잠정적인 기호에 불과할 뿐 그 자체가 근원적이고 순수한 기원으로서의 본질을 의미하지는 않는다. 그것은 이산자들을 소통시키고 연대시키기 위한, 즉 하나의 공통관념을 활성화하기 위한 한 계기에 불과하다. 따라서 이러한 공통관념은 현실의 맥락에 따라 부단히 변화할 수밖에 없다. 디아스포라의 장에서 민족성의 기표는 또한 동질적이라기보다는 이질적인 것으로 사유되는데 이는 마이너리티 주체의 두 번 째 문제로 지적하였던 동질성과 동일시의 논리를 해체할 수 있는 기반이 되기도 한다. 디아스포라 주체는 현실적 맥락에서 움직이며 특정 중심에 자신을 항구적으로 고정시키지 않기 때문에 언제나 변화와 생성을 거듭하는 주체이다. 이산자의 몸은 약분 불가능한 이질적 경험들이 서로 부딪히고 섞이면서 결코 하나의 동일성으로 환원될 수 없는 몸이다. 이런 점에서 이산자의 몸은 자아를 동일성으로 간주하거나 하나의 중심을 향해 배타적인 동일시를 강요하는 일체의 이데올로기적 포획 작용에 문자적으로 벗어나 있다. 그것은 모델 마이너리티나 외부침입자와 같은 단일한 고정성에 묶일 수 없는 이질적이고 혼종적인 몸이며 또한 공통관념이 활성화되는 순간 여러 지점을 향하여 동시다발적으로 동일시를 수행할 수 있으며 동시에 그것을 철회할 수도 있기까지 하는 몸이다.

마이너리티의 다면적이고 혼종적인 몸은 이제 그 혼종성으로 인해 주류 사회의 중심적 시니피앙에 접근 금지 명령을 당한 약점과 결핍의 몸이 아니라 주류 사회 내부의 다양한 이질성들과 접속하고 변용할 수 있는 가능성이자 초국가적인 맥락과도 연결될 수 있는 강력한 역능으로 이해된다. 다양한 문화적 상징체계를 경험하면서 그 변용능력이 극대화된 이산자의 몸은 따라서 지금까지 구성된 여러 마이너리티적 주체와는 달리 새롭고 창조적이며 민주적인—그것이 차별적이고 위계적인 주체 형성의 원리인 동일성과 동일시의 신화에서 벗어나 있기 때문에—주체의 출현으로 이어질 가능성이 높다. 비록 여전히 미약한 모습에 머물러 있긴 하지만 써니나 존 강은 이러한 창조적 디아스포라 주체의 출현 가능성을 낙관할 수 있게 해주는 매우 중요한 인물임에는 틀림없다.

* 이 글은 『새한영어영문학』(제21권 2호, 2009년, 133-56면)에 게재된 것을 수정, 보완한 것임을 밝힌다.

참고문헌

Bhabha, Homi K. *The Location of Culture*. London: Routledge, 1994.

Burtler, Kim. "Definining Diaspora, Refining a Discourse." *Diaspora* 10.2 (2001): 189-219.

Cheung, King-kok, ed. *An Interethnic Companion to Asian American Literature*. MA: Cambridge UP, 1997.

Deleuze, Gilles and Félix Guattari. *Anti-Oedipus: Capitalism and Schizophrenia*. Trans. Robert Hurley, Mark Seem, and Helen R. Lane. New York: Viking, 1977.

Fanon, Frantz. *Black Skin, White Masks*. London: Pluto Press, 1991.

_____. *Wretched of the Earth*. Hamondswroth: Penguin, 1969.

Foucault, Michel. *Discipline and Punish: The Birth of Prison*. Trans. Alan Sheridan. New York: Pantheon Books, 1977.

Hall, Stuart. "Cultural Identity and Diaspora." *Theorizing Diaspora*. Ed. Jana Evans Braxiel and Anita Manner. New York: Blackwell, 2003. 233-46.

Kristeva, Julia. *Powers of Horror: An Essay on Abjection*. New York: Columbia UP, 1982.

Lee, Chang-rae. *Native Speaker*. New York: Riverhead Books, 1995.

_____. *Gesture Life*. New York: Riverhead Books, 1999.

Sahlina, Marshall. *Culture and Practical Reason*. Chicago: Chicago UP, 1976.

Žižek, Slavoj. *The Sublime Object of Ideology*. New York: Verso, 1989.

제3부

젠더,
민족성,
섹슈얼리티

포스트모더니즘과 여성 주체성

———

I. 서론

"주체" 개념은 20세기 중반 이후 신 인문학에서 가장 급진적으로 사유된 개념으로서 간단히 말해 'I'란 무엇이며 어떻게 발생하고 어떻게 인식되는가에 대한 것이다. 주체에 대한 탐구는 인문학 및 다양한 문화 영역의 여러 문제들, 이를테면 언어·텍스트·표상 등의 기본 단위이면서, 젠더·민족·인종·계급 등 사회 정치학과도 깊은 연관성이 있다. 이 장에서는 이러한 주체 개념이 갖는 중요성에 입각하여 이것이 포스트모던 시대를 통과하면서 어떤 인식적 변화를 겪어 왔는가를 살펴봄으로써 사회·문화적 변화, 특히 젠더 중심의 사회 문화적 변화와 어떻게 연결될 수 있을 것인지를 탐색하고자 한다.

여기서 주로 기대려고 하는 사상가들은 라캉(Lacan), 푸코(Foucault),

데리다(Derrida), 바바(Bhabha) 등인데 이들은 각각 활동 영역이 다를 뿐만 아니라 분석의 틀과 정치적 입장에 있어서도 차이가 있다. 그러나 이들은 공통적으로 기존의 주체 개념에 대한 비판에서 출발했기 때문에 이 논문의 주제와 관련해서는 차이점보다 공통점이 더 크다. 따라서 이 글은 근대적 주체에 대한 이들의 공통적인 비판에 중점을 두고 포스트모던 시대의 주체 개념을 도출하고자 하며, 이들 간의 차이 또한 언급함으로써 이 말썽 많은 개념에 함유되어 있는 복잡한 사회·문화·정치적 의미들을 아울러 살펴보고자 한다.

II. 본론

1. 코기토: 계몽주의적 주체

그러면 무엇이 전통적인 주체 개념이었을까? 주체에 대한 개념이 본격적으로 등장한 것은 18세기 계몽주의기로 이 시대에는 과학·철학·정치학·인문학 등 여러 학문적 분과들이 출현하여 급격히 팽창하였는데, 이러한 학문들은 매우 유토피아적인 주체 개념을 공통적으로 전제하고 있었다. 계몽주의의 주체는 완전하고 불변하며 본질로 현존하는 특정 실체이다. 이러한 주체 개념은 계몽주의의 핵심을 이루는 데카르트(Descartes)의 코기토(cogito) 개념에 선명하게 나타나는데, 널리 알려진 것과 같이 코기토는 생각하는 주체[I think, therefore I exist]를 일컫는다. 코기토의 위대성은 자신과 세계에 대한 합리적이고 지적인 그의 인식능력에 있다. 코기토는 인간에게만 주어진 이 능력에 의거하여 자신과 세계 전체를 인식, 이해할 수 있는데 서구 근대의 여러 학문적 분과들은 이러한 코기토의 능력에 대한 근대인들의 확고한 신념의 발로이다.

하나의 고유하고도 선험적인 현존으로서 세계의 중심에 선 계몽주의의 주체는 주변의 '당신'에게 대해서도 동일한 코기토의 지위를 부여한다. 그 결과 독립된 '나'와 독립된 '당신'은 그 누구도 부정할 수 없는 '인간적(Human)' 자유를 구가할 수밖에 없는 존재이며 사회는 이러한 자유로운 개체들이 자신들의 인간적 존엄성을 최대한 보장할 수 있는 계약 관계로 구성할 수 있다. 하나의 선험적이고 독립적인 자아가 있고 이것은 또한 동일한 지위를 갖는 다른 유일무이한 독립적 타자들을 인정하면서 개별 자아들이 모두 독립된 형태로 세계 속에 홀로 서 있는 것이 개인과 사회에 대한 근대 자유주의의 주된 사유 방식이다.

'나'와 '당신'에 대한 이러한 단순하고도 직접적인 관점은 지식에 대한 계몽주의적 관점에도 반영되어 있다. 즉 지식은 '나'의 외부에 하나의 객관적 실체로 존재하고 있으며, '나'는 생각하는 능력에 의거하여 그 지식을 아무런 손상 없이 받아들일 수 있다. 인식 가능하고 정의 가능한 대상으로서의 객관 세계는 '나'의 독립성만큼이나 확실하고 고정된 형태로 존재하며 이 둘 사이에는 그 어떤 모순이나 상호 작용도 없다. 아무런 외부적 영향 없이 선과 악을 구별할 수 있고 '안'과 '밖'을 구별할 수 있는 코기토의 전능한 인식 능력은 이미 로티(Rorty)에 의해 "자연의 거울"(162-63)로 불린 적이 있는데. 이 능력은 객관 세계를 자연 그대로 투명하게 반영할 수 있다. 이러한 논리에 따라 선험적으로 현존하는 자아, 역시 명백한 진실로 자아의 바깥에 존재하는 객관 세계, 그리고 그 둘을 직접적으로 연결시키는 중립적이고 보편타당하며 영원히 불변하는 자아의 인식 능력이라는 계몽주의의 사유 형식들이 하나의 완결된 형태로 성립하게 된다.

　이상과 같은 근대의 주체 개념은 젠더와 어떤 관련성이 있을까? 젠더는 이미 섹스와 구별됨으로써 그것이 본질이 아니라 사회적 구성물임을 표방한 개념이다. 그리고 그 구성은 남성성과의 차이와 대조로 생산된 것이기에 보편성으로서의 휴먼에 통합되기를 또한 거부한다. 그러나 계몽주의의 주체 형식은 젠더와 관련된 이러한 두 가지의 특성, 즉 차이의 형식과 함께 사회적 구성물의 형식으로 젠더를 사유할 수 없다. 그 결과 젠더는 부인되거나 섹스로 간단히 환원되어버린다. 이런 상황 속에서 여성이 선택할 수 있는 방식은 두 가지로 가정되는데 첫째는 보편으로 가정된 남성성의 방식들을 수용, 실천함으로써 시민의 지위를 불안정하게 획득하거나―이는 멀베이(Mulvey)의 상상 속에서 남성의 옷을 입은 불편하고 불안정한 복장도착자(transvestite)로서의 여성 이미지로 나타난다(26)―아니면 재생산과 양육자로서의 섹스를 받아들이면서 코기토의 위엄과 자율성을 아울러 포기하는 것이다.

　코기토를 주체로 사유하는 근대적 방식은 또한 문화 영역에서도 여성에게 커다란 장애로 나타난다. 근대정신은 코기토를 세계의 중심으로 설정하고 그것이 달성할 수 있는 명백하고 인지가능한 객관적 진실을 가정함으로써 문화 텍스트를 천편일률적인 리얼리즘 구조 속에 폐쇄해버렸다. 텍스트는 물적 현실을 반영하는 이차적 텍스트이기 때문에 그것의 가치 여부는 전적으로 현실을 얼마나 적실하게 재현하고 있는가에 달려있다. 이러한 전제 위에서 시도된 페미니즘 비평은 따라서 문화 텍스트에 반영된 여성의 이미지에 집중될 수밖에 없었다. 여기서 특히 문제가 되는 것은 텍스트의 여성이 어떻게 현실의 여성을 왜곡해서 반영하는가였고 이에 따라 페미니스트 비평들은 부정적 여성 이미지들을 발견하고 비판하는 데 주력하였다. 이러한 리얼리즘적 태도의 가장 큰 문제는 그것이 텍스트를 현실의 기계적 반영 속에 가둠으로써 궁극적으로 현실을 인정하는 데 있다. 즉 이들은 여성 이미지와 여성 현실의 등가성을 고집함으로써, 특정 현실이 여성적 본질로 존재한다는 사실을 받아들인다. 현실에서 억압받는 여성이 존재하고 문화적 텍스트는 그러한 현실을 투명하게 반영해야 한다는 이런 태도는, 여성 억압의 근원으로서의 현실 그 자체, 즉 가부장제의 구조를 결코 문제적으로 지시할 수 없을 뿐만 아니라 그것을 텍스트 속으로 반복적으로 불러들이기 때문에 그 애초의 의도와는 반대로 지배 이데올로기를 승인하고 영속시키는 방향으로 기여할 가능성이 또한 크다.

2. 이마고(imago): 구조주의적 주체

20세기 중반부터 시작된 서구 탈근대 담론들은 그동안 근대가 당연시 하였던 이와 같은 인식론적 개념 전반에 급진적으로 의문을 표한다. 여기서 특히 관심을 끄는 것은 '자아'와 '진리'에 대한 이들의 입장인데, 이것은 요약하자면 '자아'와 '진리'가 불변의 내재적 의미를 지닌 초월적 현존이 아니라 인간의 인식 메커니즘이 생산하는 하나의 '효과'에 불과하다는 것이다. 탈근대 담론을 견인하고 그 중요한 사상적 기초를 확립한 구조주의에 의하면 인간의 인식 활동은 천부적으로 주어지는 코기토의 능력이 아니라 특정한 사회 속에서 후천적으로 활성화되는 것이며, 그 구조는 철저히 언어적인 것에 의존한다. 구조주의의 급진성은 주체의 출현마저도 이러한 언어 구조 속에서 찾아내는 것인데 이것에 의하면 '나'라는 것은 순수하고 고유한 현존이 아니라 언어활동 속에서 의식되고 사유된 텍스트의 산물이다. 즉 계몽주의의 전제와는 정반대되는 방식으로, '나'라는 것은 텍스트 밖에서 선험적으로 존재하는 것이 아니라 텍스트 안에서 비로소 "잠을 깬" 그 어떤 것이다.

> 언어활동이 나의 현존보다 앞섰다. 그것은 의식보다 더 나이가 들었고 관객보다 더 늙었다. 모든 청중보다 하나의 문장이 더 빨리 당신을 기다렸고 바라보고 관찰하며 감시하고 관여한다. 하나의 문장은 당신이 처녀지를 개척한다고 믿는 그 곳에서 당신을 기다리고 있으며, 어디엔가 이미 날인되어 있다. (Derrida 31)

데리다의 이 선언은 서구 형이상학의 오랜 기반이었던 '자아'의 현존을 급진적으로 해체하고 있다. 그에 따르면 자신의 것이라고 주장할 수 있는 순수하고 고유한 자아의 현존은 없고 그것을 현존으로 오인하도록 하는 언어와 그 언어 속에서 태어난 "구성된 나"가 있을 뿐이다. 인간의 의식이 언어적으로 구조화되어 있고, 이 언어가 또한 기표와 기의의 이중 구조로 구성되어 있다는 것은 자아와 세계에 대한 인간의 감각을 이해하는 데 매우 중요하게 작용한다. 이것은 특히 구조주의자들이 공들여 설명하려고 했던 하나의 "표상" 차원으로서의 주체와 세계를 이해하는 데 결정적으로 도움이 된다. 이들에 따르면 '나'라고 하는 것도 나의 몸(기표)과 나라는 특정 의미(기의)가 결합된 하나의 기호이다. 나의 기의는 또한 본질적으로 순수한 기원이라기보다는 나 아닌 것들과 구별되고 변별되는 특정 내용이다. 데리다가 표현했듯이 이러한 기호로서의 '나'는 나 아닌 다른 것들과의 차이 속에서 태어난 언어적 구성물이며 또한 소쉬르(Saussure)의 설명처럼 그 언어적 구성물이 기의를 담은 물질적 기표라는 점에서 결국 이미지이다.[1] 정체성을 하나의 선험적

---

1) 스위스의 언어학자 소쉬르의 이론적 연구에서 시작되어서 인류학(레비스트로스), 문화연구(바르트), 철학 및 역사(푸코), 심리학(라캉), 마르크스주의(알튀세) 등 광범위한 학문적 분과에 도입된 구조주의는 개인과 사회의식이 특정 방식으로 구조화되어 있다는 사실과 이 구조를 형성하고 활성화시키는 것으로서의 언어에 대해서 공통적으로 주목한다. 전통적으로 언어는 하나의 투명한 매체로서 발화자의 내부에 존재하는 특정 의미를 외부로 표현하는 수단으로 이해되었다. 이 관점에 따르면 특정 언어적 표현은 항상 그것에 선행해 현존하는 하나의 고정된 실체, 즉 본질을 지시한다. 그러나 소쉬르에 의하면 언어는 그 의미를 본질에서 가져온다기보다는 특정한 자신의 메커니즘 속에서 분비해낸다. 이 메커니즘은 차이와 대조라는 이분법적 구조로 되어 있으며 의미는 이 대립항들 간의 대립과 조합을 통해 발생한다. 의미를 초언어적 실체로부터 언어적 구성물로 보는 소쉬르의 입장이 문화 연구에 막대한 영향을 미친 이유는 데리다의 앞선 인용문에 나타난 있는 바와 같이 인간은 자신과 세계에 대한 인식을 언어를 통해서만 할 수 있기 때문이다. 우리가 세계를 개념화하는 방식은 언어를 통해 하는 것이고 이것은 또한 한 사회의 문화적 무의식이 되어서 다음 세대로 전수되는 것이다. 이런 점에서 언어는 우리가 선택하는 도구가 아니라 우리를 결정하는 것이며 특정 사회의 현실을 구성, 유지하는 메타구조이다. 소쉬르가 구조주의에 미친 또 다른 영향은 그가 발견한 언어 구조의 이중성에 있다. 소쉬르는 언어가 하나의 기호로서 기표와 기의의 짝으로 이루어져 있다고 본다. 이때 기표(시니피에)는 언어의 물질적 요소를, 기의(시니피앙)는 그 속에 내재한 뜻, 즉 관념을 가리킨다. 따라서 오고 가는 것은 기표이지만 언어적 활동에 있어서 그 기표는 반드시 특정 관념을 동시에 지시하는 것이고, 그 특정 관념으로서의 기의는 언제나 그 중요성에 있어서 기표를 압도한다. 왜냐하면 소쉬르가 이미 언어를 차이와 변별의 집합으로 본 것에서 드러나듯이, 소리와 말 이전에 이미 차이와 변별이라는 관념, 즉 기의가 확정된 것이고 기표는 그 기의에 대한 우연하고도 임의적 표현에 불과하기 때문이다.

현존으로서의 코기토가 아니라 언어 속에서 구성된 하나의 이미지, 즉 이마고(imago)로 보는 구조주의자들의 급진적 주체관이 이렇게 생겨나는 것이다.

이마고를 구성하는 기표로서의 몸은 무엇보다도 그 시각적 유비성 때문에 '나'로 오인된다. 그러나 '나'란 소쉬르의 설명처럼 기표로서의 '나'에 머무는 것이 아니라 기의로서의 '나라는 내용'을 포함한다. 그래서 실제로 내가 인식하는 '나'는 나라는 물질적 몸 속에 깃든 내재적 나의 의미이며 이는 그 내용을 함의하고 있다는 물질이라는 점에서 하나의 이미지, 표상인 것이다. 그런데 여기서 소쉬르가 주장한 것처럼 기표와 기의 간의 상호 관계가 문제가 된다. 즉, 이 두 층위는 동일한 기호를 구성하는 짝이면서 동시에 그 내부에 위계 구조를 형성하는 토대가 된다. 소쉬르의 주장처럼 기표는 항상 기의에 의해 결정되며 기표에 대한 기의의 이러한 우선권 때문에 기호 내에 수직적 관계가 발생하고, 그 수직적 관계는 기호에 어떤 깊이의 차원을 드리우게 된다. 이마고로서의 나의 기호가 그 내부에 "나의 내면성" "나의 인격" 등과 같은 심원성을 드리우고 있는 이유가 여기에 있다. 다른 기호와 변별되면서 특정 몸을 입고 있는 나의 이마고는 그 내면의 깊이 때문에 결국 "세계 속에 홀로 서서"(Barthes 207) 세계를 바라보고 인식하는 듯한 느낌을 자아내게 된다. 이것이 바로 바르트(Barthes)가 설명하는 "현실 효과," 즉 현실로 오인되지만 사실은 언어작용에 불과한 표상으로서의 주체와 세계인 것이다(206-7).[2]

---

2) 바르트는 특히 이 이마고적 주체가 자신을 하나의 코기토로 오인하는 것에는 사회 전체를 관통하는 언어적 시스템이 또한 중요한 요인이 된다고 보았다. 즉, 바르트에

주체가 자율적이고 선험적인 현존이 아니라 사회적 구성물이며 동시에 하나의 이미지에 불과하다는 구조주의적 인식은 사회 내의 지배와 종속 문제를 설명하는 데 적극적으로 이용되었는데, 이와 관련하여 가장 뚜렷한 성과를 거둔 사람들은 신마르크스주의자들이다. 알튀세 (Althusser)를 비롯한 이 계열의 연구자들은 정통 마르크스주의자들이 억압과 지배의 문제를 순수히 정치 경제적인 측면에서 설명하려 했던 것과는 다르게 개인과 사회의 어떤 인식적 측면, 특히 그 인식의 구조를 찾아내는 방식으로 접근하였다. 이들에게 있어서 특정 계급의 통치력은 그 계급의 정치 경제적인 위상에서만 나오는 것이 아니다. 오히려 그것은 이 통치력을 자연스럽고도 타당하게 보이도록 하는 특정 사회적 언어와 깊은 관련성이 있다. 알튀세가 이데올로기라고 불렀던 이러한 사

의하면 한 사회의 집단의식은 집단이 공유하는 기호들을 복잡하게 조작함으로써 구성되는데, 이것은 그 복잡성에도 불구하고 근본적으로 기호 작용에 불과하다. 한 사회가 문화적으로 복잡해지면 그 의미작용의 연쇄적 과정은 더 복잡하게 된다. 그러나 그 복잡성에도 불구하고 사회적 집단의식으로서의 문화는 결국 기호의 조작에 따른 이미지의 세계이다. 이것은 자아에 대한 감각에도 마찬가지로 적용되는 현상인데 초기 라캉의 동일시 이론은 이미지를 현실로 오인하는 주체화의 과정을 효과적으로 설명해 준다. 라캉에 따르면 아이가 자신에 대한 인식을 처음으로 할 때 이를 자신의 실체가 아니라 이미지와 동일시하는 방식으로 완성한다는 것이다. 즉 오이디푸스기에 접어든 아이는 어머니와 자신을 더 이상 한 몸으로 인식하지 않고 자신을 하나의 분리된 개체로 인식하게 되며, 이때 이 인식은 거울 속의 자신, 즉 이미지를 통해서 이루어진다. 라캉은 이러한 아이의 최초의 오인을 주체성과 밀접하게 연관시키는데 그 이유는 이 최초의 자아 감각이 바로 아이가 오이디푸스를 경험하는 순간, 즉 사회화의 시작과 일치하기 때문이다. 이 때문에 아이는 자신을 남성과 여성으로 구별하고 동시에 사회적 언어로서의 그 성차를 동시에 받아들이는 것이다. 하나의 이마고로서의 자신을 자신의 실체로 오인하면서 주체의 집요한 동일시가 시작되는데, 이 동일시란 그 이마고에 자신을 일치시키고 그 동일성을 연속적으로 유지하는 개념이다.

회적 언어는 따라서 허위의식으로서의 정통 마르크스주의적 이데올로기와 차이가 있다. 그것은 코기토로서의 개인에게 던져지는 하나의 초월적 이념으로서의 허위의식이 아니라 이미 개인과 사회를 언어적으로 구성해내고 개인의 무의식까지 지배하는 이른바 문화 전반에 물질화되어 있는 특정 인식 체계이다.

알튀세의 '호명(interpellation)'은 현실 효과 뒤에서 이데올로기가 주체를 구성해 내고 특정 언어 시스템 속에 배치하는 방식을 일컫는 것으로서, 구조주의적 이마고를 이데올로기의 작동 방식에 효과적으로 접목시킨 개념이다. 알튀세 역시 다른 신마르크스주의와 마찬가지로 담론의 개념을 통하여 계몽주의가 전제하였던 객관적이고 보편적인 것으로서의 진리 개념에 도전한다. 계몽주의가 자유주의적 시민에게 요구하였던 합리적인 도덕률은 시공간을 초월하는 절대진리라기보다는 특정 역사적 순간에 특정 목적에 의해 특정 집단이 언어적으로 구성해낸 사회적 산물이다. 그러나 이 임의적이고 목적론적(teleological)인 스토리(discourse)로서의 담론은 그것이 갖는 은유적 특성 때문에 늘 현실로 오해되면서 그 임의성과 목적성을 은폐하고 진실로 유통되는 것이다. 이때 담론의 근원, 즉 특정 목적을 배태한 담론의 발화자는 자신의 존재를 가린 채 하나의 초월적 진실처럼 작동하게 되는데, 이것이 라캉이 말한 상징계의 아버지, 대타자이다. 알튀세의 호명은 이러한 대타자가 주체를 상징계 속으로 불러들이는 것을 말하는데, 이미 자신의 몸을 자신으로 오인한 주체는 사회적으로 이미 구성된 그 상징계를 현실로 받아들이면서 그것이 요구하는 특정 자리에 자신을 위치시킨다. 이것이 바로 남아가 남성성을 여아가 여성성을 받아들이는 순간이다. 이때 남아는 남성의 몸이라는 기표 아래 남성성의 기의로 고정되고 여아는 여성의 몸이라는 기표 아래 여성성의 기의로 고정된다. 이렇게 해서 "페니스=팔루스"의 단순한 등식이 성립하는 것이다. 알튀세는 그러나 이러한 단순등식적 차원의 기호학을 넘어서서 기호들이 어떻게 이데올로기적으로 이용되는가에 주목하였는데, 그의 호명 개념은 페니스=팔루스의 단순한 등식이 팔루스 중심주의라는 지배 담론 생산으로 발전하는 방식을 잘 설명해준다.

신마르크스주의적 구조주의는 비단 계급뿐만 아니라 성적, 인종적 마이너리티들에게 자신들의 위치가 사회적으로 구성 통제되는 방식을 이해하는 데 매우 요긴한 이론적 틀이 되어주었다. 이들은 부여받은, 즉 호명된 마이너리티의 기호와 위치가 임의적으로 구성된 것일 뿐만 아니라 특정 집단이 생산된 담론적 효과에 불과함을 인식하고 그것을 토대로 저항의 방식들을 찾아내게 된다. 문화연구에서 이러한 노력은 특히 재현에 대한 비판적 독해로 두드러지게 나타나는데 그것은 한 마디로 재현적 문화 텍스트 속에 나타나는 현실이 실제로 현실이라기보다는 이데올로기의 효과, 즉 현실 효과에 불과한 것이며 결국 신화라는 사실을 드러내는 것이다. 이런 방식을 통하여 문화 연구는 현실에 숨겨진 지배 계급의 이데올로기적 목적을 가시화하고 그것이 자신의 통치력을 확보하기 위해 구사하는 이항 대립과 위계화의 언어적 전략을 분석해냄으로써 중심으로서 그것이 소유하던 특정 힘과 아우라를 해체하게 된다. 이러한 신마르크스주의적 방식은 분명 정치 경제적 토대를 바꿈으로써 주체성과 사회적 의식 자체를 변화시키려고 하였던 정통 마르크스주의자들의 기획과 확연히 다른 것으로서 주체성에 대한 사유 방식을 변화시킴으로써 사회 변혁을 꾀하고자 하는 탈근대적 인문학의 변모된 전략을 잘 보여준다.

　신마르크스적 구조주의는 재현의 이데올로기적 측면을 드러냄으로써 지배 계급의 허구를 폭로하고 그 중심적 권위를 와해시키는 방법 외에도 다른 중요한 문화적 전략의 가능성을 마이너리티에게 제공하였는데, 그것은 대항담론의 생산이다. 이항 분리의 메커니즘 속에서 타자의 위치, 즉 열등 기호로 부단히 지시되고 호명되었던 마이너리티들은 자신들의 정치적 동등권을 확보하는 방식을 자신들이 중심이 되는 새로운 담론을 창출하는 것에서 찾아내었다. 80년대 이후 이른바 다원주의라고 통칭되는 문화적 운동은 그동안 억압과 종속의 구조 속에 기계적으로 포획되었던 마이너리티들이 과감하게 자신에 대한 대타자의 부름, 즉 호명을 거부하고 독자적으로 자신이 중심이 되는 세계를 상상해내는 것이었다. 페미니즘의 경우, 여성이 담론의 주체가 되고 남성들이 주변으로 배치되는 텍스트, 혹은 여성의 목소리가 연속성을 이루면서 하나의 스토리가 되고 남성의 목소리는 파편화되면서 흩어져버리는 텍스트─이른바 여성중심텍스트(genotext)라고 불리는 텍스트─들을 생산하게 되는데 이는 이러한 다원주의 문화운동의 전형적 예이다. 주체와 세계에 대한 이러한 사유 방식은 그동안 물질적 영역뿐만 아니라 정신적 영역에서도 타자로 호명된 마이너리티 이마고들이 자신들의 권능과 존엄성을 회복하는 데 결정적인 역할을 하였으며 이렇게 탄생한 주체들은 자신들의 동등한 사회적 주권을 요구하는 강력한 정치적 행위자들로 이어지게 되었다. 80년대 마이너리티들의 정치적 세력화와 그 전투성 뒤에는 이와 같은 새로운 의식, 주체와 사회를 바라보는 새로운 사유 방식이 뒷받침되어 있었던 것이다.

3. 주체의 아포리아: 탈구조주의적 주체

언어, 의식, 텍스트의 개념을 적극적으로 수용하고 그것을 통해 이마고로서의 주체를 확립하고 그 표상 방식을 바꿈으로써 정치적 변화를 견인해 내는 이러한 신마르크스주의는 마이너리티들의 주체 의식을 고양하고 정치적 전투력을 극대화하는 데 훌륭한 이론적 토대로 작용하였다. 그러나 이러한 새로운 사유 방식은 해체주의라고 불리는 일련의 인문학적 운동과 직면하게 되어 그 정당성과 가능성에 심각한 도전을 맞게 된다. 데리다를 중심으로 하는 해체주의의 핵심은 구조주의가 밝혀낸 구조 내의 차이와 변별이 구조주의자들이 가정하는 것처럼 그렇게 산뜻하게 분리되지 않는다는 것이다. 차이와 변별의 항들은 분리되어 있다기보다는 서로 연결되어 있다. 이 대조항들은 상대항의 존재 없이는 성립할 수 없을 뿐만 아니라 상대항의 내용을 이미 자신의 내부에 흔적으로 가지고 있다. 데리다가 "대리보충"이라고 명명하는 이 원리는 그 어떤 존재도 독자적으로 현존할 수 없고 항상 자신의 내부에 자신이 아닌 것들(부재)을 가짐으로써 비로소 성립하게 된다는 것이다. 현존의 동일성은 따라서 부재를 함께 나타내어야만 그 의미가 식별될 수 있는 것이다. 이러한 대리보충의 원리에 의해 남성성은 반드시 자신의 내부에서 여성성의 의미를 흔적으로 지니고 있어야 하며 자신의 존재를 주장하기 위해 부단히 그 여성성에 의존하지 않을 수 없다.

구조주의에서는 주체가 자신의 이마고와 동일시함으로써 어떤 심리적 완전성 획득하는 것이 가능하다. 특히 그것은 자신의 호명을 주도하는 상징계의 대타자로부터 부단히 선호 기표를 지시받고 그것을 획득, 대타자와 유토피아적인 동일시를 획득하는 것으로 가정된다. 그러나 이러한 구조주의적 동일시는 그것이 가정하는 것처럼 그렇게 기계적으로 진행되지 않는데 그 이유는 구조주의적 언술이 그 수행의 순간 아포리아(aporia)라는 의식의 난국을 맞게 되기 때문이다. 아포리아는 언어가 자신의 분절적 원리 그 자체인 이중성을 드러내는 순간을 말하며, 여기에 오면 어떤 이항대립도 자신의 근원적 동일성을 주장할 수가 없게 된다. 이 때문에 이마고는 그 출현의 순간 자신의 아포리아와 직면할 수밖에 없고 그때마다 "매번 무엇인가가 [자신의] 이미지의 틀을 넘어서고 시선을 피해 달아나며, 정체성과 자율성의 자리인 자아를 퇴거시키고 (가장 중요한 것으로서) 주체의 오점과 저항을 기호로 남기는"(Bhabha 49) 위기에 처하게 된다. 여기서 이마고의 완전성을 위협하고 아포리아를 드러내는 것은 주체 밖에 존재하는 타자가 아니라 대리보충의 형식으로 이미 주체 안에 틈입되어 있는 타자이다. 이것은 늘 완전성의 이미지를 "넘어서고", 담론의 파놉티콘적 통제를 "피해 달아나며" 그것이 가정하는 동일성에 "오점"을 남긴다. 구조주의자들에게 있어서 타자는 항상 중심의 반대 기호로 주체 밖에 배치되어 억압과 단속의 대상이 되었다. 그러나 이러한 주체와 타자의 기하학적 배치는 탈구조주의자들에게는 불가능한데 그것은 이미 주체가 자신의 동일성을 주장하기 위해 타자를 그의 내부에 부재, 초과, 대리보충의 형식으로 포함하고 있기 때문이다. 이렇게 되면 모든 차별적인 기호들, 이를테면 나/너, 여성/남성, 흑/백, 자연/문명 등은 단순한 차이의 관계라기보다는 차연의 관계로 이해된다. 이들은 차이를 이루면서 동시에 의존적인 관계이다. 탈구조주의에게 있어서 이마고로서의 주체는 따라서 이러한 차연의 관계에서 구성되는 양가적이고 모순적이며 영원히 분열되어 있는 문제적 주체이다.

　주체에 대한 탈구조주의의 이러한 주장은 이른바 중심의 위치를 획득한 주체들이 왜 그처럼 반복적으로 타자를 필요로 하고 그것에 대해 공포와 불안을 함께 느끼는가를 잘 설명해준다. 사실 구조주의로서의 푸코적 설명에 의하면 중심과 주변은 중심의 통치권을 수호하는 방식으로 수립되고 그 관계는 규율과 훈육을 통해서 자연스럽게 영속되기 때문에 중심이 주변에 대해 느끼는 공포와 불안이 있을 필요가 없다. 그러나 지배 구조 속에서 지배 주체는 언제나 피지배 주체에 대해 편집증적인 불안을 느끼는 것이 사실이다. 중심은 자신이 두려워하고 욕망하는 것을 타자에게 투사하여 부인(disvowal)하게 되고, 그 결과 단순하게 그것을 부정할 수 없게 된다. 왜냐하면 타자에게 명명된 두려움과 욕망은 바로 자신의 내부이기 때문이다. 타자에 대한 주체의 복잡한 이끌림과 강박적인 부인은 주체가 자신의 혼성성과 양가성을 드러내는 징후이다. 이러한 양가성과 혼성성은 물론 프로이트(Freud)의 양성성과도 다른 개념이다. 프로이드는 오이디푸스를 겪기 전에 모든 인간이 여성성과 남성성이라는 본질적 리비도를 소유하고 있고 이것이 사회화 과정에서 단일한 성성으로 확정된다고 보았다. 그러나 탈구조주의적 관점에서 여성성과 남성성은 순수히 언어적 관계이며 사회적 구성물이다. 그리고 그 둘은 구조주의자들이 가정했던 것처럼 그렇게 간단히 나뉘고 통제될 수도 없는 것이다. 여성성과 남성성은 차이와 변별의 기호라기보다는 대리보충적 관계의 결과이기 때문이다. 이렇게 될 때 주체성은 동일성의 자리가 아니라 분열과 모순과 이중성의 자리이다. 그것은 선험적인 것은 물론 아니고 구조주의자들이 가정하는 것과 같은 최종적 산물 또한 아니다. 그것은 내부의 부재와 손실의 기호를 부단히 지시하면서 총체성의 이미지에 접근해 가는 문제적 과정일 뿐이다(Bhabha 51).

주체를 이처럼 모순과 양가, 미결정적 구성물로 볼 때 구조주의자들이 당연시하는 중심의 권위는 자연스럽게 해체된다. 그것은 실체가 없는 언어적 구성물일 뿐만 아니라 자신의 독자성을 주장할 어떤 항구적이고 고정된 의미 또한 보장받을 수 없다. 그것은 오직 대리보충적 관계 위에서만 상상될 수 있는 불안정하고 의존적이며 이미 주변을 그 내부에 담고 있는 양가적 구성물이기 때문이다. 이런 점에서 텍스트의 세계에는 중심이 없다. 중심이 불가능할 때 중심을 수호하고 강화하는 지배 담론 또한 그 권위를 상실한다. 중심을 가정하고 중심의 권위를 지시하는 방식으로 구성된 지배 담론 역시 모순과 양가, 그리고 혼성적 구성물이기 때문이다. 따라서 탈구조주의적 입장에서 보면 지배 담론은 그것이 애초에 의도했던 수미일관한 논리와 지배력을 관철할 수가 없다. 그것은 수행의 순간 발화의 근원으로서 자신을 노출하게 되고 그것이 의존한 의미활동의 대리보충적 관계 또한 드러내기 때문이다. 이런 이유 때문에 로고스와 로고스중심주의는 특별한 타자의 저항 없어도 항상 자신의 모순과 양가성으로 불안정하게 흔들리고 그 고통과 불안을 부인하기 위해 편집증적으로 자신과 세계에 대한 동일성의 환상에 빠져드는 것이다. 고정된 특정 이마고를 자신으로 오인하고 그것에 반복적으로 동일시함으로써 중심적 주체는 자신의 힘과 완전성을 추구하는데, 해체주의자의 입장에서 보면 이것은 힘과 완전함의 원천이 아니라 의존적이고 나약한 환상에 불과하다. 왜냐하면 현실과 텍스트의 불안정과 미결정을 받아들일 수 없어서 이 지배 주체는 특정 허상을 자신으로 오인하고 강박적으로 그 속으로 동일시해 들어가기 때문이다. 따라서 탈구조주의자들은 특정 지배 담론이 자신의 중심성을 발화하는 바로 그 지점에서 스스로의 권위를 해체해버리는 모순을 발견하게 된다.

　탈구조주의를 받아들이면 주체에 대한 일체의 사유가 언어적 구성물이며 환상일 뿐만 아니라, 그 누구도 그 환상의 중심을 소유할 수 없다는 것을 이해하게 된다. 주체를 분절하는 텍스트의 원리는 연기와 대리보충에 철저히 의존해 있어서 그 어떤 주체도 자신의 동일성을 주장할 수가 없다. 이런 입장에서 보면 여성성을 포함한 마이너리티들을 "다른 사회적 집단이나 헤게모니에 종속된 자율성이 결여된 집단, 즉 자신의 헤게모니적 위치를 갖지 못한"(Sasson 16) 집단으로 받아들이기가 어렵게 된다. 왜냐하면 모든 중심이란 허구일 뿐만 아니라 양가적이고 혼성적 환상인데 그람시(Gramci)의 이런 입장은 특정 중심을 인정하고 그것의 지속적인 강화 가능성을 시사하기 때문이다. 탈구조주의는 이와 달리 헤게모니 내부의 자율성과 지배 개념에 의문을 표함으로써 일체의 중심에 대한 가능성을 인정하지 않는다. 이러한 관점에서 보면 여성성을 중심으로 하는 새로운 대항 언어 구축의 노력 또한 의문시된다. 여성이 중심이 되는 대항 담론은 단일하고 고정된 젠더를 전제하기 때문이다. 탈구조주의에 의하면 젠더 또한 구조주의식으로 이분법화할 수가 없다. 여성성과 남성성은 그렇게 이분법적으로 나누어질 수도 없을 뿐만 아니라 단순하게 대립적 관계도 아니다. 탈구조주의자들은 경계가 무너진 상태로 접근하기 때문에 고정 기표 자체를 인정하지 않는다. 이들이 볼 때 대항담론은 다시 동일성과 고정성이라는 불가능한 로

고스주의에 매달리는 "허약한 나르시시즘"(Derrida 80)에 불과한 것이며, 실현 가능성 또한 없다. 그러나 동일성과 고정성, 그리고 직접성과 자율성—이런 환상들은 그 얼마나 달콤한가? 주체의 환상 구조 자체에 더할 나위 없이 정직하게 접근한 파농(Fanon)마저도 바바에 따르면 궁극적으로 하위 주체의 세력화를 위해 동일성에 회귀했을 정도로 동일하고 고정된 것으로서의 주체성에 대한 신화는 유혹적인 것이다(Bhabha 61). 하위주체를 다루는 이론들이 그 풍부한 해체적 방식에도 불구하고 자신의 자리를 잘 해체하지 못하는 이유는 단순히 학문적으로 제도적이 되기 위해 타자의 자리를 쉽게 닫아버려서 그런 것만은 아니다. 더 큰 이유는 자신의 허구와 소멸에 대한 주체의 깊은 나르시시즘적 공포 때문이다.

4. 포스트모던 시대의 여성 주체성

지금까지 이 글은 구조주의와 탈구조주의 속에서 주체에 대한 사유 방식이 어떻게 수정, 변화되었는지를 살펴보았다. 그러면 이런 방식들은 여성의 새로운 주체성 구성에 어떤 방법으로 기여할 수 있을 것인가? 그동안 포스트페미니즘 문화 연구는 포스트모더니즘적 사유 방식을 적극적으로 도입하여 여성 주체성과 관련한 탐색들을 활발하게 진행하였으며 그 결과 과거의 젠더 중심적 사고를 다양한 영역으로 확장하는 한편 그 방법론적인 면에서도 해체적이고 탈중심적 경향을 급진적으로 노출하였다. 포스트모더니즘을 통과하면서 많은 다양한 하위주체 연구에서와 같이 페미니즘 역시 주체 구성에 있어서 훨씬 더 넓고 더 다양한 가능성의 영역을 확보하였다. 그러면 과연 이 확대된 지평 속에서 여성 주체는 어떻게 사회 변혁과 연결될 수 있는 자신을 상상할 수 있을 것인가. 여기에 대해서는 각 여성이 처해 있는 물질성만큼이나 많은 여성 주체가 상상될 수 있을 것이다. 그러나 그 다양한 잠재태들이 포스트모던 시대와 연동하기 위해서는 적어도 다음과 같은 세 가지 방식들이 주체 구성의 원리로 수용되어야 할 것이다.

첫째, 주체성이 하나의 본질이 아니라 사회적이며 언어적으로 구성된 상징계의 특정 산물이라는 것을 주체 구성과 관련하여 주요 전제로 수용해야 한다. 이것은 그러나 구조주의적 방식으로 언어 속에 갇힌 주체를 가정하는 방식이 되어서는 안 된다. 오히려 탈구조주의를 통과하면서 획득한 여러 통찰들을 통해 여성 주체는 자신의 이마고를 오직 상징계의 산물로 탈신비화할 수 있는 차원에서 더 나아가 그 상징계의 작동 원리를 자체를 드러낼 수 있어야 한다. 이러한 방식을 잘 보여주는 예가 로레티스(Lauretis)의 스페이스-오프(space-off) 개념이다(26). 페미니스트 영화 비평가로서 로레티스는 70년대 씨네페미니즘의 주류를 이루었던 젠더 이미지를 비판하고 새로운 여성 주체를 문화적으로 사고할 것을 주장하였다. 로레티스에 따르면 현실의 여성은 이데올로기의 안에 호명된 상태로 존재하기도 하지만 이와 동시에 이데올로기의 밖에서도 동시에 존재한다. 그러나 그동안 젠더 중심의 페미니즘은 여성의 주체를 오직 이러한 이데올로기의 구조 내에서 사유하는 바람에 역설적이게도 현실적 동력을 상실하고 구조 그 속에 기계적으로 폐쇄되는 결과를 초래하였다. 스페이스-오프는 하나의 이마고로서 젠더를 자신으로 오인하고 그 고정되고 통합된 이미지에 자신을 동일시함으로써 가부장적 이데올로기 속에 자신을 반복적으로 순환시키는 이러한 구조주의적 위험을 피할 수 있는 특정 방식이자 공간으로서, 재현의 밖, 즉 재현을 생산하는 구조를 그 바깥에서 직면할 수 있는 열린 공간이다. 여기에는 이데올로기 속에 상징화될 수 없는 물질적 현실들이 아직 무형의 형태로 존재하고 있어서 여성 주체로 하여금 자신의 젠더 이마고를 소격화시킬 수 있도록 해준다. 파농이 하위 주체들이 살고 있는 "은밀한 불안정성의 지역"(183)이라고 또한 불렀던 이 자리는 아직 문화적 재현 속에 표상되지 못한 여러 삶의 형식들이 파편적이고 불연속적인 방식으로 존재한다. 물질성과 환유적 기표들로 가득 찬 이 공간은 따라서 목적론적이고 은유적인 이데올로기의 기획 자체를 자연스럽게 탈신비화시킨다. 특정 선호 기표를 생성하고 그 중심의 권위를 유지시키려는 이데올로기의 전략은 이러한 탈신비화된 공간에서 그 출발 동기와 작동 방식을 드러냄으로써 그것이 기대던 "토템적 위용"을 급격히 상실하게 된다(Bhabha 53). 바로 이 지점에서 주체는 자신을 타자로 호명하는 상징계의 대타자를 하나의 "유령"으로 조우하게 되며 동시에 대타자의 부름에 대한 불안을 극복하기 위한 방식으로 자신이 부단히 동일시했던 특정 이마고 그 자체도 하나의 "유령"으로 직면하게 된다(Harris 63).

로레티스의 스페이스-오프 개념은 여성 주체들이 자신의 주체를 하나의 고정되고 통합된 동일성에 고착시키면서 나르시시즘적 위안으로 빠져들지 않도록 도와준다. 그것은 곧 주체란 사회적 차이들이 어떤 이데올로기적 기획으로 생산해낸 기호들일 뿐만 아니라 수정과 재구성을 통해 부단히 동요하고 변화하는 불안정한 이미지이기 때문이다. 자신의 탄생과 함께 그 죽음까지 동시에 받아들일 수 있는 주체가 이렇게 해서 가능해진다. 이러한 주체는 하나의 동일성 속에 자신을 고정시킴으로써 자신의 삶의 영속성을 유지하지 않는다. 그것은 타자뿐만 아니라 자신의 죽음까지도 기정사실로 받아들일 수 있는 미결정적이고 불연속적이며 탈신비화된 주체이다. 상징계 내의 특정 지점에 연착륙할 수 있는 가능성을 믿지 않기 때문에 이 주체는 오히려 상징계의 안과 밖을 부단히 횡단하면서 물질과 언어를 보다 더 역동적인 형식으로 매개하고 변혁할 수 있다.

포스트모던 여성 주체성과 관련하여 두 번째로 사유되어야 할 것은 주체의 다중성이다. 포스트페미니스트들이 공통적으로 지적한 바와 같이 그동안 젠더 중심의 여성 주체는 자신을 오직 남성과의 관계 위에서만 사유하는 경향이 컸다. 그 결과 젠더화된 여성주체는 그 정치적 출발동기에도 불구하고 "문화적으로 변화를 모르는 가부장적 법칙에 대한 존중 속에 자신의 불안정성을 고정시키는"(Burtler 329) 결과를 초래하였다. 여성의 물질적 삶은 남성과의 관계로만 구성된 것은 아니다. 그것은 계급과 인종으로 더 복잡하게 나누어진 삶이다. 젠더 개념은 여성의 이러한 복잡한 차이들을 하나의 범주 속에 통합 설명함으로써 여성의 현실을 역동적으로 매개하는 데 일정한 한계를 드러내고 말았다.

탈식민주의 페미니스트들은 특히 젠더 중심의 여성 주체가 갖는 이와 같은 한계를 강력하게 의문시하면서 식민지적 하위 주체로서 여성이 갖는 복잡한 현실적 억압을 주체 형식에 적극적으로 반영하기를 시도하였다. 이들에 따르면 식민지적 여성 주체는 젠더 하나로만 단일하게 나누어지지 않았을 뿐만 아니라 다른 여성들과의 관계에서도 단순하게 젠더 중심적일 수가 없다. 그것은 오히려 문화, 인종, 계급 등 수많은 차이들이 융합적이고 복수적인 방식으로 구성해 낸 다중적 주체이다. 이러한 다중적 주체는 자신의 억압을 낳는 사회적 언어를 단순히 젠더 이데올로기에서만 찾을 수가 없다. 그것은 자신의 억압을 계급과 인종, 그리고 민족지학적 이데올로기의 복합적 심급으로 이해한다. 따라서 이런 다중적 주체는 단순히 서로 다른 언어의 병렬이 아니라 그것들이 복잡하게 서로 교차한 결과로서 자신을 받아들인다. 다중적 주체가 서로 다른 것들의 단순한 조합으로서의 "I"가 아니라 그 속에 모순과 이질성으로 가득 찬 "파편화되고 혼합적이며 복수적인 i들"(Thornham 155)로 사유되어야 하는 이유가 여기에 있다. 그 결과 여성의 주체는 자신의 내부에 공존하는 성별, 인종, 계급적 차이들의 주체("i"들)이 끊임없이 제기하는 모순과 갈등, 그리고 미결정의 문제들을 자신의 것으로 받아들여야 한다.

포스트모던 여성 주체성과 관련해서 마지막으로 고려되어야 할 것은 주체성의 혼종성과 양가성이다. 혼종성과 양가성이 특히 효과적으로 주체 구성에 적용된 예로서는 80년대 후반부터 시작된 퀴어(Queer) 이론을 들 수 있다. 퀴어 이론은 일단 푸코로부터 시작된 섹슈얼리티 이론을 풍부하게 받아들이면서 그것을 또한 탈구조주의적으로 해체하고 있다. 푸코에 따르면 섹슈얼리티는 젠더와 마찬가지로 생물적 신체의 자연스러운 속성이 아니라 사회 문화적으로 구성된 지식의 산물이다. 가설과 스토리로서 섹슈얼리티가 중요한 이유는 이것이 주체를 사회적 관계 속에 배치하고 통제하는 이른바 호명의 테크놀로지에 효과적으로 동원되기 때문이다. 푸코의 가설에 따르면 섹슈얼리티는 단순한 감각적 쾌락도 아니고 사회적 터부도 아니다. 그것은 사회적 진실이 구성되고 주체가 형성되는 "기본적이고, 유용하며, 위험하고, 중요하며, 동시에 무시무시한"(Foucault 56) 장소이다. 섹슈얼리티가 터부의 대상으로서 사회적 인식의 바깥으로 추방되는 것이 아니라 부단히 사회적 담론으로 활발하게 소환되는 이유가 여기에 있는 것이다.

　퀴어 이론은 섹슈얼리티를 담론과 주체 구성의 한 방식으로 이해한 푸코의 입장을 받아들이는 한편 그것을 섹슈얼리티에 근거한 사회적 기호 시스템 전체를 문제시하는 방향으로 확대시킨다. 이때 탈구조주의적 혼종성과 양가성의 개념이 중요하게 적용되는데, 이에 따르면 정상적 섹슈얼리티와 비정상적 섹슈얼리티는 푸코의 가설에서처럼 그렇게 분리된 형태로 구성/통제되는 것이 아니라 대리보충의 방식으로 연기되어 있다. 과거의 동성애자들은 자신들의 주체를 성적 소수자로 규정했으며 "정상성"의 사회에 대해 자신들의 정치적 동등권을 다원주의 형식으로 요구하였다. 그러나 퀴어 이론은 이러한 동성애 섹슈얼리티가 젠더 개념처럼 허구이며 스토리임을 주장하면서 자신들을 특정 섹슈얼리티에 동일시하는 것을 거부한다. 버틀러(Burtler)가 젠더를 가리켜 반복되는 사회적 수행, 즉 모방의 모방으로 설명한 것처럼(306-7), 퀴어 이론은 동성애 주체가 애초부터 하나의 "원본"으로 존재할 수 없다고 본다. 그것은 사회적으로 요구된 수행이며 동성애자 역시 그런 수행을 통해 동성애자로서의 행위자가 그 주체로 고착되어버린다. 그러므로 동성애 역시 젠더와 같이 원본 없는 모방이며 그 자체가 "스토리"인 것이다.

　퀴어 이론에서 그러나 이러한 모방은 폐기의 대상으로서가 아니라 "정상성"의 사회를 전반적으로 전복시킬 수 있는 하나의 강력한 정치적 방식으로 작용할 수 있다. 왜냐하면 퀴어는 별도로 존재하는 마이너리티가 아니라 정상성의 기호 내에 이미 대리보충적으로 새겨져 있고 그 대리보충적 내용을 보다 가시적으로 드러냄으로써 정상성의 기호를 심각하게 훼손시킬 수 있기 때문이다. 타자에 대한 많은 탈구조주의의 설명처럼 퀴어 이론은 성적 타자로서의 퀴어가 결코 본질적으로 반자연적이거나 정상적 섹슈얼리티와 완전히 별도의 것이 아니라 정상성이 자신의 내부로부터 분절해 놓은 그것의 일부임을 주장한다. 그렇지 않고는 퀴어가 그처럼 반복적으로 지시되고 부인될 필요가 없는 것이다. 그것은 정상적 섹슈얼리티의 양가성과 혼종성이 외부로 투사되고 이질화된 전형적인 타자이며, 이것이 주는 낯설음과 불안은 따라서 순수히 타자로 향해 있다기보다는 자기 내부의 이질성으로 향해 있게 된다. 퀴어 이론은 따라서 정상성의 세계에 민주적으로 동성애를 편입시키는 것이 아니라 정상성의 양가성과 혼종성의 표상으로서 퀴어를 내세우며 오히려 그것을 통해 정상 사회의 불안과 공포를 더 극화시키려고 시도한다. 그것이 겨냥하는 것은 게이 레즈비언에 대한 존중과 평등한 대우가 아니라 "주류사회를 눈에 띄는 방법으로 오작동시키는"(Smith 279) 것이다.

퀴어 이론이 구사하는 주체성의 구성 방식은 여성 주체 구성 방식에도 많은 참고가 될 수 있다. 그것은 상징계 밖에서 그 언술을 해체하거나 주체의 다중성을 강조함으로써 현실과 보다 더 밀착된 복합적이고 국지적 주체를 생산하는 방법과는 또 다르게 사회변혁의 기능을 발휘할 수 있다. 퀴어 이론이 밀어붙이는 이러한 해체의 극단은 중심을 구축하면서 자신의 목적을 달성하려는 일체의 로고스중심주의적 주체 구성의 기획을 효과적으로 저지할 수 있다. 즉 타자이자 대리보충으로서의 퀴어는 자신의 비정상성을 극단까지 해체함으로써 중심으로 하여금 스스로 자신의 아포리아에 직면하도록 하고 종국적으로 내파의 결과에 이르도록 유도할 수 있는 것이다. 억압이 있는 곳에 그 중심 기표와의 대리 보충적 관계를 드러냄으로써 그 억압의 근원을 해체하려는 이러한 타자의 전략은 하위주체로서의 여성 주체가 구사할 수 있는 매우 효과적인 전략이다. 그것은 늘 중심이 기대고 있는 자신을 대리보충적으로 드러냄으로써 중심의 양가성과 혼종성을 가시화하고 그것을 통해 자신의 위협성과 전복성을 극대화할 수 있기 때문이다.

주체의 양가성과 이중성은 포스트 페미니즘 여성 주체가 자신의 구성을 자기 반영적으로 이해하는 데에도 또한 적용될 필요가 있다. 많은 대항 담론에서처럼 마이너리티들은 늘 자신의 세력화를 위해 정체성의 신화에 의존하려는 경향이 있었으며 그 정체성은 항상 동일성과 단일성 그리고 순수성으로 사유되었다. 그러나 그 어떤 주체성도 타자와의 분절이라는 그 정치적 기획 자체를 부인할 수 없다. 분절은 항상 기호적인 메커니즘에 의존, 타자를 자신의 내부에 있는 어떤 것들로 투사시킨다. 그러므로 그 어떤 주체성도 중심을 가정하는 한 양가적이고 혼종적이다. 포스트모던 주체가 자신의 이러한 양가성과 혼종성을 부인하게 되면 그것은 다시 로고스중심주의의 무지와 폭력, 그리고 그 불가능한 실현가능성 들로 퇴행할 수밖에 없다. 이러한 위험을 피하기 위해서 새로운 여성 주체는 자신이 구성되는 원리 그 자체로서의 양가성과 혼종성을 이해하고 그것을 자기 반영적으로 성찰할 것이 반드시 요구된다. 이러한 성숙한 방식을 통해 주체는 일체의 중심을 구성하지 않으면서 타자와 교섭할 수 있는 언어적 정치력을 발휘할 수 있을 것이다.

III. 결론

정치적 세력화를 주장해야 하는 하위 주체들에게 탈중심화와 다중성, 그리고 혼종성을 강조하는 탈구조주의의 해체적 방식들은 사실 당혹스러운 측면이 크다. 정치적 세력화는 특정 정치적 기획에 자율적이고 직접적으로 자신을 동일시(identification)하는 정치적 주체(identity)를 요구하기 때문이다. 포스트모던 시대를 통과하면서 개인은 자율성과 직접성이 부인된 자아, 하나로 통일된 것이기는커녕 복잡하고 모순적이며 양가적이면서 심지어는 "없기"까지 하는 환상으로서의 주체 감각을 경험하고 있다. 그러나 국민의 법아래서 조화되는 개인의 결합이라는 시민 사회는 여전히 존재하고 이 사회에서 억압과 종속의 구조를 변혁하기 위해서는 정치적 주체가 여전히 필요한 것이 오늘 날의 현실이다. 이러한 환경 속에서 정치적 하위주체들은 어떻게 자신의 정치적 활동의 준거가 되는 자신의 아이덴티티를 생산할 수 있는가? 그리고 그것은 이미 탈구조주의 속에서 판명된 불가능한 시도, 즉 중심화와 총체화를 어떻게 시도하지 않고 정치적 세력화를 꾀할 수 있을 것인가? 공허하게 계시적인 이론을 내놓기에는 이미 인간의 정신세계는 탈구조주의를 거쳐 왔다. 휴먼이라는 본질이 없는 곳에서, 정치적 활동은 어떻게 생성될 것인가? 더 좁혀 말하면 젠더가 없는 곳에서 어떻게 페미니즘을 작동시킬 것인가?

탈중심화된 현대 사회의 의식 속에서 페미니즘은 다시 고정된 젠더 개념으로 환원하기가 불가능해 보인다. 이것은 젠더 개념 자체를 폐기처분할 것을 주장하는 것은 결코 아니다. 다만 젠더 역시 특정 맥락과의 관련성 위에서 상상적으로 발생한 것이며 그것에 의거하여 개인과 사회의 변화를 추동한 공적 또한 컸기 때문이다. 그러나 이제 주체들은 탈중심적이고 다중적이고, 또한 혼성적이고 모순적인 자신을 받아들이고 있다. 따라서 여성들도 자신을 젠더로만 사유하고 위치하기를 거부한다. 여성은 자신의 주체성을 성, 인종, 계급뿐만 아니라 섹슈얼리티와 같은 여러 매개항에 의해 중첩 결정된 것으로 이해하고 있고 또한 이런 매개항들을 사유할 때도 중심에 대한 환상이 무너진 상태로 접근할 수 있기 때문에, 보다 복잡하고 유동적인 주체성을 상상하려 한다. 그 결과 우리는 여성 주체와 관련하여 훨씬 더 많은 "스토리"를 말할 수 있게 된다. 문제는 이러한 해체적이고 탈중심적인 주체 사유 방식이 어떻게 정치적 전투력으로 이어질 수 있을 것인가 하는 것이다. 여기서 우리는 전투를 반드시 단일한 중심에서 시작되는 일관되고 연속적이며 목표지향적인 방식으로 이해하는 것에서 벗어날 필요가 있다. 탈중심화된 시대는 단일한 전략, 단일한 투쟁 목표, 그리고 단일한 연대를 가정할 필요가 없다. 오히려 그것은 거점을 수시로 바꾸며 끊임없이 기동하는 유격전으로 진행될 필요가 있고 또한 그 유격전마저 그 기획의 목표를 자기 반영적으로 인식할 필요가 있다. 왜냐하면 주체성의 형성 근거가 되는 것은 자신이 필요한 대상의 위치와 그런 요구와의 관계이기 때문에 그 과정에서 타자의 분절이라는 인식론적 폭력을 피할 수가 없으며, 이 폭력은 주체가 자신의 구성 목표를 항상 질의의 형태로 열어두어야만 오직 최소화할 수 있기 때문이다.

* 이 글은 『영어영문학연구』(제35권 4호, 2009년, 59-78면)에 게재된 것을 수정, 보완한 것임을 밝힌다.

참고문헌

Bhabha, Homi K. *The Location of Culture*. London: Routledge, 1994.

Barthes, Roland. "The Imagination of the Sign." *Critical Essays. Evanston*. ILL: Northwestern UP, 1972. 206-7.

Burtler, Judith. "Gender Trouble, Feminist Theory, and Psychoanalytic Discourse." *The Second Wave: A Reader in Feminist Theory*. Ed. Linda Nicholson. London: Routledge, 1990. 11-18.

_____. "Imitation and Gender Insubordination." *The Second Wave: A Reader in Feminist Theory*. Ed. Linda Nicholson. London: Routledge, 1990. 301-15.

Derrida, Jacques. *Of Grammatology*. Trans. Gayatri Spivak. Johns Hopkins UP: Baltimore, 1976.

Fanon, Frantz. *The Wretched of the Earth*. Harmondswroth: Penguin, 1967.

Foucault, Michel. *The History of Sexuality, Volume 1: An Introduction*. Trans. Robert Hurley. Vintage Books: New York, 1980.

Harris, Wilson. *Tradition, the Writer and Society*. London: New Beacon, 1973.

Lauretis, Teresa De. *Technologies of Gender: Essays on Theory, Film, and Fiction*. Indiana UP, 1987.

Mulvey, Laura. "Afterthoughts on Visual Pleasure and Narrative Cinema Inspired by Duel in the Sun." *Psychoanalysis and Cinema*. Ed. E. Ann Kaplan. Routledge: New York, 1990. 24-35.

Rorty, Richard. *Philosophy and the Mirror of Nature*. Oxford: Blackwell, 1980.

Sasson, Showstack. *Approaches to Gramci*. London: Writers and Readers, 1982.

Smith, Cherry. "What is This Thing Called Queer?" *The Material Queer: The Lesbigay Cultural Studies Reader*. Ed. Donald Morton. Boulder. Colorado: Westview, 1996. 277-85.

Thornham, Sue. *Passionate Detachments: An Introduction to Feminist Film Theory*. London: Anorld, 1997.

『멀베리와 피치』: 디아스포라 여성 텍스트

—

I. 서론

1976년 홍콩에서 처음 중국어로 발표되어 1981년 영어로 번역 소개된 후알링 니(Hualing Nieh)의 『멀베리와 피치』(*Mulberry and Peach*)는 그 출판지와 예상 독자에 따라 다양하게 변형을 거듭한 매우 독특한 텍스트이다.[1] 이 작품은 또한 실제 중국, 타이완, 미국이라는 3개 국가의 경계를 횡단하면서 각 국가가 요구하는 특수한 시민적 기호를 구현해야 했던 한 여성을 중심인물로 그리고 있기 때문에 배경, 인물, 내러티브의

---

[1] 『멀베리와 피치』의 복잡한 출판 역사는 다음을 참고하시오. Sau-ling C. Wong, "The Stakes of Textual Border-Crossing: Sinocentric, Asian American, and Feminist Critical Practices on Hualing Nieh's *Mulberry and Peach*," *Orientations: Mapping Studies in The Asian Diaspora*, Eds. Kandice Chuh and Karen Shimakawa (Durham: Duke UP, 2001), 130-52.

층위에서도 이질적인 것들이 서로 교차하고 전이된다.2) 이런 점에서『멀베리와 피치』는 국가의 경계를 넘는 전형적인 디아스포라 텍스트로 범주화할 수 있다. 그러나 이러한 뚜렷한 디아스포라적 특징에도 불구하고『멀베리와 피치』는 그 디아스포라적 측면에서 크게 주목을 받지 못하였다. 오히려 그것은 페미니즘, 근대중국문학, 아시아계 미국문학 등 서로 다른 영역에서 서로 다른 방식으로 분석되었을 뿐이다(Wong 210).

그러면 왜 이처럼 인물, 배경, 내러티브의 여러 중요한 영역에서 강렬한 디아스포라적 특성을 띠는『멀베리와 피치』가 그에 합당한 조명을 받지 못한 것일까? 그것은 전통적으로 디아스포라 담론의 지배적 경향인 민족주의적 특성 때문이다.3) 초국가주의가 주로 자본, 정보, 테크놀로지 등의 횡단을 다루는 데 비해 민족주의적 디아스포라 담론은 민족의 이동을 다룬다. 아프리카 디아스포라, 유태인 디아스포라, 아시아계 디아스포라 등 출신지의 공통된 역사와 경험을 강조하는 이 개념은 디아스포라의 개념 중 가장 전통적이고 영향력이 크다. 민족주의적 디아스포라의 키워드는 민족의 이산이다. 특정한 동일성 그룹이 장소를

---

2) Yu-Fang Cho, "Rewriting Exile, Remapping Empire, Remembering Home: Hualing Nieh's *Mulberry and Peach*," *Meridians* 5.1 (2004), 157-200.
3) 디아스포라는 사용자에 따라 개념이 서로 다른 매우 복잡한 용어이다. 단순한 공간 이동을 강조하는 초국가주의 담론의 디아스포라와 달리 이 논문의 디아스포라는 출신지와 정착지에서의 경험 모두를 주체의 심리와 밀접한 관계가 있는 역사 문화적 사실로 중요시한다. 또한 출신지에서의 공동의 경험과 역사를 중시하여 새로운 정착지에서도 고국과의 사실적 상상적 관계를 유지함으로써 민족적 공동체에 자신을 편입시키는 민족주의적 디아스포라의 개념도 따르지 않는다. 디아스포라의 정의에 대해서는 다음 글을 참고하시오. Stuart Hall, "Cultural Identity and Diaspora," *Theorizing Diaspora*, Eds. Jana Evans Braxiel and Anita Manner (New York: Blackwell, 2003), 233-46.

달리하면서 변형을 거듭하지만 그 공통적인 정서로서의 강렬한 민족성은 변함없이 유지된다. 이민 문학이 정착지의 국가 담론을 중심에 둔다면 민족주의적 디아스포라 문학은 출신지의 문화가 그 중심이 된다. 이 계열의 문학은 정착지에서 갖는 망명의 정서를 강조하고 그 이유 혹은 극복의 방식으로서 출신국에 대한 지속적인 향수를 든다. 민족이라는 공동체가 특정한 역사와 정서를 공유하고 있다고 가정함으로써 국경을 넘어 연대할 수 있고 그러한 연대를 통해 정착지에서의 시련과 억압을 극복하려는 이러한 생각은, 정착지의 지배 담론에 자신을 과잉 연결시킴으로써 마이너리티라는 주변적 주체에 반복적으로 유폐되는 이민문학의 한계를 뛰어넘어 새로운 연대와 세력화의 가능성을 제시한다. 이 연대는 또한 출신국의 민족주의 담론과 공명함으로써 그 영향력이 배가 될 수도 있다. 그러나 이것은 전형적인 로고스중심적 방식, 즉 자신을 중심에 두고 타자를 수립하여 모든 현실의 모순과 불안정성을 자기중심적인 은유의 스토리로 뒤덮어버림으로써 자신의 심리적 안정과 함께 타자에 대한 지배력을 도모하는 방식이다. 역설적이게도 바로 이러한 신화적 방식으로 민족주의적 디아스포라 담론과 텍스트는 이산 진영과 출신지 두 영역에서 폭넓은 지지를 받아왔다. 이와 달리 『멀베리와 피치』는 출신국 중심의 민족주의에 대해서도 해체적 시선을 취하고 있다. 여기에서는 출신국인 중국 자체가 공산주의와 자본주의라는 적대적 체제로 분열되어 있어서 단일하고 고정된 중심의 지위를 잃었을 뿐만 아니라 이 두 체제 모두 디아스포라 주인공에게 억압과 폭력을 행사한 것으로 그려져 있다. 요컨대 대부분의 망명문학이 공유하고 있는 출신국에 대한 낭만적 향수가 『멀베리와 피치』에서는 완전히 배제되어 있는 것이다. 『멀베리와 피치』가 처음 발표되었을 때 중국에서 출판 금지되었던 것이나 훗날 타이완에서 재출판되었을 때 원작의 많은 부분이 수정을 거친 일화들은 이 작품이 갖는 중국 민족주의와의 정서적 거리와 그 거리에 대한 민족주의 진영의 거부감 정도를 잘 보여준다.

『멀베리와 피치』가 출신국 중심적인 민족주의 디아스포라적 담론과 일정한 거리를 유지한다면 그것은 체류국의 국가주의 담론에 동화되는 방식을 취하고 있는가? 그간 많은 아시아계 미국문학 텍스트들이 시도했던 체류국 미국에 대한 동경과 동화의 패턴이 『멀베리와 피치』의 해체된 민족주의적 신화의 자리를 대신하고 있는가? 여기에 대한 답은 요약하자면 침묵이나 냉대이다. 출신국에서 체류국으로 이어지는 이산의 역사를 전근대에서 근대로 이동하는 역사로 가정하고 출신국의 낙후성이나 체류국의 진보성을 강하게 대조시키면서 체류국 미국의 중심으로 이입해 들어가고자 하는 동화주의 계열의 작품들은 오랫동안 아시아계 미국문학뿐만 아니라 미국 주류 출판 시장에서도 괄목할만한 호응을 얻었다.4) 반면 『멀베리와 피치』에는 아시아계 담론의 최대 관심사인 미국사회 주류 이데올로기가 부차적 위상으로 밀려나 있을 뿐만 아니라 탈신비적 시선으로 그 신화적 위용마저 거둬져 있다. 최대 관심사인 체류국의 국가 이데올로기가 이처럼 탈신비화되어버린 『멀베리와 피치』의 공간에서 아시아계 미국문학 진영은 그 핵심적인 의제를 세울 근거

---

4) 여기에 대한 비판으로 등장한 대항담론적 아시아계 문학 역시 아시아계의 대항담론으로서 강한 구심점을 형성하였다. 이러한 과정에서 동화와 이화라는 차이만 있었을 뿐 아시아계 담론들은 모두가 이 변화를 모르는 미국 국가주의라는 지배 담론과의 관계 설정에 매달려 있었던 것이다. 아시아계의 문화민족주의에 대한 비판적 논의는 리사 로우(Lisa Lowe)의 글 30쪽을 참고하시오.

를 찾을 수가 없다. 『멀베리와 피치』에 대한 아시아계 미국문학의 오랜 침묵 혹은 냉대는 이 텍스트가 민족주의적 디아스포라 담론과의 관계에서만큼이나 아시아계 미국문학 담론과의 관계에서도 일정한 거리를 유지하고 있음을 보여준다.

이산을 다루는 강력한 두 개의 담론인 디아스포라와 이민문학의 진영에 합류하지 못하고 그 두 진영으로부터 특별한 비평적 지지를 얻지도 못하는 『멀베리와 피치』 류의 텍스트는 그럼 그 어떤 새로운 특징을 가지고 있으며 또한 어떤 역할을 문화와 비평의 영역에서 할 수 있을 것인가? 이 글은 두 가지 측면에서 『멀베리와 피치』의 차별화된 디아스포라적 특징을 살펴보고 그것이 기존의 디아스포라 담론과 어떻게 차별화되고 어떤 의미를 갖는지를 분석해보려고 한다.

II. 디아스포라 여성의 역사: 타자화에 저항하는 물질적 몸

『멀베리와 피치』는 1945년 일본의 중국 침략에서 시작하여 1960년대 미국의 불법체류자 신분에 이르기까지 멀베리(Mulberry)라는 한 중국 여성이 겪는 다양한 역사적 부침을 그리고 있다. 제국주의라는 외부적 침입과 자본주의와 사회주의 간의 치열한 내부적 분열, 그리고 그 결과로서 뿌리가 뽑히고 국내외를 떠돌아 다녀야 했던 멀베리의 운명은 전형적인 근대 아시아계 이산자의 역사를 대변한다. 국내외의 여러 지역을 떠도는 멀베리의 복잡한 이산 과정은 텍스트의 비선형적 내러티브와 다양한 장르의 혼합5)으로 매우 파편적 형태로 나타나 있다. 중국, 타이완, 미국이라는 세 국가의 국경을 횡단할 뿐만 아니라 각 나라에서도 쉼 없이 이동한다는 점에서 멀베리의 이산은 매우 복잡다단한 양태를 띤다. 그러나 텍스트는 멀베리의 이산을 단순한 공간적 이동만으로 그려내지는 않는다. 텍스트의 주 관심은 오히려 지역적 이산을 초래한 정치 및 경제적 원인에 맞춰져 있다. 그 결과 이전의 이민문학 계열의 아시아계 미국문학 텍스트에서는 부각되지 않았던 아시아를 향한 제국주의적 욕망과 침탈, 그리고 그 결과로서의 이산이 내러티브의 중심이 된다.

미국이라는 새로운 정착지에서 온전한 시민으로 인정받기 위해서 아시아계 주체는 항상 미국이라는 대타자의 부름을 의식하지 않을 수 없었고 그 호명에 부응하는 방식으로 자신에 대한 특정 이미지를 받아들였다. 이 과정에서 가장 먼저 아시아계에 요구되는 것은 바로 자신의 전 역사를 삭제, 폐기하는 것이었다. 아시아계는 미국이라는 밝고 문명화된 사회에 수용되기 위해서 어둡고 전근대적인 아시아적 경험을 폐기해야 한다. 아시아계는 이러한 대타자의 요구를 수용하고 그의 사랑을 얻기 위해 자신의 역사를 부인하거나 진기한 이국적 풍물로 물신화한다. 이러한 과정이 동화를 지향하는 이민문학의 대표적 내러티브이며 여기에 등장하는 주체는 오직 대타자의 호명으로 구성된 추상화된 주체, 역사가 소거된 관념적 주체이다.

---

5) 텍스트의 장르적 특성과 스타일이 주제와 갖는 관련성에 대해서는 다음의 글들을 참고하시오. Monica Chiu, "Trauma and Multiplicity in Nieh's *Mulberry and Peach*," *Mosaic* 36 (2003), 19-35. Yu-Fang Cho, "Rewriting Exile, Remapping Empire, Remembering Home: Hualing Nieh's *Mulberry and Peach*," *Meridians: Feminism, Race, Transnationalism* 5.1 (2004), 157-200.

『멀베리와 피치』역시 많은 이민문학과 마찬가지로 미국에서 그 이야기가 시작된다. 그러나 여기서 미국은 오직 디아스포라로서의 멀베리가 횡단하는 한 지역에 불과하며 애타게 동화되고 싶어 하는 선망의 장소도 아닐뿐더러 최종 목적지 또한 아니다. 이민문학이 미국이라는 대타자를 향해 자신의 역사를 사후적으로 구성, 전근대에서 근대로 이행하는 선형적 과정을 그려내는 데 비해『멀베리와 피치』의 역사는 불연속적이며 축적적이다. 그 결과 멀베리의 몸은 대타자가 부여하는 새로운 기호가 문제없이 기입되는 이민자의 몸이 될 수 없다. 오히려 그것은 그 기호에 통합될 수 없는 다양한 이질적 경험들이 아로새겨져 있는 디아스포라의 몸이다. 디아스포라로서의 멀베리가 갖는 이러한 물질성은 멀베리를 호칭하는 미국이민국 직원에 대한 멀베리의 태도에서 극명하게 나타난다. 직원은 아시아에서 온 멀베리의 몸을 멀베리라는 매우 이국적이고 순종적인 아시아계 여성 아이덴티티로 코드화하고자 한다. 미국 국가 이데올로기의 상징이자 그 팔루스를 대행 집행하는 이 직원에 대해 멀베리는 왜 자신이 멀베리라는 단일한 아이덴티티로 환원될 수 없는지를 자신의 역사를 기록한 수많은 편지와 다이어리를 우송함으로써 입증하고자 한다.

편지와 다이어리를 통해 드러나는 멀베리의 몸은 아시아계 디아스포라의 지난한 역사를 복잡하게 구현하고 있다. 여기에는 봉건주의 중국, 일본제국의 중국 침략, 공산주의의 등장과 중국의 분열, 미국의 개입과 냉전, 정치적 탄압과 중국 탈출, 미국에서의 불법체류 등 격동의 중국 근대사가 고스란히 담겨있다. 이러한 몸은 이민문학에서 두 가지 측면에서 부인되었다. 첫 번째는 그것이 갖는 이질성 때문이다. 즉, 아시아계의 역사는 근대적 미국사회와 호환될 수 없는 전근대적이고 어두운 차이이므로 진정한 미국인으로 수용되기 위해서는 완전히 부인되고 폐기되어야 한다. 이민문학은 이러한 대타자의 호명에 부응하여 자발적으로 자신의 역사적 몸을 부인하였으며 그 결과로서 아무런 문제없이 미국사회의 일원으로 통합될 수 있기를 희망하였다. 이러한 의도 때문에 이민문학에서 아시아계 주체의 출신국 역사는 부재의 영역이거나 이국적 취향의 물신으로 대체되었다. 아시아계의 역사가 이민문학에서 부인된 두 번째 이유는 정치적으로 더 위험한 것으로서 아시아계의 이산에 연루된 미국이라는 대타자의 역사적 관련성과 책임 때문이다. 20세기 아시아계의 이산을 초래한 데 결코 빠질 수 없는 미국의 제국주의적 팽창은 이민문학 속에서 완전한 금지구역이었다. 이민주체들의 최대 관심사는 새로운 정착지 미국에서 가장 신속하고 문제없이 통합되는 것이기 때문에 대타자의 책임을 묻는 이러한 민감한 역사를 건드릴 수가 없었던 것이다.

『멀베리와 피치』는 멀베리의 역사적 몸을 사실적으로 드러냄으로써 아시아계 역사에 대한 아시아계 이민문학의 이러한 두 가지 금기를 동시에 위반한다. 특히 일기와 편지라는 지극히 사적인 장르는 멀베리가 겪은 디아스포라 체험의 직접성과 사실성을 더 강렬하게 환기시킨다. 일기와 편지를 통해 재현된 멀베리의 역사적 경험들은 우선 그 강렬함의 측면에서 압도적이다. 멀베리의 디아스포라적 몸은 전쟁과 죽음, 도망과 추적, 감금과 탈출, 광기와 자기 살해 등으로 점철되어 있다. 이러한 몸은 이민문학에서 상상된 추상화된 출신국의 몸, 물신과 부인으로 감춰진 몸과는 질적으로 다른 것이다. 13살에 아우슈비츠로 끌려간 온 가족이 생화학 생체 실험 대상으로 살해되고 혼자 살아남은 폴란드계 유태인은 자신의 경험을 호랑이 입 속에 머리를 넣은 상태로 비유하는데[6] 멀베리의 체험 역시 강렬도의 측면에서 이와 크게 다르지 않다. 멀베리의 여러 경험들 중 아래와 같은 몇 가지만 보더라도 이러한 사실은 쉽게 입증된다.

1. 1945년 7월 27일에서 1945년 8월 10 사이 16살이 된 멀베리는 고향 난징을 떠나 전시 수도였던 충칭으로 도망간다. 아버지는 청의 지주로서 다른 지주와 전쟁을 벌이다 성기능이 훼손되고 어머니는 집사와 바람을 피우며 남편과 아이들을 방치한다(Part I-2).
2. 충칭으로 가기 위해 멀베리가 탄 보트는 양츠강을 거슬러 오르다가 암초에 부딪쳐 교착 상태에 빠지고 음식과 물 부족, 그리고 일본군의 포격으로 절체절명의 시간을 보낸다(Part I-2).
3. 보트 위에서 만난 라오쉬(Lao-shih)의 아버지는 일본군이 계속적으로 투하한 폭탄을 피해 터널에 숨어 있다가 다른 사람들과 함께 질식사하였다. 또 다른 동행자 노인 역시 비슷한 이산의 경험을 갖고 있다. 그는 고향 베이징을 떠나 상해에 친구를 만나러 간 사이 베이징이 일본군에게 함락되어 가족의 생사도 모른 채 타지를 떠돌고 있다(Part I-2).
4. 1948년 11월에서 1949년 3월, 멀베리는 고향 난징을 다시 탈출한다. 그 지역을 장악하던 국민당원들로부터 공산주의자로 의심받았기 때문이다. 멀베리가 도망간 곳은 베이징, 여기서 멀베리는 도시 전체가 공산주의자들에게 포위되면서 또다시 감시와 감금 상태에 빠져버린다(Part II-2).

---

6) Nieh, Hualing. *Mulberry and Peach: Two Women of China.* (New York: Feminist P, 1981), 114-15. 이하 이 텍스트에 대한 인용은 본문 속에 괄호로 표시함.

5. 1957년과 1959년 이태 동안 멀베리는 남편 치아캉(Chia-kang)과 딸 상화(Sang-wa)와 함께 타이완의 다락방에서 은거 생활을 한다. 다시 국민당 정부에 의해 범죄자로 지목되었기 때문이다. 여기서 남편은 육체적 정신적으로 완전히 폐인이 되고, 딸 역시 제대로 발달 과정을 밟지 못하고 비정상적인 상태가 되며, 멀베리 또한 정신분열증에 빠지게 된다. 멀베리는 가족의 안전을 담보로 집주 인에게 매춘을 한다(Part III-2).

6. 1969년 6월에서 1970년 1월, 미국으로 탈출한 멀베리는 점점 더 분열증세에 시달린다. 그리고는 집요한 미국이민국의 감시 앞에 서 분열증세가 격화되면서 마침내 자신의 한 에고인 멀베리를 새 롭게 생겨난 에고인 피치(Peach)가 살해해버린다(Prologue).

7. 계속되는 미국이민국의 추적을 피해 미국의 서부로 도망치던 멀 베리는 중서부 지역의 한 버려진 급수탑에서 폴란드계 유태인과 함께 불법체류자로 숨어 지낸다(Part III-1).

8. 멀베리는 자신이 임신한 것을 인식하고 낙태를 고민한다(197).

전쟁, 기아, 감금, 폭력, 광기 등으로 점철된 멀베리의 디아스포라적 경 험은 특히 타이완에서의 다락방 경험에서 그 절정에 이른다. 멀베리의 여러 디아스포라적 경험 가운데 가장 사실적이고 밀도 있게 그려져 있 는 이 상황은 디아스포라의 역사가 왜 단순하게 부인될 수 없는지, 왜 이국적 취향으로 물신화될 수 없는지를 극명하게 보여준다. 세 가족이 비좁게 숨어 지내는 다락 생활은 도너 파티(Donner Party)가 로키 산맥 에서 고립되어 집단 광기 속에서 인육을 먹었던 역사적 사건과 의도적 으로 병렬되면서 그 카니발적 상황이 강조된다. 여기서 시간은 완전히 멈추고 남편은 실어증에 걸리고 신체적 정신적으로 완전히 무너진다.

남편에 비해 훨씬 강인한 멀베리 역시 감금 상태에 대한 반작용으로 자유로운 에고를 상상하며 분열증에 빠져든다. 훗날 이 에고는 미국에서 피치로 발전하면서 결국 멀베리를 상상적으로 살해하게 된다.

미국 이민국 직원은 멀베리의 이러한 경험을 "멀베리"라는 단일한 기호 속으로 코드화하려고 시도한다. 전통적 중국 여성성을 상징하는 "멀베리"라는 이름은 백인 주류 사회가 아시아계 여성의 몸을 하나의 차이로 구성하여 효과적으로 통제할 수 있는 유용한 기호이다.[7] 이러한 기호 속에서 멀베리의 역사는 폭력적으로 은폐 부인된다. 그러나 텍스트에 드러난 멀베리의 역사적 몸은 멀베리라는 단순한 기호 밖으로 팽창한다. 그것은 기호를 넘어서는, 기호가 담아낼 수 없는, 그래서 기호의 미미함을 드러내는 몸이다. 이런 점에서 『멀베리와 피치』는 아시아계 미국문학이 어떻게 이민 문학의 한계를 벗어나 새로운 주체를 상상할 수 있을 것인지에 대해 중요한 시사점을 던지고 있다. 그것은 한 마디로 정착지의 대타자가 부인하기를 요구하는 디아스포라의 역사와 물질성을 바로 그 부인의 지점에서 치열하게 대면함으로써 자신을 마이너리티로 묶어두려는 대타자의 기획을 좌절시키는 방법이다.

---

7) 원작에서는 "mulberry green"을 뜻하는 Sangquing으로 나오는 멀베리는 다양한 문화적 의미를 내포하고 있는 이름이다. 미국적 문맥에서는 순수하고 수동적인 의미를 담고 있는 이미지로서 아시아계 여성에게 부여하는 문화적 정형이다. 멀베리의 이름과 관련된 문화적 의미에 대해서는 다음 글을 참고하시오. Wong, "Afterward," 212. 여성의 생물적 몸은 그 가시적 차이 때문에 성차별적 이데올로기가 기입되는 가장 간편하고 안전한 장소가 된다. 관련 논의에 대해서는 다음 글을 참고하시오. Tina Chen, *Double Agency: Acts of Impersonation in Asian American Literature and Culture* (Stanford: Stanford U, 2005), 89-111. Sidonie Smith, *Subjectivity, Identity and the Body: Women's Autobiographical Practices in the Twentieth Century* (Bloomington: Indiana UP, 1993).

디아스포라로서의 멀베리가 역사와 물질성과 관련하여 이민 문학에 던지는 두 번째 시사점은 체류국으로서 미국에 대한 역사적 인식이다. 그동안 이민 문학은 미국을 항상 밝고 호혜적인(benevolent) 아버지로 상상하였다. 그리고는 그 대타자로서의 아버지의 사랑을 향유하기 위해 자신을 아버지가 요구하는 마이너리티의 이미지로 기호화하였다. 그러나『멀베리와 피치』에서는 이러한 미국적 로고스는 완전히 탈신비화되어 있을 뿐만 아니라 이민국 직원 속에 구현된 것과 같이 억압적이고 편집증적인 실체로 재현된다. 그것은 결코 디아스포라로서의 멀베리가 자신을 위탁하고 싶은 아버지가 아니다. 그것은 멀베리를 의심하고 억압적인 코드 속에 자신의 몸을 속령화하려는 푸코적 의미의 권력일 뿐이다. 미국은 또한 멀베리의 디아스포라적 상황을 추동한 중요한 책임 국가이기도 하다. 중국과 미국에서 복잡하게 이산의 과정을 겪은 데에는 아시아로 팽창한 미국의 제국주의가 복잡하게 연루되어 있다. 이민 문학에서 오랜 금기 사항이었던 디아스포라와 이민에 대한 이러한 미국적 책임을 언급함으로써『멀베리와 피치』는 대타자라는 신화적 위용에 가려져 있던 미국을 탈신비화할 뿐만 아니라 그 역사적 책임을 아울러 묻고 있는 것이다. 이런 점에서『멀베리와 피치』는 출신국의 역사를 부인하고 체류국에서의 동화만을 강조하던 이민 문학에서 벗어나 출신국과 함께 체류국의 역사에 대해서도 더 적실하게 접근함으로써 마이너리티로서가 아니라 디아스포라로서 자신을 사유하고, 바로 그런 방식으로 지배 담론에 위협을 가할 수 있는 강한 아시아계 주체의 가능성을 열고 있다.

III. 경계와 검속: 젠더, 국가, 인종적 이데올로기

『멀베리와 피치』가 디아스포라 텍스트로서 지니는 또 다른 가치는 일체의 중심과 동일성의 환상을 해체하는 것이다. 망명 문학이나 민족주의적 디아스포라 주체들은 자신의 이산이 정치 경제적인 이유로 강제된 것으로 보고 항상 떠나온 조국에 대해 향수어린 동일시를 시도한다. 그러나 비슷한 상황의 멀베리는 자신이 횡단해온 그 어떤 이데올로기와도 자신을 연대시키지 않는다. 오히려 자신의 신체를 폭력적으로 호명, 포획, 타자화했던 일체의 중심주의를 탈신비적 자세로 해체한다. 『멀베리와 피치』에서 해체되는 것은 비단 체류국으로서의 미국의 국가주의 담론만은 아니다. 동일성을 강조하는 일체의 중심주의가 해체의 대상이며 출신국의 국가 담론 역시 예외가 아니다. 국민당 중국, 공산당 중국 역시 이데올로기적 차이에도 불구하고 개인을 체제 속으로 속령화하는 점에서는 동일한 메커니즘에 의존한다. 출신국의 국가 담론에 대해서도 이와 같이 비판적 태도를 견지함으로써 『멀베리와 피치』는 출신국에 대한 동일시를 강조하는 민족주의적 디아스포라 담론과 뚜렷한 차이가 있다. 상징계의 선구성을 노출함으로써 일체의 중심을 탈신비화시키는 작업은 디아스포라에게 어떤 의미가 있는 것일까? 디아스포라가 자신이 기댈 수 있는 그 어떤 "상상적 공동체"도 가정하지 않는다면 그렇지 않아도 불안정한 그의 사회적 위치는 더 취약하게 되지 않을까? 호미 바바(Homi Bhabha)는 프란츠 파농(Frantz Fanon)을 언급하면서 그가 그 명민한 통찰력에도 불구하고 이러한 불안정성을 두려워하여 다시 최종적으로 민족의 기호에 의존하였다고 아쉬워했다(60-61). 디아스포라 담론이 민족성을 쉽게 떨쳐버리지 못하는 것도 이러한 불안 때문이다. 그러나 불안 때문에 다시 동일성의 환상으로 돌아가는 것은 언제나 허위적 결과로 이어질 뿐이다. 디아스포라 텍스트가 자신의 불안에 대해 어떤 해결책을 제시하기 위해서는 무엇보다도 자신을 정신적으로 위무하는 일체의 환상을 거부할 수 있어야 한다. 그렇게 될 때 디아스포라는 역설적인 힘을 소유하게 되는데 그 힘은 바로 모든 상징계적 전략의 선구성을 폭로함으로써 상징계를 오작동시킬 수 있는 힘이다. 『멀베리와 피치』에서 시도되는 다양한 국가 담론에 대한 해체는 디아스포라의 이러한 지성적 힘을 잘 보여준다.

시간적인 순서로 볼 때 멀베리를 사회적 주체로 호명하는 최초의 상징계는 봉건주의 중국과 근대 중국의 경계지점이다. 이때 상징계의 대타자는 성적으로 활성화되기 시작한 사춘기의 멀베리에게 전통적인 여성 섹슈얼리티를 부과한다. 멀베리가 처음 등장할 때 그는 매우 유동적이고 자유로운 존재로 그려진다. 작가는 상징계에 진입하기 직전의 멀베리를 우선적으로 배치함으로써 이후 복잡하게 구성되는 멀베리의 사회적 주체의 임의성과 허구성, 폭력성을 효과적으로 드러낸다. 상징계에 포획되기 이전의 멀베리는 무엇보다도 섹슈얼리티의 측면에서 그 자유로움이 두드러진다. 이 시기의 멀베리는 이성애와 동성애로 특별히 분화되지 않는 리비도를 드러내는데, 동성 친구인 라오쉬과 이성인 남학생에 대한 동시다발적 욕망이 대표적인 예이다. 그리고 그 욕망은 매우 자유롭게 표출된다(45).

자연스럽고 유동적이며 고정된 섹슈얼리티가 없는 멀베리의 몸은 근대 중국의 상징계적 질서로 진입하면서 일차적으로 여성으로 호명되고 전통적인 여성 섹슈얼리티를 부여 받는다. 가부장적 질서가 여성을 통제하기 위해서 우선적으로 하는 일은 여성의 생물학적 몸을 젠더라는 문화적 몸으로 표상하는 것이다. 젠더로 표상되는 여성의 몸은 그것이 갖는 시각적 특성 때문에 물질적 몸과 의심없이 치환되면서 자연스럽고 당연한 진실로 통용된다(Smith 129).

중국 여성에게 전통적으로 요구되는 여성의 몸은 전족에서 그 상징적 특성이 극대화된다. 전족은 노동하지 않는 상류 사회의 계급적 표식이며 동시에 상류층 남성의 성적 대상물로서의 물신이다. 봉건 사회에서 여성이 상류층으로 진입할 수 있는 방법은 오직 남성의 성적 대상물로서 이며 이를 위해 자신의 신체를 전족이라는 상품으로 변환시켜야 한다. 전족은 여성의 신체를 억압하며 활동성을 제한한다. 이것은 들판에서 노동해야 하는 노동 계급의 지위에서 여성을 해방시켜주면서 동시에 가정과 가부장적 질서 안에 여성의 몸을 효과적으로 가두는 방식이다. 피난학생(Refugee Student)이 희비극적으로 술회하는 것처럼 이러한 여성들은 물리적으로 어둡고 폐쇄된 방 속에서 한 남성의 처 혹은 첩의 신분으로 평생을 산다.[8]

이러한 봉건 시대가 존속하는 고향을 떠나 자유를 찾아 나선 멀베리는 비록 전족이라는 신체적 구속은 벗어났지만 남성의 성적 대상물로서의 자신을 인식할 것을 끊임없이 요구받는다. 베이징에서 치아캉은 멀베리를 오직 이성애적 가정을 꾸려갈 배우자감으로서만 인식한다. 그에게 멀베리의 리비도는 결코 표상될 수 없는 완전한 부재의 영역이다.

---

8) 학생의 아버지는 어머니와 6명의 첩을 두었는데 이들은 난징 포격 때 처음으로 "사방이 키 큰 나무로 둘러싸인 어둡고 침침한 방"들에서 벗어나 햇빛을 본다(37).

멀베리를 오직 남성인 자아에 대한 성적 타자로 인식하는 것은 타이완의 집주인도 마찬가지이다. 그는 다락방을 빌려주는 조건으로 멀베리의 성을 요구한다. 멀베리가 자기 친구의 딸이라는 사실이나 무력한 남편과 딸의 생계를 책임지는 가장이라는 사실은 이 남성에게 사유의 대상이 아니다. 이 남성에게 멀베리는 오직 방값과 맞교환할 수 있는 상품으로서의 성애화된 신체일 뿐 그밖에 아무 것도 아니다(138-47).

가부장적 사회에서 의미 있는 유일한 여성의 몸은 성적 대상이며 그 외는 부재의 영역으로 폐쇄되고 부인된다. 치아캉과 공산주의 학생들, 그리고 타이완의 집주인 등, 남성의 시선에 포착되는 멀베리는 오직 몸으로서의 멀베리이다. 멀베리의 복잡한 경험이나 지성, 자유는 이러한 남성이 지배하는 세계 속에서 아무런 가치가 없으며 따라서 표상되거나 유통될 가능성이 없다. 축첩, 전족, 남아선호 등 억압적 요소로 가득 찬 전근대의 결혼 제도 속으로 대부분의 여성이 편입해야 하는 이유도 여성에게 주어진 이러한 한계 때문이다. 『멀베리와 피치』에서 결혼 제도권 밖의 여성들이 제도권 속의 여성들에 비해 더 열악한 신분에 떨어져 있는 이유도 이 때문이다. 제도권 밖은 라오쉬의 경우에서처럼 심지어는 목숨을 그 대가로 요구한다.[9]

가난과 폭력 등 제도권 밖의 황량한 환경은 여성으로 하여금 공포 속에서 자신을 순응적 주체로 제도화한다. 그리고 『멀베리와 피치』의 여러 여성들에 나타나듯이 그들은 순응하자마자 감금된다. 감금은 신체

---

9) 라오쉬는 레즈비언으로서 여성으로서는 유일하게 자족적이고 확신에 찬 인물이다. 그는 문화혁명의 와중에 살해되는데 사인은 분명하지 않으나 성적인 '일탈' 행위 때문으로 추정된다(Chiu 30).

에만 국한되지 않는다. 감금은 여성의 의식과 무의식에 내재화된다. 여성은 감금 상태를 안전한 상태로 여기고 자신의 안전을 위해 감금에 합당한 몸과 정신으로 자신을 구성한다. 신체적 전족과 유사한 방식이 정신에게도 작용하는 것이다. 이것이 특별한 물리력 없이 특정 중심이 주변을 구성하고 유지하는 방법이다. 여성의 신체와 정신은 가부장제 내에서 특정 내용으로 구성되고 반복적으로 단속된다. 어둡고 협소하며 사회로부터 유폐된 내실을 여성에게 적합한 장소로 지정하고 여성으로 하여금 그 장소에 합당한 몸과 정신을 갖출 것을 요구함으로써 가부장적 사회는 초기의 멀베리가 보여준 자유롭고 독립적인 리비도를 효과적으로 거세한다.

멀베리의 몸을 포획하여 특정 주체로 고정, 단속하는 또 다른 주요 담론은 국가 이데올로기이다. 젠더 이데올로기가 봉건사회뿐만 아니라 공산당과 국민당이라는 두 개의 근대 중국에서도 변함없이 작동한 이데올로기였다면 국가 이데올로기는 멀베리가 횡단하는 특정국가에 따라서 새롭게 작동하는 이데올로기이다. 멀베리가 봉건사회로 대표되는 고향 난징을 떠나 충칭과 베이징 등으로 탈출하는 것은 젠더의 구속을 벗어나 자유롭게 살기 위해서이다. 그러나 베이징에 도착했을 때 멀베리는 기대와는 달리 또 다른 감금상태에 봉착한다. 이 감금상태는 여전히 작동하는 봉건적 여성관에 추가하여 멀베리의 신분을 검속하고 통제하려는 공산주의 이데올로기로 유발된 것이다. 문화혁명의 이름 아래 공산주의 대학생들은 멀베리와 가족들을 봉건적 유산계급으로 코드화한다. 디아스포라로서의 멀베리의 복잡한 과거는 다시 공산주의에 합당하지 않는 불순한 것으로 의심받고 부단히 심문된다. 공산주의 대학생들은 문자 그대로 멀베리의 집을 포위하고 무단 거주하며 수시로 멀베리와 가족들의 사상을 심문한다(79). 이들은 공산주의 이데올로기의 대행자이자 통제자로서 멀베리와 가족들을 편집증적으로 감시한다. 특별한 개성으로 개별화되지 않고 익명 속에서 기계처럼 권력을 수행하는 이 대학생들은 멀베리가 훗날 만나는 미국이민국 직원과 아무런 차이가 없다. 그들의 공통된 관심사는 멀베리를 권력 속으로 포획하고 코드화하여 순응적 주체로 길들임으로써 잠재적 위협으로서의 멀베리의 타자성을 사전에 제거하는 것이다.

출신국의 국가 이데올로기가 디아스포라 주체를 감시하고 단속하는 측면을 강조한다는 점에서『멀베리와 피치』는 민족주의적 디아스포라 담론과 큰 차이가 있다. 민족주의 담론들은 대체로 민족의 본질적 단일성을 가정하고 그것을 중심으로 하는 상상적 공동체를 상정하며 그 중심적 단일성을 숭엄한 것으로 신비화한다. 그러나 베이징에서의 멀베리의 경험을 통해『멀베리와 피치』는 이러한 민족주의의 신화를 해체하고 있다. 그동안 많은 망명 텍스트나 민족주의적 디아스포라 담론에서 추상화되고 이상화되었던 중국 민족주의는 다른 이데올로기와 마찬가지로 균질화된 집단을 강조하고 그것에 합당한 몸과 정신으로 구성원들을 코드화하는 것으로 드러난다. 이 과정에서 공산주의 이데올로기로 표상되는 몸만 수용, 유통되며 그 외의 몸은 폭력적으로 억압되고 통제된다.

국민당 중국의 민족주의 역시 동일한 폭력을 행사한다. 공산주의 중국의 감시를 피해 타이완으로 탈출한 멀베리의 몸은 이곳에서 다시 "범죄자"로 분류, 통제된다. 범죄의 내용은 표면적으로는 치아캉의 횡령이다. 그러나 텍스트에서 강조되는 것은 그 범죄의 내용이나 경중이라 기보다는 타이완 국가가 시민을 코드화하고 단속하는 방식이다. 공산당 중국이 그랬던 것과 같은 방식으로 타이완 역시 멀베리의 디아스포라적 역사를 간단히 부인한다. 대신 새로운 국가 담론 속에 몰적으로 수렴될 수 있는 몸인가를 집요하게 심문한다. 멀베리와 치아캉은 비록 신분증을 소지한 시민의 신분이기는 하지만 치아캉의 횡령 혐의 때문에 언제라도 그것을 박탈당할 위험이 있다. 상화의 다음과 같은 일기는 국가가 수행하는 신분증을 통한 시민의 코드화 방식이 얼마나 엄혹한 것인가를 잘 보여준다.

> 엄마와 아빠는 신분증이 있다. 엄마말로는 신분증은 내가 합법적인 사람이라는 것을 증명해주는 것이다. 난 벌써 10살인데 신분증이 없다. 엄마말로는 이렇게 다락에서 살아가는 사람은 신분증이 필요 없다고 한다. 바깥에서 지내는 사람만 그게 필요하다. 그 사람들은 신분증이 없으면 그대로 감옥에 간다한다. (142)

국민당 정부가 멀베리의 몸을 감시하는 이유는 비단 남편의 횡령 사실 때문만은 아니다. 공산주의 중국을 통과했다는 이유 역시 멀베리의 몸을 타이완 사회에 통합될 수 없는 몸, 그래서 부단한 감시와 통제의 대상이 되어야 하는 몸으로 대상화시킨다. 공산주의 중국에서도 자신의 전 역사 때문에 동일한 방식으로 감시받고 통제되었기 때문에 이제 멀베리에게 국가란 개인의 신체를 속령화하고 감시 통제하는 권력, 자신의 영토에 거주하는 신체들을 부단히 감시하는, "바다 위에 홀로 떠 있는 푸른 눈"으로 사유된다(Chen 101). "바다"로 상징되는 국가 영토는 아무리 그 규모가 크다 하여도 그것은 그 "위에" 군림하는 파놉티콘적 시선을 벗어날 수 없다는 점에서 통제된 사회다. 따라서 크고 작은 영토를 나누고 각기 다른 이데올로기를 취하고 있는 지구상의 모든 국민국가들은 본질적으로 특정 중심을 가정하고 개인의 신체를 그 중심 속으로 수렴시키며 그 과정을 감시하는 통제 집단이다. 타이완의 다락방에서 극심한 유폐 상태를 경험한 멀베리는 이러한 국가의 기능을 크고 작은 다락으로 비유하여 상화에게 설명한다.

> "우리는 원하는 대로 다닐 수가 없단다. 마당에 담장이 있잖니. 담장 너머로는 바다가 있고, 바다 너머로는 지구의 끝이야. 지구는 거대한 다락방과 같은 것이야. 그 큰 다락이 수백만 개의 작은 다락방으로 나눠져 있을 뿐이야. 마치 우리 방처럼." (129)

국경을 넘은 디아스포라의 몸을 포획하는 국가 담론의 원리는 미국에서도 적용된다. 『멀베리와 피치』의 첫 장은 멀베리의 몸이 미국사회 속에서 숫자와 문자로 구성된 일련의 기호[(Alien)number 89-785-462]로 코드화된 상황에서 시작된다(3). 이 기호는 멀베리가 아직 국가로부터 합법적인 시민권을 인정받지 않았다는 것을 뜻하며 정해진 기간 내에 시민권을 획득하지 못하면 불법체류자로 분류되어 추방의 대상이 된다는 것을 뜻한다. 멀베리의 몸은 시민적 지위를 얻기 위해서 정치, 문화적으로 합당성을 인정받아야 하고 그때까지 국가적 감시의 대상에 놓인다. 멀베리의 디아스포라적 경험은 이러한 감시 상황에서 다시 타자로 규정된다. 공산주의 중국과 합법적인 신분증을 소지하지 못한 채 타이완을 거쳤기 때문이다. 디아스포라로서의 멀베리의 몸은 미국이라는 '순수성'을 오염시킬 가능성이 있는 이질적이고 위험한 몸이다.

　무려 다섯 페이지(161-65)에 걸쳐 진행되는 멀베리에 대한 미국 이민국 직원의 인터뷰는 멀베리의 몸을 미국에 통합하기 위해 국가 담론이 어떻게 멀베리의 몸을 검속하는지를 고통스러울 만큼 자세하게 그려낸다. 여기서 심문되는 것은 멀베리의 국적, 생년월일, 출생지뿐만 아니다. 부모의 이름, 사망 및 자살 원인, 공산당과의 관련성, 남동생의 온갖 신상과 공산주의와의 관련성, 남편의 범법 행위 및 공산당과의 관련성 등과 같은 일체의 신상이 망라된다. 멀베리의 몸은 이 모든 검속을 통과해야만 자유민주주의를 오염시키지 않을 적법한 미국 시민의 몸이 된다.

　적법한 시민적 지위를 수여하기 위해 미국의 대타자가 묻는 두 번째 질문은 멀베리의 섹슈얼리티이다. 이 질문 역시 이데올로기 항목 못지않게 철저하고 집요하게 주어진다. 멀베리가 성적으로 관여했던 모든 인물들이 거론되고 횟수, 방식, 장소 등이 무자비하게 심문된다(164-65). 섹슈얼리티와 관련된 이러한 심문은 대타자의 보다 미묘한 전략을 드러낸다. 일단 멀베리의 섹슈얼리티는 인터뷰에 나타나 있는 것과 같이 '과잉'의 기호로 표상된다. 이것은 미국 중산층의 '건전한' 성 모럴을 위협할 수 있는 하나의 차이로 단속의 대상이 되어야만 한다. 전통적으로 섹슈얼리티는 특정 개인의 신체적 특성으로서 자연스럽고 선험적인 것으로 간주되었다. 그러나 멀베리에게 드러난 것과 같이 섹슈얼리티는 자연스러운 신체의 속성이라기보다는 문화적으로 구성된 것이다. 대타자는 멀베리의 섹슈얼리티가 위협적인 것이기 때문에 단속하기보다는 미국 중산층 성모럴과 차이적인 것으로 구성하여, 그것에 대한 억압과 검속을 정당화시키려는 것이다. 특정 개인의 신체적인 특성이 있고 이것이 사회적 질서를 훼손할 위험이 있기 때문에 그 특성을 억압하는 것이 아니라, 억압해야 할 대상이 먼저 있고 그 억압을 정당화하기 위해 차이로서 섹슈얼리티를 사후적으로 구성하는 것이다.

그러면 이처럼 초과의 기호로 표상되는 멀베리의 몸은 어떻게 미국사회에 적법한 시민으로 편입할 수 있을까? 미국적 대타자는 이를 위해 이른바 바바가 말한 "양갈래의 혀로 말하기"(85) 전략을 동원한다. 즉 멀베리로 하여금 미국의 성문화를 오염시킬 수 있는 초과의 기호를 버리고 건전한 섹슈얼리티를 구현할 것을 요구하면서 동시에 그것이 미국 주류 여성과 비슷하지만 같아서는 안 되는 방식으로 위계화한다. 이는 초과의 기호로 멀베리의 섹슈얼리티를 사후적으로 구성하고 억압을 정당화했던 것과 같은 방식으로서, 새로운 섹슈얼리티를 사후적으로 구성하여 그것이 비록 선호 기표와 '비슷하지만' 결코 '같지는 않은' 것이므로 차별을 정당화하는 것이다. 이러한 맥락에서 멀베리에게 주어지는 부호는 미국의 대타자가 전통적으로 아시아계 여성에게 덧씌웠던 연꽃의 이미지이다. 연꽃은 페미니즘을 통해 젠더적 차별에서 벗어난 미국의 중산층 백인 여성에 대하여 여전히 수동적이고 연약하며 성적으로 순결한 여성성을 함의한다. 미국의 대타자는 아시아계 여성으로 하여금 미국사회 속에서 주류 여성과는 구별되는 이러한 특정 여성 주체로 자리매김할 것을 부단히 요구한다. 그리고 그 차이의 요소로서 아시아계 여성의 인종적 몸, 특히 섹슈얼리티와 관련된 몸을 언급한다. 미국 이민국 직원이 자신을 "피치"라고 거듭 주장하는 멀베리에 대하여 그것을 부인하고 집요하게 "멀베리"로 호명하는 것은, 아시아계 여성 섹슈얼리티를 열등한 타자의 이미지로 가시화함으로써 그것을 열등 기표로 구성, 통제하려는 주류 사회의 편집증적 욕망과 다르지 않다. 이러한 점에서 아시아계 여성의 섹슈얼리티 역시 다른 국가 담론의 영역과 마찬가지로 타자의 지식이 구성되는 자리이며 특정 대상을 순응적 신체로 단속, 훈육하려는 통제와 감금의 자리가 된다.

봉건사회 중국, 공산당 중국, 국민당 중국, 미국 등 다양한 국가를 횡단한 디아스포라로서의 멀베리의 몸은 각 영토에 따라 다른 의미로 부호화되고 통제되었다. 그리고 그 부호화와 통제의 전략으로서 젠더, 섹슈얼리티, 인종, 국가 담론 등의 범주들이 효과적으로 동원되었다. 봉건주의 중국에서는 젠더와 섹슈얼리티로, 공산당 중국과 국민당 중국에서는 국가 담론으로, 그리고 미국에서는 이 모든 범주들에 더해 인종적 범주까지 동원됨으로써 멀베리의 몸은 보다 복잡하게 해석, 통제된다. 『멀베리와 피치』는 이 다양한 영토들이 어떻게 다른 범주를 동원하여 멀베리의 몸을 포획하고 훈육 통제하는가를 가시화함으로써 일체의 로고스중심주의에 저항하고 있다. 그 결과 망명 문학이나 민족중심주의적 디아스포라 담론이 기대는 민족성에 대한 향수는 물론이고 체류국의 대타자에 대한 이민 문학의 선망과 동일시는 이 텍스트에서 찾을 수 없다. 요컨대 『멀베리와 피치』는 출신국과 체류국을 포함하는 일체의 중심주의적 담론에 해체적 시선을 던지는 새로운 형식의 디아스포라적 텍스트인 것이다.

IV. 결론

지금까지 살펴본 것처럼 『멀베리와 피치』는 아시아계 미국문학 진영에서 펼쳐졌던 여러 문화적 시도와 매우 다른 성격의 텍스트이다. 그것은 미국의 주류 문화를 강력하게 의식하고 그것에 동화되기 원했던 동화 지향적 문학과도 다르며 민족주의나 문화민족주의처럼 주류 로고스와는 또 다른 중심을 가정했던 대항 담론적 문학과도 다르다. 또한 복수의 중심을 가정하는 다원주의 문화와도 다르며, 세계를 무대로 다중적 주체를 발생시킬 수 있다는 낙관적 디아스포라 담론과도 차이가 있다. 바로 이런 약분 불가능한 차이 때문에 이 텍스트는 서로 다른 문화 진영에서 다양한 번역의 과정을 거친 뒤 수용되었던 것이다.

디아스포라 텍스트로서 『멀베리와 피치』의 의미는 무엇보다도 두 가지 측면에서 강렬하다. 첫째는 디아스포라의 역사를 부인하고 추상화하는 상징계적 언어에 저항하여 디아스포라의 실제 경험을 정면으로 제시하는 것이다. 그동안 디아스포라의 복잡한 정치, 경제적 현실은 특정 중심을 의식한 여러 다른 담론들 속에서 그 물질성을 상실하고 추상화되어버렸다. 특히 이민 문학 속에서 이러한 경향은 더 뚜렷하였는데, 주류 문화의 강력한 구심적 언어 속에서 자신의 이전 문화가 타자화되고 차별되는 것을 목격한 이민자들의 공포가 이러한 경향을 집단적으로 낳았다. 이민자들은 새로운 국가에서 주변화되는 것을 두려워하여 대타자가 호명하는 특정 마이너리티 부호를 반항 없이 수용하며 그것에 포함될 수 없는 실제 역사를 자발적으로 부인하거나 물신화하였던 것이다. 이와 달리 『멀베리와 피치』는 주류 문화와 이민자들이 공모하여 물신으로 덮어버린 바로 그 역사적 지점을 디아스포라의 특성으로서 광범위하게 탐색한다. 그리고 그 결과로서 디아스포라의 약분 불가능한 현실들이 드러나며 또한 그 현실과 연루된 체류국의 제국주의적 윤리와 책임 문제도 아울러 노출된다. 이렇게 드러난 역사적 사실들은 체류국의 국가 이데올로기가 가정하는 선형적이고 동질적인 시간 감각을 무너뜨리고 지금 현재 체류국에서의 디아스포라의 역사가 결코 출신국에서의 경험과 무관하지 않음을 입증함으로써, 디아스포라의 몸을 문제없이 체류국의 국가 이데올로기에 통합시킬 수 있다는 주류 문화의 신념을 좌절시킨다.

『멀베리와 피치』가 갖는 두 번째 디아스포라 텍스트적 의미는 그것이 상징계의 임의성과 선구성을 노출시킨다는 점이다. 상징계의 대타자는 주체를 구성하고 훈육하는 과정에서 항상 자신의 존재를 은폐함으로써 권력의 효과가 마치 자연스러운 현실인 것처럼 신화화한다. 『멀베리와 피치』는 디아스포라로서의 멀베리가 통과하는 여러 다른 상징적 질서들이 자연스러운 현실이 아니라 주체를 포획하고 호명함으로써 특정 중심을 확립하고 유지하는 문화적 전략임을 노출시킨다. 멀베리의 몸에 가해지는 젠더, 섹슈얼리티, 인종, 국가 등의 범주는 서로 다른 영토 속에서 서로 다른 방식으로 구성되고 작동되면서 디아스포라로서의 멀베리를 신체적 정신적으로 속령화한다. 이러한 이데올로기의 메커니즘을 노출시킴으로써 『멀베리와 피치』는 무엇보다도 절대 중심으로 숭엄화되었던 대타자의 신비를 걷어내고 그 기획의 임의성과 전략적 의도를 아울러 폭로한다. 『멀베리와 피치』가 탈신비화 하는 대상은 비단 체류국의 국가 담론뿐만 아니다. 여기에는 출신국의 국가 담론도 포함되며 젠더와 섹슈얼리티 같은 모든 중심과 주변을 가정하는 중심주의 일체가 포함된다. 그 결과『멀베리와 피치』는 단순히 민족성을 중심으로 하는 민족주의적 디아스포라 진영과도 합류할 수 없게 되며 여성 젠더나 이성애와 같은 동질적 진영에도 합류할 수 없다.

일체의 중심에 대한 이러한 탈신비적 태도는『멀베리와 피치』가 갖는 양날의 칼이다. 그것은 출신국과 체류국의 이데올로기적 전략을 폭로함으로써 디아스포라 주체를 예속시키려는 모든 담론적 시도를 좌절시킬 수 있으면서 동시에 디아스포라 주체가 기댈 수 있는 특정 중심을 근원적으로 부정함으로써 그 주체에게 동일한 위험을 초래하기도 한다. 텍스트의 결말이 멀베리의 살해로 끝나는 것은 이러한 위험을 반증하는 것이다. 그러나 이러한 위험에 대한 공포 때문에 새로운 중심을 가정하는 것은 또 다른 오인과 폭력을 낳을 수밖에 없다. 왜냐하면 중심을 가정한다는 것 자체가 차별을 위해 차이를 분절하는 출발점이기 때문이다.

『멀베리와 피치』는 확실히 구원을 제시하는 텍스트는 아니다. 그것은 또한 디아스포라의 억압과 차별에 대한 교조적이고 도덕주의적인 입장도 취하지 않는다. 각 영토에서 작동하는 식민담론을 광범위하게 해체하고 있기는 하지만 그것 역시 피식민 주체에게 심리적 해방감을 선사하기 위한 것이 아니다. 디아스포라 주체를 권능화하기 위한 일체의 목적론적 탐구가 지양된 이 텍스트는 그럼 어떤 의미를 최종적으로 가지는가? 그것은 디아스포라의 현실을 일체의 환상 없이 직시하려는 노력이라고 할 수 있을 것이다. 다양한 영토의 다양한 식민담론에 직면하여 자아와 진리에 대한 어떤 환상도 없이 현실을 있는 그대로 직시하는 것, 그리고 그 현실이 어떻게 이데올로기에 의해 진리라고 불리는 체제로 절합(articulation)되는가를 냉철하게 이해하는 것, 그 체제 속에서 어떤 차이의 형식들이 접합되어 중심과 타자를 구성하는가를 드러내는 것 등과 같은 지적 노력은, 비록 민족주의적 디아스포라 주체가 내세우는 민족성에 입각한 힘이나 이민 주체가 추구하는 동화라는 심리적 안정감에 비해 즉각적인 담론적 효력을 발생시킬 수는 없을 것이다. 그러나 참된 구원은 선언적 구호나 심리적 위무로 주어질 수는 없는 것이다. 그것은 고통스러운 현실을 피해 환상 속으로 도피하는 방식이 아니라 고통을 직면하고 더 치밀하게 관찰하며 고통을 야기하는 다양한 물질적 은유적 차원들을 지적으로 통찰해내는 방식을 통해서라야만 주어지는 것이다. 그동안 왕성하게 진행되었던 여러 민족주의적 디아스포라 담론과 아시아계 이민 문학의 추상적이고 관념론적인 탐구에서 벗어나 디아스포라의 현실을 거침없이 드러내고, 그것을 식민담론 속에 포획하려는 각종 이데올로기적 장치들을 출신국뿐만 아니라 체류국의 현실에서도 폭로하고 있는『멀베리와 피치』와 같은 텍스트는 이런 점에서 디아스포라의 참된 구원과 여릿하게 그 맥이 닿아있다.

* 이 글은『새한영어영문학』(제54권 3호, 2012년, 57-77면)에 게재된 것을 수정, 보완한 것임을 밝힌다.

참고문헌

Bhahba, Homi K. *The Location of Culture*. London: Routledge, 1994.

Braziel, Jana E., and Anita Mannur. Eds. *Theorizing Diaspora: A Reader*. New York: Blackwell, 2003.

Chen, Tina. *Double Agency: Acts of Impersonation in Asian American Literature and Culture*. Stanford: Stanford U, 2005.

Chiu, Monica. "Trauma and Multiplicity in Nieh's *Mulberry and Peach*." *Mosaic* 36 (2003): 19-35.

Cho, Yu-Fang. "Rewriting Exile, Remapping Empire, Remembering Home: Hualing Nieh's *Mulberry and Peach*." *Meridians: Feminism, Race, Transnationalism* 5.1 (2004): 157-200.

Lowe, Lisa. "Heterogeneity, Hybridity, Multiplicity: Making Asian American Differences." *Diaspora* 1.1 (1991): 24-44.

Nieh, Hualing. *Mulberry and Peach: Two Women of China*. New York: Feminist P, 1981.

Smith, Sidonie. *Subjectivity, Identity and the Body: Women's Autobiographical Practices in the Twentieth Century*. Bloomington: Indiana UP, 1993.

Wong, Sau-ling C. "Afterward." *Mulberry and Peach: Two Women of China*. Hualing Nieh. New York: Feminist P, 1981. 209-26.

_____. "The Stakes of Textual Border-Crossing: Sinocentric, Asian American, and Feminist Critical Practices on Hualing Nieh's *Mulberry and Peach*." *Orientations: Mapping Studies in The Asian Diaspora*. Eds. Kandice Chuh and Karen Shimakawa. Durham: Duke UP, 2001. 130-52.

「쇼유 키드」:
민족성과 섹슈얼리티의 기호학

———

I. 서론

20세기 후반 미국의 다원주의 문화를 타면서 아시아계 문학은 르네상스로 불릴 만큼 왕성한 활동을 하였다. 그러나 이러한 발전에도 불구하고 아시아계 문학은 여전히 마이너리티 문학이라는 경계 안에 갇혀 있는 느낌인데, 이러한 한계의 주된 이유는 그것이 아직도 미국 국가 이데올로기가 가정하는 민족성[1]의 기호를 하나의 기정사실로 받아들이기 때문일 것이다. 그러나 민족성은 특정 개체나 집단이 자신의 중심을 구

---

1) 이 글에서 사용하는 '민족성'은 'ethnicity'를 번역한 것이다. 'ethnicity'는 '인종'으로 번역되기도 하지만 '인종'이 생물학적 의미에 한정되는 경향이 있기 때문에 '문화'의 개념을 포함하는 '민족성'이 더 적절한 번역으로 생각되어 이 용어를 사용하기로 한다.

축하기 위해 동원한 임의적이고 허구적인 기호에 불과하다. 미국의 경우 그것은 19세기 후반의 산업화가 초래한 사회, 경제, 심리적 위기를 극복하기 위한 하나의 이데올로기적 방법으로 요청된 것이다(Palumbo-Liu 2). 그러나 아시아계는 민족성의 이러한 기호적 속성에 대한 투철한 인식을 결여하고 오직 미국 국가 담론 속에 적법하고 민주적인 일원이 되는 데 골몰함으로써 "변화를 모르는"(Burtler 329)[2] 국가 담론에 대한 하나의 마이너리티 영역으로 자신의 영토를 제한하고 말았다.

아시아계 미국문학이 마이너리티 문학의 특징을 띠면서 "변화를 모르는" 미국 주류 담론에 매달린 또 다른 원인은 섹슈얼리티에 대한 태도에서도 찾아볼 수 있다. 아시아계는 주류 담론 속에서 항상 성적 타자로 구성되었는데 특히 아시아계 남성에 대한 상징적 거세(castration)는 아시아계 남성으로 하여금 남성성 회복의 문제를 오랫동안 고민하게 만들었다. 그러나 아시아계의 이러한 노력 역시 백인 섹슈얼리티 담론의 이분법적 개념과 전략을 그대로 답습함으로써 백인 중심의 지배 구조에 유의미한 타격을 주지도 못했을 뿐만 아니라 오히려 그것의 용어와 전략을 복제함으로써 원본의 지위를 더 강화하고 영속시킨 측면 또한 있었다.

아시아계가 마이너리티의 영역을 벗어나기 위해서는 무엇보다도

---

2) 주디스 버틀러(Judith Burtler)는 젠더 이론의 한계를 지적하며 다양한 젠더 이론들이 결국 "문화적으로 변화를 모르는 가부장 법칙에 대한 존중 내에서 그 불안정성을 고정시키고 있다"고 말했다. 이 점은 민족성에 대한 인종적 마이너리티에게 동일하게 나타나는 현상이다. 즉 젠더가 "변화를 모르는" 가부장제에 집착함으로써 그 개념과 구조에 갇혀버린 것처럼 아시아계 역시 "변화를 모르는" 미국의 민족국가담론에 집착함으로써 결국 마이너리티의 영역에 갇히고 말았던 것이다.

아시아계를 주변화하는 민족성과 섹슈얼리티라는 두 개의 가장 강력한 기호를 보다 더 탈신비적으로 성찰할 필요가 있다. 실제로 민족성과 섹슈얼리티는 그 어떤 근원적 통일성이나 고정된 실체를 갖는 것이 아니다. 민족성과 섹슈얼리티는 특정 개체나 집단의 발생학적 특성도 아니며 자연스러운 리비도도 아니다. 그것은 사회적 관계에서 헤게모니를 소유하게 된 집단이 자신의 주체를 구성하고 다른 개체와 집단에게 타자의 속성을 부여하는 과정에서 만들어진 "문화-사회적 구성물이며 기호학적 장치이고 사회 내 개인에게 의미를 할당하는 시스템이다"(Lauretis 5).

그러면 왜 아시아계는 중심을 건드리는 방식으로서 상징계 전체를 타격하는 방법을 쓰지 않는 것일까? 그것은 파농(Fanon)의 지적처럼 피식민 주체가 식민 주체와 마찬가지로 자신들의 정체성을 구성하는 데 이미지와 환상을 동원하기 때문이다(116). 피식민 주체가 이미지와 환상으로서의 상징계 전체를 해체하게 되면 사라지는 것은 비단 식민 주체만이 아니다. 그것은 역시 이미지와 환상으로 구성되는 피식민 주체의 해체도 동반한다.3) 텍스트가 기반하는 행위주체의 지위를 해체하는 작업을 문학, 특히 문학적 형식을 통하여 권능을 확보하고자 하는 마이너리티 문학이 한다는 것은 매우 이례적일 것이다.4) 「쇼유 키드」("Shoyu Kid")는 바로 이러한 점에서 매우 희귀한 텍스트이다.

---

3) 바바(Bhabha)는 피식민 주체의 동시적 해체가 주는 이러한 두려움 때문에 파농이 주체에 대한 그의 급진적 통찰에도 불구하고 다시 민족성에 의거한 대항담론적 방식으로 퇴행했다고 주장한다. 그리고 그 퇴행의 이유를 "자신[파농]의 통찰에 대한 두려움"(60)에서 찾는다. 파농에서 나타난 것처럼 상징계 전체를 해체하는 것은 피지배 계급에게도 위험을 초래하기 때문에 아시아계 역시 특정 지점에서 대항담론이라는 안전한 영역을 구축, 상징계 내에 연착륙을 시도한 것이다.

4) 아시아계 문학의 다양한 행위주체에 대해서는 Lim의 책 참고.

II. 민족성

1976년에 발표된 「쇼유 키드」는 단편소설로는 드물게 일본계 미국인들의 강제 수용 경험을 다루고 있다. 이야기는 수용소에서 생활하는 네 명의 소년에 초점을 맞추고 있다. 이치로(Ichiro), 히로시(Hiroshi), 그리고 화자인 마사오(Masao)는 서사의 시작과 더불어 키드(Kid)라는 한 소년을 추격, 감시한다. 키드는 세 명의 집요한 감시망을 벗어나 수시로 잠적해버리는데, 그 잠적이 끝나고 나면 늘 초콜릿사탕을 가지고 나타난다. 그러던 어느 날 소년들은 추적에 성공하고 마침내 키드가 들고 오는 사탕의 출처를 알아낸다. 키드는 수용시설을 감시하는 백인 남자 보초병에게 성적 서비스를 제공하고 그 대가로 초콜릿사탕을 받아온 것이다. 이야기는 그 사실을 알아낸 소년들이 키드를 '퀴어(queer)'로 몰아붙이며 퀴어임을 증명하는 방법으로 바지를 벗겨버리다가 키드의 페니스를 직면하고는 뜻밖의 공포에 휩싸여 현장에서 도망치는 것으로 끝난다.

아시아계 미국문학으로서 「쇼유 키드」가 갖는 가장 큰 특징은 그동안 아시아계 미국문학의 지배적 관심사였던 주류 백인 사회 대 아시아계 마이너리티 구도에서 벗어나 있다는 점이다. 「쇼유 키드」에서 백인은 오직 서사의 바깥에 위치해 있는 빨간 머리 백인 감시병이 전부이다. 대신 이야기는 철저히 수용시설 내의 일본계 커뮤니티에 맞추어져 있으며, 등장인물들도 모두가 일본계이다. 아시아계의 본질적 민족성을 문제시하면서 아시아계 주체의 심리를 부단히 이중구조화하는 이른바 대타자로서의 백인사회의 현존이 사라진다면, 아시아계 주체들은 그 '끔찍한 분열증'을 극복하고 마침내 통합되고 안정된 주체의 자기동일성을 성취할 수 있을 것인가? 주류 담론과 심지어 대부분의 마이너리티 담론들은 주체의 분열이 서로 다른 문화 간의 본질적 차이에서 발생하며, 이러한 차이들은 선택가능하거나 창조적으로 합병될 수 있다고 가정한다. 이러한 가정에 근거해 보면, 동일한 민족적 집단으로 구성된 「쇼유 키드」의 경우 민족성에 의한 차이는 사라지고, 차이의 결과로서 발생하는 주체의 분열도 없는 상태에서 매우 안정적이고 통합된 자기 동일시를 선취한 인물들로 채워져야 한다. 그러나 「쇼유 키드」는 이러한 가정과는 매우 다르게, 민족적으로 동일한 집단 내에서 주체가 **자기 동일시를 성취하고 권력 관계를 유지하기 위해 또 다시 민족성에 입각한 기호학을 작동**시키는 과정을 보여줌으로써, 민족성이 백인주류-마이너리티뿐만 아니라 마이너리티 내부에서도 활성화되는 철저히 사후적이고 구성적 산물임을 드러낸다.5)

서사는 대부분 키드를 추적하는 세 일본계 소년에게 맞춰져 있다. 마사오의 1인칭 관찰자 시점으로 전달되는 이 추적은 시종일관 서부 영화의 보안관과 범인의 관계로 상상된다. 보안관과 범인이라는 이 관계는 이미 정의/악, 능동적 추격자/수동적 도망자, 가학/피학의 구조로 이원화되어 있으며, 소년들은 이러한 관계를 상상적으로 수행하면서 정의, 능동성, 가학성의 쾌락을 만끽하고 있다. 이때 소년들이 수행하는 역할은 미국 주류 담론이 반복적으로 이상화하는 백인 남성 프런티어맨(frontierman)이다. 하얗고 통합된 이 남성은 상징계 속에서 항상 초월적 기표로 표상되어 인종적 성적 타자를 구성해내었다. 그러나 여기서는 인종적 성적 타자였던 아시아계 남성이 하얗고 통합된 그 이미지를 자

5) 사후적 구성물로서의 미국 국가 담론과 민족성에 대한 논의는 Palumbo-Liu의 책 참고

신의 주체로 상상한다는 것이다. 지배 담론과 마이너리티 담론 속에서 엄청난 권능과 아우라로 덮여있던 중심적 주체가 뜻밖에도 타자, 그 중에서도 2차 대전 당시 일본계 미국인 수용소라는 더 국지적이고 인종차별적 공간에서 나이어린 소년들에 의해서 차용되고 수행되는 것이다. 그것은 민족적 본성이 아니라 손쉽게 모방할 수 있는 문화적 형식에 불과한 것이다.

작가 로니 카네코(Lonny Kaneko)는 세 소년이 구성하는 주체의 문화적 형식을 강조하기 위해 텍스트 곳곳에서 이들이 차용하는 서부 총잡이의 이미지를 면밀하게 그려낸다. 예를 들면 히로시는 일본 이름을 대신하여 전형적인 백인 남자 이름인 잭슨(Jackson)을 쓴다. 그는 히로시라고 불리는 것을 매우 싫어해서 어른들이 그 이름으로 자신을 부르면 돌아서자마자 "얼굴을 찡그리며 그들의 등을 향해 몸짓으로 경멸의 욕을 한다"(305-6). 이름뿐만 아니라 행위, 제스처, 언어 등에서도 소년 히로시는 프런티어 신화의 상징적 요소들을 면밀히 모방한다. 가령 키드를 쫓는 장면에서 잭슨은 "몸을 벽에 바짝 붙인 뒤 전쟁 영화 속의 병사처럼 모퉁이를 뚫어져라 살피"(305)거나 "호주머니에 엄지손가락을 슬쩍 걸친 카우보이 포즈"(307)를 취하기도 하며, 어투 역시 서부영화의 대사를 수시로 차용한다.

> 잭슨은 존 웨인의 웃음을 지으며 셔츠 깃이 있어야 할 자리에 있는 멜빵바지 끈을 대신 잡고 창고 옆으로 키드를 밀어붙였다. "너 똑바로 말해, 키드" . . . 그[잭슨]는 변절한 인디언 척후병을 으르는 기병대령이고, 범죄자를 심문하는 경찰이며, 전범을 몰아치는 정보국 장교였다. 무표정한 얼굴. 완벽하다. (310-11)

히로시의 육체적 제스처는 미국문화의 도상(iconography)으로 범벅되어 있다. 그는 "존 웨인의 웃음"을 지으며, 거친 언어를 쓰고, 멜빵바지의 끈을 마치 카우보이의 "셔츠 깃"처럼 잡는다. 서부 기병대, 경찰, 정보요원 등 겉모습만 바꾸면서 이상적 남성성으로 표상되어 온 프런티어 맨 이미지를 수용소의 일본계 소년 히로시가 차용하는 것이다. 그리고 그것은 언어, 제스처, 행위(추격 행위) 등을 섬세하게 모방함으로써 더 완전하게 된다.

소년들의 주체 구성은 그러나 기표 그 자체를 단순히 소유하고 모방하는 것으로 획득되지는 않는다. 그 어떤 정체성도 결코 혼자의 힘으로 초월적 권위를 확보할 수가 없고 그것의 차이로서 타자를 필요로 하기 때문이다. 즉 잭슨이 하얗게 통합된 현존이 되기 위해서는 잭슨 아닌 것들 즉 하얗지 않고 통합되지 않는 결핍으로서의 타자가 함께 표상되어야 한다. 민족성은 타자의 기호로 이 지점에서 등장한다. 잭슨과 두 소년이 서부 총잡이 이미지에 자신을 일치시키려면 서부 총잡이라는 주체가 수행하는 행위를 받아줄 대상이 필요하다. 주체는 그 자체로 자신을 표상할 수 없고 행위를 통해서 반복적으로 경험 통일을 해야 하는데 그러기 위해서는 그 행위를 받아줄 대상이 반복적으로 요청되는 것이다. 프런티어 신화나 그것의 다른 버전으로서의 백인남성 서사들은 대체로 이러한 대상에 인종적 타자를 배치하고 그 타자의 민족성이 백인 사회의 정의와 순수성을 위협하는 요인인 것으로 가정하였다. 원주민, 아프리카계 범죄자, 아시아계 트릭스터 등이 이러한 타자의 변형들이었는데 이들은 모두 민족성 기호로 그 타자성이 설명되었다. 키드 역시 이러한 민족적 타자의 한 전형이다.

잭슨의 형은 키드가 갈색 콧물을 흘리는 까닭은 간장을 너무 많이 먹어서라 했다. . . . 우리는 그 말을 듣고 모두 간장을 끊었다. (308)

키드는 서부 영화의 수많은 타자로서의 '키드'들처럼 오염, 악, 비정상성 등을 표상한다. 다만 키드는 서부 백인 남성의 인종적 타자와 달리 자신을 타자화하는 중심 주체로서의 다른 세 소년과 인종적으로 동일 범주에 있다. 그러나 이러한 유사성은 키드가 가진 매우 사소한 신체적 특성으로 극복, 분절되는데 그것이 바로 그의 "갈색 콧물"이다. 소년들은 키드의 "갈색" 콧물을 자신들의 하얀 이상적 주체와 대비시키며 그의 신체에 각인시킨다. 키드의 모든 다른 신체적 특징은 사라지고 하나의 물신으로서 콧물과 키드가 일치되는 순간이며 키드가 '쇼유(Shoyu)'[6]가 되는 순간이다. 물신은 로고스가 자신의 위용을 수립하고 타자를 인지 가능한 구조에 묶어두는 전형적 방법으로서 여기서 쇼유에게 던져진 물신은 지저분하고 오염된 기표로서 탁한 색깔의 콧물이다. 하얗고 깨끗한 주체의 숭엄함을 강조하기 위해서 쇼유의 콧물은 갈색이 더 강조되며 '비천한 것(abjection)'으로 상상된다. 그러나 화자인 마사오가 술회하듯이 "그[쇼유]가 우리를 따라다니던 그 무렵에는 [쇼유의 콧물은] 그렇게 진한 갈색이 아니었다"(308). 콧물이 가시화되고 언급되며 비천한 것이 된 것은 쇼유가 무리로부터 고립되어 추격의 대상이 되면서 비로소 시작된 것이다. 쇼유의 콧물은 로고스가 자신의 지위를 확보하기 위해

---

6) shoyu는 간장 등 콩으로 만든 소스를 가리키는 것인데 이 글에서는 원어에 가깝게 '쇼유'로 표기하기로 한다. 간장이라는 번역어는 쇼유의 콧물 색과 너무 동떨어지기 때문이다.

차이를 분절하는 방식을 적나라하게 보여주는 한편 민족성이 그 과정에서 어떻게 효과적인 기호로 작용하는지를 동시에 보여준다. 즉 쇼유의 콧물은 그 차이를 더 벌리기 위해 '간장'이라는 일본의 음식과 동일시되는데 이러한 상상을 통해 쇼유=콧물=간장(일본)의 등식이 성립되며 세 개의 항 모두가 동일한 것으로 동시에 비천한 대상이 되는 것이다.

소년들이 쇼유 키드를 구성하는 장면은 민족이 어떻게 민족이 없는 곳에서 민족을 만들어내는지를 잘 드러낸다. 쇼유의 콧물은 그 자체가 비천하기 때문에 폐기되는 것이 아니고 폐기의 대상이 필요하기 때문에 비천한 것이 되었다. 그리고 그 비천한 것은 주류담론에서 오랫동안 비천함의 기호로 통용되었던 민족성에 손쉽게 연결된다. 콧물로 물신화된 키드가 간장 키드(Shoyu Kid)로 이중 물신화되는 순간이다. 이제 키드는 비천한 민족성의 기호로서 숭엄한 소년들의 로고스를 반복적으로 강화하고, 로고스의 인식과 지식의 대상이 되며, 심지어는 로고스의 행위를 추동하는 계기가 된다.

> . . . 아야의 할아버지가 접시꽃 사이를 종종거리며 뛰어다니고 있었는데, 마치 못 위를 뛰기라도 하듯 어색하게 펄쩍거렸다. 깡마르게 늙은 그는 마치 몸과 두 다리가 제각기 다른 방향으로 달리는 듯 뛰고 있었다. 손은 무겁고 무딘 삽을 들고 있었는데 그것 또한 다른 방향으로 혼란스럽게 뛰쳐 가는 듯 했다. 카키색 셔츠가 헤벌쭉 열려있어서 면내의가 땀과 날아오르는 먼지로 더럽혀진 채 드러났다. 길가에 있던 여인들과 아이들이 갑자기 한 목소리로 외쳤다. "저쪽!" "저기야!" "죽여요!" "죽여!" 사람들은 웃고 소리 지르며 난리가 났는데 그때 갈색 물체가 갑자기 달려 내 쪽으로 돌진하더니 . . .

[사라져버렸다. 노인은 물체를 향한 지름길을 찾으러 접시꽃과 해바라기 꽃을 쓰러뜨리고 부러뜨리며 덤불 사이를 헤집고 다녔다. 삽이 노인의 머리 위로 휘어져 오르며 털이 부스스하게 난 그 물체를 내려쳤으나 물체는 도망가고 수용소 막사 바닥만 퉁하고 울렸다. (308-9)

위의 인용문은 소년들이 쇼유 키드를 추격하는 과정에서 우연히 목격하게 되는 장면으로서 수용소 내의 노인이 쥐로 추정되는 동물을 쫓는 장면이다. 여기서 노인은 신체적, 정신적으로 매우 희화화되어 있다. 특히 그의 신체적 동작은 비정상적으로 과장되면서 매우 불유쾌하고 추한 것으로 그려진다. 그러나 이 장면이 불유쾌하고 추한 까닭은 화자 마사오의 인종주의적 시선 때문이다. 그는 하얗고 통합된 백인의 이마고로 자신을 일치시켰기 때문에 눈앞에 펼쳐지는 장면을 백인의 인종주의적 관점으로 바라보는 것이다. 대상에 대한 그런 시선, 그런 인식이 없다면 그 시선과 인식의 주체로서의 자신도 불가능하기 때문이다. 행위자-대상-행위는 따라서 각각 분리된 실체라기보다는 주체의 자기 확립 과정에서 이미 분리할 수 없는 하나의 시스템으로 묶여있다. 소년들은 이미 강인하고 숭엄한 백인 프런티어 맨으로 자신을 구성하였기 때문에 자신들의 외부는 약한 것이나 비천한 것으로 채워져야 하고, 그러한 오염된 세계에 대하여 자신들의 영웅적 행위를 펼쳐내야 하는 것이다. 이런 점에서 민족성의 기표로서 쇼유 키드나 노인은 이미 소년들의 주체 수립 그 단계에서 이미 대리보충으로 틈입되어 있었고 소년들의 인식과 행위 모두를 특정 방향으로 이끌어가는 계기가 되었다. 민족성이 하나의 완전한 이질성이어서 주체의 내면과 아무런 관련성이 없다면 그것은 그처럼 반복적으로 지배 담론 속에서 언급되거나 타자화될 필요가 없을 것이다. 오히려 그것은 지배 주체의 구성 그 자체에, 그리고 그것의 인식과 행위에도 이미 분리할 수 없는 계기로 새겨져 있기 때문에, 주체가 자신을 주장할 때마다 혹은 자신의 행위를 설명할 때마다 열등하거나 비천한 타자로서 반복적으로 주장되어야 한다. 바로 이런 점에서 민족성의 기표는 주체가 구성되고 사회적 관계들이 배치되는 "근본적이고, 유용하며, 위험하고, 중요하며, 무시무시한"(Foucault 56) 지점이 되는 것이다.

III. 섹슈얼리티

민족성이 사회 문화적 산물인 것과 마찬가지로 섹슈얼리티 역시 주체를 구성하고 타자를 배치하는 사회 문화적 기호 메커니즘의 산물이다.[7] 그것은 특정 역사의 시점에서 특정 지배 이데올로기가 생산한 초월적 기표이고 지식을 통해 유포되며 지식의 담지자들로서 사회적 개체가 모방 전략을 통해 반복적으로 고착시킨 특정 개념에 대한 인식이다. 이러한 점에서 섹슈얼리티 역시 민족성과 마찬가지로 "원본 없는 모방"[8]인 것이다.

---

7) 섹슈얼리티가 근대 자본주의의 구성물이며 백인 부르주아의 헤게모니를 확립하는 효과적 기호였다는 논의는 푸코의 *The History of Sexuality* 참고.
8) ". . . 젠더는 원본 없는 모방이다. 젠더란 모방이 자체적으로 효과이자 결과로서의 원본이라는 개념을 생산해낸 것이다. 즉 이성애적 젠더의 자연스러운 효과는 모방 전략을 통해 생산된다." (Burtler 306-7).

「쇼유 키드」는 중심과 주변이 동시에 기대려고 하는 섹슈얼리티를 통한 주체 형성의 메커니즘을 그 기획에서부터 작동까지 전체적으로 노출시킨다. 이치로, 히로시, 마사오는 아직 성적으로 완전하게 활성화되지 않은 사춘기의 소년들인데, 이들은 자신의 자연스러운 성적 리비도의 표현으로서가 아니라 사회적으로 주어지는 특정 초월적 기표에 자신의 섹슈얼리티를 일치시킨다.

> "조이스 봤어?" 이치가 화제를 바꾸며 물었다. "쪼끄만 여자애들이란, 생긴 게 좀 웃기겠지?"
> "이치. 너 발가벗은 여자애 몸 본 적 없나 보구나."
> "그럼 잭슨 너는? 벗은 여자애를 진짜로 본 적 있어? 걔들 prick을 본 적이 있느냐고?"
> "걔들은 없어."
> "내 말이 그 말이야. 그러면 그걸로 뭘 한다니?"
> "그야 뻔하지 뭐. 이 딱딱한 걸로 . . . 그 . . ." (307)

이것은 푸르타(Fruta) 부인이 딸 조이스(Joyce)를 목욕시키는 장면을 훔쳐보고 난 뒤 세 소년이 나누는 대화이다. 이 장면을 주도적으로 해석하는 인물은 잭슨(히로시)인데 그는 보는 대상과 장면 전체를 성애화하고 그 성애적 관점을 친구들에게 전파시킨다. 여기서 잭슨의 성애는 자신의 자연스러운 충동이라기보다는 사회적으로 전수된 성에 대한 지식으로 이루어져있다. 그리고 그것은 철저히 남성중심적이다. 잭슨은 섹슈얼리티에 대한 사회적 담론 속에서 초월적 권능으로 매겨진 백인남성의 섹슈얼리티를 모방함으로써 힘 있는 주체를 구성한다. 그 결과 그는 위의 인용문에 나타난 것처럼, 여성의 몸에 대한 능동적 시선을 확보하고, 여성의 몸을 불완전한 것으로 해석하며("걔들은 없어"), 여성에 대한 공격성을 남성적 권능으로 해석한다. 특정한 개인이나 집단이 특정한 섹슈얼리티를 선험적으로 소유하고 있기 때문에 그와 대조되는 성적 타자에 대한 지도력을 자연스럽게 유지한다는 가정은 이 장면에서 근본적으로 해체된다. 왜냐하면 우월한 섹슈얼리티의 소유자로서의 잭슨은 하나의 본질이 아니라 사회적 지식으로 자신의 섹슈얼리티를 구성하고 있으며 타자 또한 그것에 대한 대조항으로 임의적으로 구성, 해석하고 있기 때문이다. 이런 점에서 섹슈얼리티 역시 사회적 관계 속에서 하나의 기호로서 그것도 특정 중심을 확립하고 권능을 확보하기 위한 수단으로서 임의적으로 구성된 것에 불과하며, 잭슨과 같이 사회관계에 진입하는 개체들이 모방을 통해 무한 반복 생산하는 원본 없는 원본이다.

잭슨이 섹슈얼리티 기호로 자신의 남성적 주체를 구성하는 순간, 세계는 즉각 섹슈얼리티의 기호들로 표상되고 인지된다. 위의 인용문 바로 다음 장면은 소년들이 키드를 수색하기 위해 일대를 탐색하면서 쥐를 쫓는 노인을 목격하는 것으로 앞에서 이미 인용한 장면이다. 그 장면에서 노인은 다른 무엇보다도 그 성적 불능(impotence)으로 강조되었다. 근육 없이 앙상한 팔다리와 기민하지 못한 동작은 무성적(asexual)이고 그래서 추하다. 소년들에게 노인 남성은 아시아계 남성이 백인 남성 주체에게 그렇듯이 일체의 물질적 맥락이 사라진 채 오직 성적 차이로만 인식되고 설명된다. 공동 시설에 들어온 쥐를 잡아내고자 하는 노인의 현실적 행위는 사라지고 소년들의 온전한 팔루스에 대한 결핍과 손상의 기호로서 노인의 섹슈얼리티가 구성되는 것이다. 소년들은 남성성을 근육과 일치시킴으로써 아시아계 남성을 비정상적이고 결핍된 타자로 주변화해온 백인 중심 성 이데올로기를 인종적으로 동일한 남성 집단 내에서 그대로 모방 복제하는데, 이는 소년들의 의지에서가 아니라 섹슈얼리티를 활용하는 기호학 그 자체에서 분비된다.

조이스나 노인의 경우는 비교적 섹슈얼리티의 분절적 기호로 구성하기가 용이하다. 왜냐하면 조이스는 여성이어서 해부학적 차이로 섹슈얼리티를 일치시키면 되고 노인은 또한 신체적 허약함에 섹슈얼리티를 일치시키면 되기 때문이다. 그러나 쇼유 키드의 경우는 그처럼 단순하게 성적 타자로 분절하기가 어렵다. 왜냐하면 키드는 소년들과 신체적으로 너무나 근접해 있기 때문이다. 물질적으로 엄연히 존재하는 키드의 페니스를 어떻게 상상적으로 거세할 수 있을 것인가? 이를 위해 등장한 것이 키드의 퀴어성이다. 키드가 실제로 퀴어라는 명시적 언급은 텍스트 어디에도 드러나지 않는다. 그러나 그는 서사의 출발부터 "비정상적인" 성성(sexuality) 때문에 소년들의 집요한 추격을 받고 있다. 이때의 퀴어 역시 소년들의 이상화된 마초적 남성성만큼이나 허구적인데, 왜냐하면 퀴어에 대한 개념 자체가 이미 소년들의 성적 지식에 교의적으로 새겨져 있기 때문이다. 조이스의 목욕 장면에서 드러난 것처럼 정상성에서 벗어난 성적 충동과 행위는 퀴어적인 것으로 이미 개념화되어 있어서 소년들은 자신들의 성적 정상성을 확보하는 방식으로 이 퀴어의 개념을 활성화시키는 것이다.

쇼유 키드가 백인 병사에게 성적 서비스를 제공하고 그 대가로 초콜릿사탕을 얻은 것은 분명하다. 그러나 이러한 물질적 맥락은 소년들이 이미 자신들의 팔루스를 구성한 순간 인식의 영역 밖으로 추방되어버린다. 그들에게 있어서 키드는 사탕이 아니라 퀴어적 성향 때문에 백인 남성과 관계를 맺는 것으로 상상된다. 따라서 퀴어로서의 키드는 열등하고, 자연스럽게 단속과 통제의 대상이 된다. 그러나 키드가 퀴어여야 하는 이유는 키드라는 개인의 성적 취향이나 특성의 차원을 넘어선다. 만약 그것이 키드만의 문제라면 소년들은 그처럼 집요하게 그를 추적할 필요가 없을 것이다. 키드의 섹슈얼리티가 하나의 비정상성으로서 사회적 위협이 된다는 가정 역시 소년들의 집요한 추적의 이유가 될 수 없다. 왜냐하면 키드는 이미 팔루스의 권능을 포기한 채 소년들의 커뮤니티 바깥에 무력하게 존재하기 때문이다. 퀴어로서의 키드의 성적 정체성은 오히려 소년들이 자신의 팔루스를 확인하기 위해 대리 보충적으로 필요한 항이다. 성적 기호로 활성화된 소년들이 키드를 편집적으로 추적하는 이유는 오직 키드의 퀴어성에 대비되어야 자신들의 팔루스가 온전하게 성립되기 때문이다. 소년들이 자신들을 이성애적 섹슈얼리티로 주체화하며 일상의 경험을 강박적으로 그 주체에 통일시키는 한 그것의 타자로서 키드의 퀴어성은 반복적으로 확인되어야만 하는 것이다.

「쇼유 키드」의 서사는 쇼유에 대한 소년들의 추적에서 시작하여 그것이 완료되는 지점에서 끝이 난다. 즉 서사의 주 과정이 키드에 대한 소년들의 편집적인 추적인 것이다. 소년들은 처음부터 자신들과 키드의 섹슈얼리티를 정상성과 퀴어성으로 나누고 퀴어로서의 키드에 대해 전방위적 감시를 한다. 그러나 만약 퀴어성이 본질적인 것이고, 반자연적이며, 이성애적 질서와 완전히 별개의 존재라면 그것은 그처럼 정상인의 관심을 집요하게 끌 수는 없을 것이다. 그것이 반복적으로 추적되고 언급되며 설명된다는 것은 정상성의 주체 구성 그 자체에 이미 틈입되어 있기 때문이며 그것이 존속하는 한 반복적으로 지시되고 부인되어야 한다. 이런 점에서 키드의 퀴어성은 소년들의 능동적 시선과 능동적 서사 자체를 정당화하기 위해서도 반드시 필요한 전제 조건이다. 아시아계 남성에게 부여된 퀴어성 역시 이와 다르지 않다. 그것은 아시아계의 특수한 신체적 속성도 아니며 자연 현상도 아니다. 그것은 백인 주류 담론이 자신의 주체를 구성하는 과정에서 활성화시킨 기호적 테크놀로지의 효과이다. 그리고 그 효과는 다양한 지식의 채널을 통해 하나의 사실로 고정된다. 젠더와 마찬가지로 섹슈얼리티 역시 모방이 효과이자 결과로서의 생산해낸 원본이라는 개념인 것이다.

IV. 해체: 스페이스-오프

아시아계 문학은 민족적 성적 타자로 호명되는 자신의 문화적 위치를 벗어나기 위해 타자로서의 자신이 구성되는 방식과 그로 인해 발생하는 심리적 효과, 그리고 그 위축된 심리를 탈피하는 주체 구성 등에 오랫동안 몰두하였다. 그러나 그 과정에서 지배 담론이 사용하는 민족성과 섹슈얼리티의 개념과 방식을 그대로 수용함으로써 담론의 메커니즘 전체를 성찰하지 못하고 단순히 주체와 타자를 재구성하거나 재배치하는 선에서 머물고 말았다. 상징계의 메커니즘 전체를 오작동시키는 작업은 마이너리티 자신의 죽음도 함께 초래하기 때문에 마이너리티 역시 일정한 지점에서 주체와 타자의 자리를 서둘러 닫아버렸던 것

이다. 이와 대조적으로 「쇼유 키드」는 지배 주체와 피지배 주체가 공통
적으로 닫아버린 주체의 동일성의 신화를 그 극단까지 해체해버리는데,
그 해체의 극점은 바로 세 소년이 키드를 붙잡아 바지를 벗겨버리는 장
면에 있다.

　　잭슨이 녀석의 손목을 다시 비틀었고 비틀린 자리는 불타오르듯
이 빨갛게 되어 그의 희끄무레한 팔위에서 새빨간 밴드처럼 보였다.
　　"그냥 . . . 게임을 했을 뿐이야." 녀석이 입을 열었다. 그러고는
꼬꾸라지면서 거친 숨소리를 내며 흐느끼기 시작했다.
　　"자식 바지를 벗겨버리자." 잭슨이 녀석의 지저분한 바지를 잡았
고 나는 멜빵 고리를 찰칵 열었다. 잭슨은 바지 아랫단을 잡고 아래
로 확 당겨 내렸다.
　　"안 돼." 녀석은 바지를 올려보려고 애를 썼다.
　　잭슨이 다시 한 번 바지를 당기자 바지는 녀석의 밋밋한 허리 아
래로 내려와 그의 무릎께에 자루처럼 걸쳐졌다. 그래도 멜빵바지 가
슴 부분이 그 부분을 절묘하게 가린 자세였다. "난, 아무 짓도 안 했
단 말이야. 그냥 시키는 대로 chimpo만 만져주었단 말이야."
　　잭슨은 동작을 멈추었다. 그의 입은 놀라서 크게 벌어져 있었다.
"뭐야? 자식 너 창녀구나! 퀴어야! . . . 퀴어! 퀴어" 잭슨은 소리를
지르며 나머지 바지를 잡아챘다. 거기에는 잭슨 쪽을 째려보는 듯이
하나의 눈(eye)을 단 그의 조그맣고 희멀건 음경이 매달려 있었다.
그것은 역시 희끄무레 하고 형체가 없는 그의 넓적다리 사이에서
하나의 부러진 연필 같은 모습을 하고서 우리 모두를 쳐다보고 있
었다. 잭슨은 놀라서 늘어진 얼굴을 하고 그 자리에 얼어붙었으며,
이치는 얼른 자리를 피해버렸다. (311)

이 장면은 드디어 소년들이 쇼유를 붙잡아 백인 병사와의 성적 관계, 즉 그의 퀴어성을 확인하는 장면이다. 쇼유의 퀴어성을 불결하고 병적인 것으로 간주하면서 부단히 차별화하고 공격해온 소년들의 이전 행태들을 고려해보면 이 장면은 소년들의 가학성이 그 절정에 이르면서 쇼유의 완벽한 패배, 혹은 거세가 결정되어야 하는 순간이며, 동시에 소년들의 가학성에 대한 도덕적 알레고리의 의미가 완결되어야 하는 순간이다. 그러나 이 장면의 끝 부분에는 이 모든 서사적 진행을 중지시키는 일종의 정지된 순간이 있다. 쇼유의 음경이 드러나는 순간이다. 조그맣고 무력한, 마치 "부러진 연필" 같이 초라한 쇼유의 음경 앞에서 소년들은 "섬뜩한" 충격과 공포로 휩싸이게 된다. 소년들의 상상 속에서 불완전하고 병적인 퀴어로 상상해온 쇼유의 육체가, 온전하고 힘 있는 남성 주체로 상상해온 자신들과 동일한 페니스를 소유하고 있다는 사실을 목격했기 때문이다. 쇼유를 부단히 타자화함으로써 자신들의 팔루스를 확립하고자 했던 소년들의 상징적 기획은, 이 모든 의미 작용 이전의 실재계, 즉 물적 실체로서의 페니스를 직면한 순간 무력하게 무너지고 만다.

쇼유의 바지가 벗겨지는 장면은 서사의 의미가 정점에 이르는 지점이 아니라 그것을 탈신비화하고 해체하는 지점이라는 점에서 클라이맥스라기보다는 반클라이맥스(anticlimax)라고 할 수 있다. 마사오의 일인칭 전달자 시점으로 전개되고 해설되었던 일련의 장면들은, 이러한 반클라이맥스에 이르러 그 총체적 진정성이 의문시되고 해체된다. 소년들의 지배 주체와 그 행위들은 타자가 안정적으로 구성되고 할당된 의미를 지속적으로 수행해줄 때 그 신화적 힘을 행사할 수 있으며, 그러한 이분법적 구조가 와해되는 순간, 즉 타자가 사라지는 순간, 그와 함께 자신들도 사라지는 것이다. 바지 벗기기 장면에서 소년들이 체험하는 것은 로고스가 자신의 모순과 불가능성에 직면하면서 그 기계적인 의미 작용을 멈추는 순간, 즉 아포리아의 순간이다. 이 지점에서 차이를 만들어내는 기호학은 멈추게 되고 그것에 의존하는 주체와 타자의 이분법도 사라져버린다. 동일시할 수 있는 주체와 차별화할 수 있는 타자가 없는 공간, 이 끔찍한 무의미, 무경계, 무명의(nameless) 혼돈은 지배 주체가 필사적으로 자신을 수립하는 계기이며 또한 역설적이게도 그 불가능성을 직면하는 공간이다. 소년들이 갑자기 스토익(stoic)한 통제력을 상실하고 공포에 빠져드는 이유가 여기에 있다. 이러한 주체의 상실은 더불어 그것이 중심이 되어 이끌던 서사 전체를 하나의 임의적이고 전시적인 에피소드로 전환해 버림으로써 전체 스토리의 의미를 급격히 해체해버린다.

바지 장면은 오랫동안 이상적인 주체 구성에 주력해온 아시아계 문학에 한 중요한 시사점을 던지기도 한다. 아시아계 문학은 오랫동안 지배 담론의 타자적 위치를 할당받고 심리적으로 식민지화되거나 이중 의식으로 분열된 아시아계 주체를, 강하고 건강하며 온전한 주체로 복원하는 데 그 대부분의 관심과 열정을 기울였다. 이러한 노력의 일환으로, 아시아계 주체를 타자화하는 백인 주류 담론의 허구성을 문제 삼으며, 타자화를 극복할 수 있는 한 방법으로서 아시아계가 중심이 되는 대항 담론들이 생산되기도 하였다. 그러나 이러한 노력들은 이러한 대항 담론들을 둘러싸고 진행된 아시아계 문학의 여러 논쟁적 사건들이 증명해주었듯이 주체와 타자의 위치 전환만 새롭게 겨냥했을 뿐, 여전히 지배 담론들의 본질적 가설들과 기호학적 방법들을 차용하고 있었다. 그 결과 아시아계 문학은 담론적인 층위에서만 상상적으로 힘과 해방을 성취하였을 뿐, 새로운 비전과 방법론에 입각한 의식의 전반적 변혁으로 나아갈 수 없었다. 바지 장면은 아시아계 문학으로 하여금 이러한 한계에서 벗어날 수 있는 한 가능성을 시사해주는데, 그것은 바로 주체라는 말썽 많은 개념에 대한 새로운 인식에서 출발한다.

버틀러(Burtler)는 그동안 페미니즘이 주력해왔던 자연으로서의 섹스와 문화로서의 젠더라는 이분법적 구분을 해체하면서 이들이 의존하는 "고정되고, 분리된 정체성" 개념을 문제 삼으며, 이러한 정체성 개념에 입각한 페미니즘 담론 역시 하나의 "스토리"에 불과하다고 지적한다. 버틀러에 의하면 고정되고 일관된 통합적 개념의 주체성이란 하나의 상상적 허구이며, 따라서 허구적 동일시를 전제로 한 젠더 개념 역시 신화에 불과하다. 버틀러에게 있어서 젠더 정체성은 상징계의 사회적 관습과 행위에 의거한 반복적 행위, 즉 역할의 수행(performance)의 잠정적 효과이다. 즉 젠더는 일견 자연스러워 보여도 "배역"에 불과한 것이며 그 배역이 모방하는 대상 역시 원본이 없는 모방의 모방, 즉 그 역할을 반복적으로 수행함으로써 사회적으로 굳어진 "원본 없는 모방"에 불과한 것이다(Burtler 306-7).

바지 장면은 아시아계의 주체를 버틀러적 주체의 관점으로 재해석해볼 수 있는 매우 적절한 지점이다. 여기서 소년들의 주체는 전적으로 구성된 주체, 사회적으로 모방된 주체, 배역에 불과한 주체로 드러나기 때문이다. 소년들이 모방하는 서부 카우보이 역시 특정한 시대적 맥락에서 사후적으로 구성된 주체이기 때문에 결국 이들은 원본 없는 원본을 모방하는 것이며 그것을 반복적으로 수행함으로써 자신의 주체를 구성해온 것이다. 따라서 이러한 주체는 임의적이고 일시적일 뿐, 맥락에 따라 얼마든지 자신의 배역을 재조정할 수 있다. 주체가 이처럼 유동적이고 복수적이며 다수의 모순적 위치를 점할 수 있다는 가능성은 쇼유의 페니스가 드러나는 순간에 잘 집약되어 있다. 앞의 인용문에서 드러난 바와 같이 이 순간에 소년들은 갑자기 응시의 주체에서 응시의 대상으로 바뀌어버린다. 쇼유의 페니스에 달린 하나의 눈이 그들을 뚫어져라 바라보고, 그들은 그 시선에 굳어버린다. 대상이 주체가 되고 주체가 대상으로 전환되는 순간이다. 능동적인 시선과 능동적인 추격으로 쇼유를 설명하고 감시하고 통제하던 소년들의 지배 주체는, 갑자기 그들의 감시 대상으로부터 능동적인 시선을 되돌려 받으며 감시, 통제된다. 가해자는 피해자의 주체 자리로, 피해자는 가해자의 주체 자리로 위치 전도가 발생하는 것이다. 그러나 이 지점에서 발생하는 주체의 변화는 단순한 위치나 배역의 전도 이상이라 할 수 있다. 왜냐하면 앞서 설명한 것처럼, 페니스가 노출되는 지점은 의미를 발생시키고 위치를 할당하는 상징계 이전의 영역으로서, 주체와 관련한 모든 기호학적 놀이를 무화시키는 영역이기 때문이다. 여기에는 주체나 타자, 능동과 수동, 가해자와 피해자를 나누는 일체의 언어적 이분법이 없다. 쇼유의 페니스를 감시하고 공격해온 소년들은 쇼유의 페니스 속에서 자신들의 페니스를 보며, 그 순간 소년들=쇼유, 지배 주체=피지배 주체, 사디스트=마조히스트의 모순적 등식이 성립되는 것이다.

응시와 해석의 주체가 전도되면서, 그동안 소년들의 시점으로 전개되어왔던 주관적이고 직선적인 서사도 갑자기 객관적이고 자기반영적 텍스트로 변해버린다. 소년들의 서사가 특정 주체가 특정 배역을 연기하는 하나의 시나리오에 불과한 것으로 드러나버리기 때문이다. 따라서 이 시점에서 서사는 더 이상 서사 주체였던 소년들의 관점을 따르지 않고 하나의 무대로 객관화된다. 응시와 감시의 주체였던 소년들이 갑자기 무대 위에서 전방위적 시선에 무방비 상태로 노출되면서 텍스트는 전혀 새로운 공간, 즉 스페이스-오프(space-off)[9]로 확장된다. 특히 소년들이 쇼유를 인종적 성적으로 타자화 가면서 자신들의 강력하고 통합된 주체성을 주관적으로 구성해온 과정은 이러한 스페이스-오프에서 바라볼 때, 그 임의성과 수행성이 두드러질 뿐만 아니라, 그 모순과 불가능성도 함께 노출된다. 즉, 백인남성이라는 하얗고 단일한 소년들의 이상적 주체는 그 배역을 반복적으로 수행함으로써 점차적으로 확립되었을 뿐만 아니라, 그 특권을 확인하고 보증해줄 수 있는 타자의 배역을 부단히 요청할 수밖에 없으며, 타자란 결국 주체의 내재적 공포와 불안을 재현하는 배역에 불과하며 따라서 주체의 일부라는 모순적 사실이 드러남으로써 주체와 타자의 구분 자체가 불가능한 것으로 판명되는 것이다.

　　타자가 주체의 밖에 존재하는 개별자가 아니라 주체 내에 틈입되

---

9) 로레티스는 60-70년대의 젠더적 사고방식을 비판하면서 그것이 문화영역에 적용되었을 때 여성은 늘 젠더 이데올로기 내부에서 재현적으로 고정될 수밖에 없었다고 지적하였다. 페미니즘 문화이론이 성적대립이라는 획일적이며 여전히 로고스 중심적인 사고방식에서 벗어나 보다 더 급진적 인식론으로 발전하기 위해서는 무엇보다도 재현의 영역 내에 국한되었던 담론의 방식을 재현의 바깥으로 확장하는 것이 필요하다는 것이 로레티스의 생각이며, 이러한 재현의 바깥을 그는 영화적 개념을 빌려 스페이스-오프(space-off)로 명명하였다(5).

어 있는 특정 속성의 가시적 효과라면, 타자로부터 분리된 통합되고 개별화된 주체란 애당초 불가능한 것이며, 주체가 타자에 대해 갖는 다양한 상상적 관계 역시 무대 내의 착시 효과에 불과한 것이다. 자신과 타자를 끊임없이 분리하고 타자의 타자성을 공격한다고 생각한 소년들의 서사는 결국 주체의 일부인 자신의 타자성을 분리하고 공격해 온 과정이기 때문에, 그들이 수행한 시나리오 전체는 스페이스-오프에서 바라볼 때 자기 자신에 대한 공격의 과정으로 읽히게 된다. 타자는 낯설기 때문이 아니라 이미 자신의 내부에 있기 때문에 인지 가능하고 혐오스러운 것이다. 따라서 쇼유에 대한 소년들의 혐오는 자기 내부에 있는 특성에 대한 혐오이며 그것에 대한 가학적 공격은 곧 자기들의 내부를 향한 피학적 공격이기도 한 것이다. 바지 벗기기 장면은 바로 이러한 주체와 타자의 분리 불가능성, 혹은 동일성이 가시화된 장면으로서, 여기서 주체와 타자는 그 임의적 배역을 잃고 서로 겹치고 동일시됨으로써, 서사 전체의 작위성을 드러낼 뿐만 아니라 주체 구성과 관련된 일체의 이분법적 사유 또한 급격히 해체해버린다.[10]

---

10) 이런 점에서 「쇼유 키드」의 (앤티)클라이맥스 장면은 단편소설의 전형적 전략인 반전과 구별된다. 반전은 텍스트에서 논리적으로 기대해온 결말이 그 반대로 나타나는 것으로, 그 궁극적 목표는 삶의 복잡한 이면과 아이러니적 국면을 재현하는 데있다. 그러나 「쇼유 키드」의 클라이맥스 장면은 그 이전의 텍스트의 논리 자체를 부정하고 심문하며 새롭게 읽기 요구한다는 점에서, 순간적인 충격을 의도하는 단순한 반전적 장치와 차이가 있다.

V. 결론

지금까지 이 글은 민족성과 섹슈얼리티가 자연스러운 신체적 속성이 아니라 사회적 관계 속에서 주체를 구성하고 타자를 배치하는 고도의 기호학적 전략의 산물이며 따라서 임의적이고 허구적인 기호임을 「쇼유 키드」 텍스트 분석으로 증명해보았다. 민족성과 섹슈얼리티는 둘 다 모두 그 어떤 근원적 동일성이나 고정성을 갖지 않으며 오직 특정 중심의 동일성과 권능을 확보하기 위해 대리보충적으로 개념화한 문화적 형식이다. 그러나 이러한 사실은 주류 담론에서와 마찬가지로 마이너리티 담론에서도 깊이 성찰되지 못하였는데, 그 이유는 마이너리티 역시 자신의 존재를 보증하기 위해 동일성의 신화에 매달렸기 때문이다. 마이너리티가 자신의 동일성을 표상하기 위해서는 기호와 이미지에 의존하지 않을 수 없다. 이미지와 기호는 모방을 거듭하며 현실 효과를 내고 특정한 실체가 있는 것으로 쉽게 오인된다. 이러한 오인은 기호학을 작동시키는 지배 계급은 물론이거니와 피지배 계급도 극복하기 어렵다. 왜냐하면 파농의 설명처럼 피지배 계급 역시 자신에 대한 감각을 만들어내고 인식하기 위해서 이미지와 기호에 의존하기 때문이다. 피지배 계급이 지배 계급 못지않게 기호와 이미지에 "신경증적으로" 집착하는 이유가 여기에 있다(116).

왕(Sauling Cynthia Wong)은 「쇼유 키드」를 수용자라는 최대 피해 집단이 그 자체 내에서 다시 권력을 가동시키고 희생자를 만들며, 폭력을 행사하는 과정을 그려냄으로써, 권력과 폭력의 메커니즘을 효과적으로 해체하는 "섬뜩한 알레고리"로 간주한다. 그러나 「쇼유 키드」는 비단 권력의 중심인 지배 주체에게만 "섬뜩한" 것이 아니다. 그것은 중심의 권능과 폭력성에 대해 부단히 해체적 시선을 던지면서도 정작 자신의 주체 구성에는 중심의 개념과 방법론을 그대로 차용하는 피지배 주체에게도 동일한 정도의 충격을 준다. 비판과 해체적 시선이 바로 피지배 주체 자신에게로 겨눠져 있기 때문이다. 즉 바지 벗기기 장면과 마찬가지로 고정되었던 시선과 응시의 방향이 급진적으로 전향되면서 '본다'는 행위 자체의 미결정성과 불가능성이 그대로 노출된 것이다. 스페이스-오프라는 전방위적 공간에서 보면 미장센 내에 고정된 시선이나 응시는 완전히 임의적이고 구성된 것이며 따라서 그것이 가정하는 시선과 응시의 주체 또한 완전히 고정된 불변의 실체가 아니다. 그것은 하나의 전체 스토리 속에서 서사적 행위를 추동하기 위한 가정으로서 잠정적으로 구성된 것이다. 영구적으로 자신의 중심을 고정할 수 없는 상징계 이전의 이 해체적 공간은 지배 주체 못지않게 피지배 주체에게도 "섬뜩한" 공포를 준다.

「쇼유 키드」는 분명 희망과 구원을 제시하는 텍스트는 아니다. 오히려 그것은 행위주체와 대상, 그리고 행위 그 자체의 환상성을 문제 삼으며 일체의 담론과 문화 형식들이 신화이며 스토리인 것을 드러낸다. 그러면 아시아계는 자신의 죽음도 인정해야 하는 이러한 극단의 해체적 인식을 어떻게 받아들여야 할 것인가? 그동안 아시아계는 자신을 억압하는 지배 담론의 집요하고 강력한 문화적 폭력 속에서 자신의 힘과 정치력을 확보하기 위한 기본적 방식으로 주체 구성과 대항 담론 생산에 매달렸다. 그러나 주체와 담론 구성이 하나의 정치 문화적 전략에 불과할 뿐 그 자체를 결코 불변의 진리로 주장할 수 없다는 것을 인식하지 못하면 아시아계의 이러한 정치 문화적 노력 역시 무지와 폭력으로 빠져들 수밖에 없다. 실로 명민하고 효과적인 행위주체가 되기 위해서는 아시아계 역시 주체와 담론 구성의 이러한 환상성과 임의성을 탈신비적으로 인정해야 하며 그 속에서 자신의 삶과 함께 자신의 죽음도 동시에 사유할 수 있는 주체를 상상해내야 한다. 그렇게 하기 위해서는 무엇보다도 파농이 "두려워서" 서둘러 닫아버린 민족성이나 섹슈얼리티와 같은 주체 구성의 기본 가정을 그 근원까지 추적하여 임의성과 환상성을 드러내야 한다. 이렇게 될 때 마이너리티는 역설적이게도 자신의 상상된 마이너리티 영역에서 해방되어 다양한 문화 형식을 실험할 수 있을 것이다. 이러한 가능성은 이미 「쇼유 키드」라는 짧은 단편, 그 중에서도 일체의 기호가 텅 비어있는 것을 충격적으로 드러내는 쇼유 키드의 바지 벗기기 장면에서 놀라운 효과를 내며 실험되고 있다.

* 이 글은 『영어영문학연구』(제39권 4호, 2013년, 141-61면)에 게재된 것을 수정, 보완한 것임을 밝힌다.

참고문헌

Bhabha, Homi K. *The Location of Culture*. London: Routledge, 1994.

Eng, David L. *Racial Castration: Managing Masculinity in Asian America*. Durham, NC: Duke UP, 2001.

Fanon, Frantz. *The Wretched of the Earth*. Harmondsworth: Penguin, 1969.

Foucault, Michel. *The History of Sexuality. Vol.1: An Introduction*. Trans. Robert Hurley. New York: Vintage Books, 1980.

Burtler, Judith, "Gender Trouble, Feminist Theory, and Psychoanalytic Discourse." *Feminism/Postmodernism*. Ed. Linda Nicholson. London: Routledge, 1990. 301-15.

Kanebo, Lonny. "The Shoyu Kid." *The Big Aiiieeeee: An Anthology of Chinese American and Japanese American Literature*. Ed. Frank Chin et al. New York: Meridian, 1991. 304-13.

Lauretis, Teresa De. *Technologies of Gender: Essays on Theory, Film, and Fiction*. Indiana: Indiana UP, 1987.

Lim, Shirley Geok-lin. "Immigration and Diaspora." *An Interethnic Companion to Asian American Literature*. Ed. King-Kok Cheung. Cambridge, MA: Cambridge UP, 1997. 289-311.

Palumbo-Liu, David. *Asian/American: Historical Crossings of a Racial Frontier*. Stanford, CA: Stanford UP, 1999.

Wong, Sau-ling Cynthia. "Denationalization Reconsidered: Asian American Cultural Criticism at a Crossroads." *Amerasia Journal* 21.1/2 (1995): 1-27.

_____. *Reading Asian American: From Necessity to Extravagance*. Princeton: Princeton UP, 1993.

찾아보기

—

지은이 **이숙희**

신라대학교 영어교육과 교수

주요 저서: 『존 업다이크』(세종), 『토니 모리슨』(세종), 『토니 모리슨』(동인, 공저) 등

주요 논문: 「『루시』: 제3 세계 여성 이주 노동자의 성장소설」, "Teaching English for Verbally
　　　　　 Talented Students", 「EFL과 미국 문화 교육」 등

연구 영역: 현대미국소설, 페미니즘, 다문화교육, 문학을 활용한 영어교육

아시아계 미국문학과 주체성

초판 발행일 2016년 6월 30일

지은이　이숙희
발행인　이성모
발행처　도서출판 동인
주　소　서울시 종로구 혜화로3길 5, 118호
등　록　제1-1599호
TEL　　(02) 765-7145 / FAX (02) 765-7165
E-mail　dongin60@chol.com
ISBN　　978-89-5506-719-4
정　가　20,000원